"물론, 지극히
잘 지내고 있습니다."

몸집이 자그마한 여우가 예의바르게 앞발을 한데 모으고
등을 쭉 펴고 있었다.
하지만 얼굴은 노천탕 쪽으로 쏠려 있었다.
저번에도 심부름을 하다가
온천에 이끌려서 찾아온 이웃 신――,
천호의 권속인 츠무기.
이번에도 마찬가지로 천연 온천에 매료당한 상태였다.

기린
사성수 중 하나.
인간을 믿지 못하며,
겁이 많은 성격.
기린
사성수 중 하나.
인간을 믿지 못하며,
겁이 많은 성격.

봉황
사성수 중 하나.
인간 기술자가
일하는 모습을
견학하는 것이
취미이다.
쿠스노키 미나토
24세. 친척으로 인해 사연이 있는
집의 관리인을 맡게 되었다.
선천적으로 '사람이 아닌 존재'를
볼 수 있는 체질이며, 적은 글자에는
정화의 힘이 깃든다. 메모광.

"실례한다."
촤악, 개울에서 누군가가 올라왔다.
미나토와 거의 비슷해 보이는 나이.
몸의 선이 드러나는 흑백의 현대 복장.
척 보기에 길을 가다가 마주치더라도
이상할 게 없는 인간으로만 보였다.
하지만, 그 눈부신 빛을 짊어지고 있는 얼굴은
개구쟁이 같았고, 장난을 치는 것을 좋아할 것 같았다.
삼귀신 중 하나인 스사노오,
그리고 야마타노오로치일 것이다.

신의 정원이 딸린 쿠스노키 저택

엔쥬 지음
[illust] OX
천선필 옮김

3

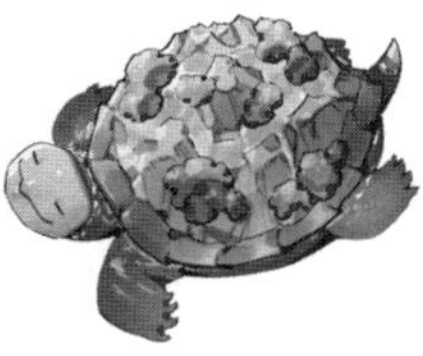

AK novel

목차

제 1 장 정원 개장은 산신의 취미다

바람의 향기가 풍기는 신록의 계절. 맑고 푸른 하늘 아래 신의 본체인 산을 뒤덮은 나무들이 우거져 있다. 1년 동안 가장 선명한 빛을 띠는 이 시기에는 마치 풀과 나무들이 기뻐하고 웃으며 삶을 누리는 것 같다.

그 이웃과 똑같은 색을 기반으로 하고 있는 쿠스노키 저택 신의 정원.

완만한 기복을 드러내고 있는 부지에는 표주박 형태의 연못. 돌로 만들어진 다리. 한 쌍의 석등. 돌이 깔린 샛길. 전통 정원을 장식하는 데 빼놓을 수 없는 요소들이 절묘한 위치에 배치되어 있다.

정원 구석에서 따끈따끈하게 김이 피어오르고 있는 천연 온천이 약간 이색적이라고 할 수 있을 것이다.

그밖에는 정원의 명조연이라고 할 만한 정원수들이 있다.

그 낮은 나무들이 조용히 움직이기 시작했다.

연못을 둘러싸고 있던 나무들, 뒷문으로 뻗은 샛길 가장자리에 있던 나무들. 일제히 슬쩍슬쩍, 주위에 있던 흙까지 함께 담장 곁으로 다가갔다.

잠시 후, 모든 정원수들이 부지 바깥쪽 가장자리로 몸을 기울였다.

그 뒤에는 나란히 설치되어 있었던 것들만 남았다.

거의 돌로만 이루어져 있는 정원은 보는 사람으로 하여금 썰렁한 인상을 느끼게 하는 법이다.

불과 얼마 전까지 정원 한가운데에 솟아 있던 신목 쿠스노키가 없기 때문에 그 인상에 더욱 박차를 가했다.

그 쿠스노키는 무사히 싹이 트긴 했지만, 아직 작다. 흙이 드러나 있는 곳 중심에 어린 나무의 모습으로 서 있다.

부르르, 세 잎을 떨고는 여기에 있다며 자신의 존재를 주장하고 있었다.

그 모습을 쿠스노키 미나토가 마루에서 바라보고 있었다.

옆에는 당연히 새하얗고 큰 늑대가 있다. 당당한 표정을 지으며 자리 잡고 있다. 마루 햇빛 그늘에 있으면서도 그 티 없이 깨끗한 털은 여전히 건재했다.

이웃 신인 산신은 왠지 모르겠지만 오늘도 매우 당연하다는 듯한 표정으로 쿠스노키 저택 마루 한가운데에 군림하고 있다.

점심 식사를 하고 나서 다과를 즐긴 다음, '요즘은 더워졌구나. 어디, 정원 개장이라도 하자꾸나'라는 분위기로 갑작스럽게 정원을 개장하기 시작해 버렸다.

산신의 금빛 눈이 연못을 바라보았다.

그 순간, 가장자리의 크고 작은 바위들이 움직였다. 표주박 형태가 무너지고, 쭈욱 뻗어서 세로로 길게 변했다.

겨우 몇 초 만에 정원을 횡단하는 긴 개울로 형태가 바뀌어 버렸다. 완만하게 휘어진 그 개울 가장자리에는 바위들이 사이좋게 나란히 늘어섰고, 영귀와 응룡의 지정석인 큰 바위는 담장 근처로 이동했다.

기린이 마음에 들어 하는 다리도 개울 가운데에 산뜻하게 놓여 있다.

미나토가 직접, 간접적으로 구해준 네 종류의 우두머리인 사령. 오랫동안 악령에게 붙잡혀 있었던 탓에 약해지긴 했지만, 신의 정원에서 느긋하게 지내는 동안 영귀, 응룡, 기린은 힘을 되찾아가고 있다.

불과 얼마 전에 탈피를 마친 참이다. 그 몸은 몰라볼 정도로 화려하게 변모했다.

하지만, 봉황만은 아직 힘을 되찾지 못해서 지금도 석등의 불주머니 안에서 자고 있다.

다시 산신의 시선이 움직였다.

이번에는 샛길에 깔려 있던 돌들도 조용히 움직이기 시작했다. 다리 양쪽 끝으로 이어지듯이, 간격을 두고 늘어서며 길을 만들었다.

이제부터 뒷문으로 가려면 다리를 건너야 한다.

산신이 개울을 쭉 따라서 둘러보았다. 그 시선에 맞춰서 물도 흐르기 시작했다. 개울 양쪽 끝이 담장에 붙어 있는데도.

미나토는 산 쪽 담장을 바라보았다. 부지 바깥에서는 물소리가 전혀 들리지 않았다.

"물이 어디서 와서 어디로 흘러가는 거야……."

자기도 모르게 중얼거리자 산신이 조용히 웃었다.

"알고 싶은가?"

"……아뇨, 괜찮습니다."

비밀을 폭로하는 건 적당히. 쓸데없는 지식은 필요 없다.

부지 가장자리로 대피해 있던 정원수들이 각자 새로운 곳으로 흩어지기 시작했다. 잠시 후, 모든 정원수와 지면이 멈췄고, 흙이 스륵스륵 움직이며 내던 이상한 소리도 멈췄다.

그렇게 정원 개장이 문제없이 끝났다.

"표주박 모양 연못이 개울로 변하니까 인상이 꽤 많이 바뀌네."

"괜찮지 않나?"

"그러게. 물이 흐르니까 시원하게 느껴져."

노천탕의 위치는 바뀌지 않고 정원 구석에 있다.

정원이 바뀌는 모습을 지켜보던 미나토가 정면을 보았다.

거기에는 꽤 줄어든 산신이 있었다. 일반적인 대형견 크기, 미나토와 거의 비슷한 정도였다.

또 줄어들어 버렸다.

"역시나……."

살짝 한숨을 쉬었다.

정원을 개장하느라 힘을 쓴 폐해일 것이다. 얼마 전에 정원수를 벚꽃으로 바꾸고 나서 원래대로 돌아온 지 시간이 별로 지나지 않았다. 연달아 신력을 쓴 탓이 틀림없다.

"그래서 아직 바꾸지 않아도 된다고 했는데……."

일단은 미리 말리긴 했지만, 산신은 귀담아 듣지 않으며 억지로 밀어붙였다.

몸이 줄어들었는데도 전혀 아랑곳하지 않는 산신은 지금, 진지한 표정으로 정원을 바라보고 있다.

요즘은 아직 장마도 오지 않았는데도 불구하고 벌써 여름인가 착각할 만큼 더운 날이 이어지고 있다.

그렇기에 일찌감치 여름 정원을 만들고 싶었던 모양이다.

"……으음, 이 정원은 조금 수수하구나. ……애매하군."

정원 경치에 범상치 않은 고집이 있는 분께서는 마음에 들지 않으셨는지 계속 고개를 갸웃거리고 있다.

미나토가 불만이 있는 듯한 표정으로 눈살을 찌푸렸다.

"꽤 많이 바뀐 것 같은데. 새롭기도 하고, 예전하고 비교해도 뒤처지지 않을 만큼 아름다워."

"으음, 그래도 말이다……, 아무래도……. 뭐가 문제라고 말해야 할지 확실하게 모르겠다고 해야 하나."

"마음에 들지 않는다고?"

"섭섭한 것……, 같은 기분이 전혀 들지 않는 것은 아니다."

스스로도 이유를 확실히 모르는 것 같다.

산신이 정원 여기저기를 둘러보자 그 움직임에 맞춰서 개울의 폭이 넓어졌다가 줄어들기도 했다. 그 때문에 차분히 자리를 잡고 있던 나무와 다른 바위들까지 움직이기 시작했다.

"———개울을 좀 더……, 이쪽으로 옮겨야 하나……, 아니, 휘어진 각도가 부족한가……, 오른쪽으로, 아니, 왼쪽인가.”

그렇게 말하는 대로 개울이 이리저리 마구 변형되었다. 그럴 때마다 산신의 몸이 조금씩 작아졌다.

“……으음, 마음에 들지 않는군. 그래, 개울이 하나인 게 문제인가? 중간부터 갈라져서 두 갈래가 되는 것도 좋으려나…….”

개울 한가운데가 두 갈래로 갈라진 순간, 산신의 윤곽이 아지랑이처럼 일렁였다.

그리고 비쳐 보이기 시작했다.

서서히 건너편 경치가 또렷하게 보이게 되었다. 척 보기에도 신력을 너무 많이 쓰고 있다.

그 모습을 본 미나토가 초조해졌다.

“산신 씨, 스톱, 스톱! 이제 됐다고!”

스톱은 산신이 모르는 영어 단어였다. 다시 말하게 되었다.

그렇게 말해봤자 마이동풍일 건 뻔하지만, 그래도 잠자코 있을 수는 없었다.

평소에 크게 소리치지 않는 미나토의 목소리는 더욱 크게 정원에 울렸다.

산신이 눈을 깜빡였다. 그런 다음, 뭔가 생각난 듯이 고개를 크게 끄덕였다.

“그렇군, 소리인가? 물소리가 부족한가?”

“……어째서, 그걸 신경 써……?”

산신이 미나토를 힐끔 보았다.

“이번이 마지막이다.”

말을 들어주려는 모양이다.

지금 산신의 몸은 중형견 정도로 작아진 상태다. 그렇게 자그마한 앞발을 들고는 방석을 투욱, 세게 두드렸다.

그러자 논밭 쪽 담장에서 바위가 떠올랐다. 각이 져 있고 얇으면서 긴 바위 두 개. 그 사이 위쪽에서 물이 세차기 흐르기 시작했다.

갑자기 정원에 작은 폭포가 나타났다.

규모가 조촐하긴 하지만, 폭포는 폭포다. 물소리도 너무 크지 않고, 너무 작지 않고, 기분 좋은 소리를 연주하고 있다.

물이 흘러내린 곳, 용소 주위가 약간 흐릿해졌다. 다가가면 음이온 효과를 받을 수 있을 것이다.

쿠스노키 저택의 정원에는 끊임없이 부드러운 봄바람이 불고, 산신이 뿜어내는 숲의 향기가 난다.

이번에는 거기에 음이온을 뿜어내는 폭포까지 있다. 신의 정원이 지닌 릴랙스 효과가 더욱 강해졌다.

그로 인해 산신은――.

폭포를 힐끔 본 미나토가 다시 정면을 보았다. 평소 보던 높이에 늑대의 머리가 없었다. 턱을 당기고 눈을 아래로 내리자 그제야 금빛 눈과 마주쳤다.

"……또 치와와 크기가 되었네……."

"나는 늑대다."

"나도 알아."

에휴~, 미나토는 한숨을 크게 쉬었다. 좌탁 위에 깍지를 끼고 있던 두 손에 힘이 들어갔다.

산신의 몸 건너편이 비쳐 보인 것은 1년 전에 처음 만난 이후로 처음이다.

심장에 부담이 너무 크다.

만약에 신력이 약해지더라도 존재 그 자체가 사라지지 않는다는 걸 알고 있긴 하지만, 정원이 엄청 대단하게 바뀌었네! 라며 속없이 들뜨지는 않는다.

"어째서 그렇게까지 하면서 이 정원을 개장하는 걸 고집하는 건데?"

약간 책망하는 말투로 말해버린 건 어쩔 수 없을 것이다.

"뭐, 계절에 맞추었을 뿐이다. 모처럼 정원이 있잖은가, 모양새도 중요하다."

"본체인 산은 내버려두고 있으면서……."

무심코 본심을 소리 내어 말해버렸다. 산신이 의아하다는 듯이 고개를 갸웃거렸다.

"자연은 있는 그대로 두는 것이 아름다울 터인데."

"그건, 뭐……, 이해가 되긴 하지만."

자연의 나무나 풀을 보기 좋게 다듬는 것은 인간이 멋대로 하는 행동일 것이다. 자연 쪽에서 보기에는 쓸데없는 참견일지도 모르겠다.

얼마 전에 새로운 능력을 준 신도 마찬가지다.

쿠스노키 저택에서 별로 떨어지지 않은 곳에 있는 사당, 그 다

무너져가는 사당은 어떤 여신의 신역으로 이어지는 곳이었다.

지나가다가 글려들어가서 그 신역에서 나오기 위해 여신이 의뢰한 신역 내부의 청소를 해주자 보답으로 힘을 빌려주었다.

눈에 보이지 않는 감정, 능력 같은 것들을 가둘 수 있는 힘이다. 아직 완전히 다루지는 못한다.

아무튼, 그 여신의 보금자리로 들어가는 입구이기도 한 사당도 완전히 황폐해진 상태였다.

사람이 보기에는 무심코 고개를 돌리고 싶어지는 그 참상도 여신은 전혀 신경 쓰지 않았다.

그리고 황폐해진 사당에 대해 산신에게 물어보니 아무런 문제도 없으니 내버려두어도 된다고 했다. '함부로 수선 같은 걸 하지 않는 게 좋을 거다'라는 살벌한 충고도 덧붙였다.

그렇기에 그 이후로는 한 번도 그쪽으로 다가가지 않았다.

하지만, 그대로 못 본 척하는 것도 마음에 걸린다.

여신에게 받은 힘을 제대로 다루게 되면 보답할 겸 찾아가 볼까 생각 중이다.

참고로 미나토는 신역에 끌려들어 가는 골치 아픈 체질이 되어버렸다.

왜냐하면 사람이면서 신역에 살고 있고, 게다가 신의 탕에 날마다 몸을 담갔기 때문이다. 친화성이 높은 신이 만든 신역에는 더욱 잘 끌려가게 되었다.

산신이 다시 정원을 구석구석 바라보고는 코를 울리며 소리를 냈다. 꼬리도 가볍게 흔들렸다.

"좋다."

매우 만족스러운 듯이 그렇게 중얼거렸다.

영차, 그런 소리를 내며 엎드리고는 겹친 앞발에 턱을 얹었다. 방석이 거대해서 그런지 작은 몸집이 더욱 강조되었다.

"……산신 씨, 몸은 괜찮아?"

"반대로 물으마. 문제가 있는 것처럼 보이는가?"

한동안 바라보았지만, 몸이 비쳐보이지는 않았다.

희미한 빛을 두르고 있고, 몸집이 거대했을 때와 거의 비슷할 만큼 눈부시다. 꼬리를 슬쩍 흔들 때마다 후광까지 번쩍였다.

"평소처럼 빛나고 있어."

약간 납득이 안 된다는 듯이 말하자 슬쩍 웃은 산신이 눈을 감았다.

산신의 본체는 산이다. 지금 보이는 늑대의 몸은 임시 몸에 불과하다.

육체적인 고통은 느끼지 않는다고 한다. 그렇기에 줄어들든, 비쳐 보이든, 별로 흥미가 없는 모양이다.

방석에 파묻힌 채 졸고 있는 늑대를 바라보고 있자니 흙을 밟는 소리가 살짝 울렸다.

그쪽을 돌아보니 마루 옆에 기린이 있었다.

정원 개장이 시작되기 직전에 기린은 지붕 위로 대피했는데, 내려온 모양이다.

기린이 고개를 돌려 논밭 쪽을 가리켰다.

잠깐 나갔다가 오겠다는 신호다.

기린은 자주 전 세계로 여행을 떠나서 다양한 지역을 방랑하며 인간들을 관찰하는 취미가 있다.

영귀나 응룡과는 달리 원래 한 곳에 오래 머무르는 성질이 아니라고 한다.

『잠시 멀리 다녀오겠습니다. 서쪽 대륙의 탐색이 아직 끝나지 않아서요. 제가 자리를 비운 사이에 문단속을 충분히 신경 써주시길. 아무리 여기가 사람들이 사는 곳에서 멀리 떨어진 곳이라고는 해도 요즘은———.』

말을 중간에 끊고는 고개를 저었다. 긴 수염도 그 움직임에 따라 움직였다. 마치 한탄스럽다는 듯한 행동이었다.

『아뇨, 먼 옛날부터 심성이 썩어빠진 녀석들은 어디에나 있었습니다. 굳이 시골을 노리는 파렴치한 녀석들도 있으니까요. 네, 그래요, 저는 고약하기 짝이 없는 사건을 잔뜩 목격했으니 말이지요, 정말 잘 알고 있습니다. 그러니 부디 조심하시길.』

미나토는 기린이 나가기 전에 오랫동안 늘어놓은 인사를 듣지 못했다. 그저 평소처럼 망상하는 것처럼 보이기만 한다.

"기린 씨, 외출하는 거지? 조심히 다녀와."

기린이 고개를 살짝 끄덕였다.

『네. 그럼 선물 기대하세요.』

개장하기 전에 마루 아래로 기어들어갔던 영귀가 기어 나왔다.

『악취를 풍기는 건 절대로 가지고 오지 말거라.』

표정을 매우 찡그리고 있다. 예전에 기린이 정원에 가지고 왔던 두리안의 악취를 떠올렸기 때문이다.

그 사건을 모르는 미나토는 거북이 씨가 불쾌해하는 걸 보니 신기하다고 생각했다.

영귀가 느릿느릿 개울로 기어갔다. 젊어지고 있던 산에도 폭포가 쪼르르 흐르고 있지만, 그 물은 결코 흘러넘치지 않았다.

기린이 멀어져가는 영귀의 뒷모습을 향해 한숨을 쉬며 말했다.

『영귀 님, 편식을 하시면 안 됩니다. 뭐든지 몸소 체험해야만 하는 말에 무게가 실리는 법인데요.』

『호오오~.』

나란히 있는 석등 한쪽 위에 올라가 있던 응룡이 아무런 관심도 없다는 듯이 중얼거렸다. 기린이 살벌한 기척을 뿜어내는데도 전혀 아랑곳하지 않았다. 소리도 없이 날개를 퍼덕이고는 미끄러지듯이 영귀를 좇아갔다.

툭하면 부딪히곤 하는 그 두 성수는 자주 험악한 분위기를 보이긴 하지만, 거센 싸움으로 발전하는 경우는 그리 많지 않다.

기린이 약간 짜증난다는 듯이 땅을 박찼다. 단숨에 담장을 뛰어넘고는 산 건너편으로 사라졌다.

그 모습을 바라보던 미나토는 문득 든 의문을 소리 내어 말했다.

"기린 씨하고 용 씨는 사이가 안 좋은가……."

"뭐, 저 정도는 그냥 장난을 치는 게다."

산신이 대답했다. 돌아보니 작은 늑대가 눈을 감은 채 방석에 몸을 웅크리고 있었다.

"우리처럼 시간이 남아 돌 정도로 수명이 긴 존재는 때로 온 힘을 다해 부딪히고 싶어지는 법이다."

"그렇구나."

"그렇다. 힘이 팽팽한 상대가 있다는 건 어떤 의미로는 행복한 일이니."

그렇게 말하면서도 목소리에 약간 쓸쓸함이 담겨져 있다는 게 조금 신경 쓰였다.

응룡이 좀 전까지 앉아 있던 석등 불주머니 부분에 벚꽃 진주색 빛이 켜져 있다. 고동치며 힘차게 깜빡이고 있는 그곳 안에 봉황이 잠들어 있다.

봉황은 여전히 손바닥에 올려놓을 수 있을 정도인 병아리 크기다.

그 몸이 커질 듯한 전조도 없지만, 매우 건강하게 지내고 있다. 한동안 보금자리에 틀어박혀 있었으니 슬슬 나올 때가 되었을 것이다.

그 옆에는 석등이 하나 더 있다. 개구부가 굳게 닫힌 어두운 불주머니.

그 안에는 신령이 잠들어 있다.

산 근처, 전자기기 등이 불법 투기되는 곳에 마찬가지로 버려져 있던 검. 과거에 인간에 의해 검에 신내림 당한 신령의 말로였다.

억지로 검에 신내림을 해놓고 제대로 모시지도 않았고, 그뿐만이 아니라 조잡하게 다른 인간에 대한 원한 때문에 부정함을 타서 부정한 신이 되어버렸다.

그 부정함을 탄 신역에도 미나토가 끌려가 버렸고, 거기서 데리고 온 게 그 신령이다.

부정함을 탔지만 산신에 의해 정화되었고, 새롭게 깃들 곳을 받았기에 존재가 사라지는 걸 피할 수 있었다.

하지만 잠을 자고 싶어 했기에 불주머니 안에 넣어주었다.

그 이후로는 아무런 변화도 없었다.

마루에서 내려간 미나토가 그 석등을 바라보았다.

누가 다가가도 아무런 반응을 보이지 않는 거기에는 다가가지 않으려 하고 있다. 쓸데없이 자극하지 않는 게 나을 거라는 판단 때문이었다.

증오스러운 인간 중 한 명인 미나토를 신령이 아무런 응어리도 없이 받아들여 줄 거라는 보장이 없다.

"기린 씨하고 마찬가지로 여기에 적응해 주면 좋겠는데."

혼잣말을 하며 물뿌리개를 들고 샛길을 걸어갔다.

목적지는 정원 한가운데다.

거기에서 어린 나무――, 쿠스노키가 바람과 장난을 치고 있었다.

그 몸은 한 손으로 쉽게 뒤덮을 수 있을 만큼 작다.

나무라기보다는 풀이라고 하는 게 더 어울릴 만큼 미덥지 못하다.

연두색 떡잎이 세 개 나 있고, 그중 큰 잎 두 개가 새의 날개를 연상케 하는 움직임을 보이며 바람과 장난을 치고 있었다.

쿠스노키는 미나토가 풍신에게 받은 풍력을 제대로 다루지 못했기에 그 몸을 바쳐 베였고, 쓰러졌다.

신역은 신의 힘으로 만들어진 영역이다.

결코 순수한 인간의 힘만으로는 베지도, 파괴하지도 못한다.

하지만, 미나토라면 가능하다.

미나토가 뿜어내는 바람에는 풍신의 신위가 들어있기 때문이다. 하지만 미나토는 그것을 잘 끌어내지 못했고, 극히 일부만 담곤 했다.

신역에 끌려들어가게 된 미나토가 그곳에서 혼자 힘으로 탈출할 수 있게끔 신위를 자유자재로 끌어낼 수 있게 만들기 위해 풍신이 교육을 해주었다.

그것이 아이나 마찬가지인 쿠스노키의 벌채였다.

쿠스노키 또한 특별한 나무――, 신목이다.

자연의 바람, 그리고 인간이 만든 날붙이로도 벨 수가 없다. 쿠스노키 자신도 미나토를 위해서라면 나서겠다는 듯이 기꺼이 그 몸을 바친 것이다.

정말 고귀한 희생――이지는 않았고, 부활했다. 일단 씨앗으로 돌아갔다가 다시 싹이 튼 쿠스노키는 매우 건강하다.

하지만, 그 주위의 흙은 마른 상태였다. 아침에 물을 잔뜩 주었는데도.

미나토가 개울에서 물뿌리개에 신수를 넘실넘실 담고는 쿠스노키 위에 뿌렸다. 연한 녹색이 물기를 머금고 더욱 진해졌다. 이슬비 같은 물을 뒤집어쓰자 떡잎이 얌전해졌다.

집중해서 마셔대고 있다.

물뿌리개는 작아서 금방 비어버린다. 그리고 흙도 급격하게 마르기 때문에 두 번, 세 번, 물을 계속 주었다.

형태가 바뀐 정원을 확인하고 싶지만, 지금은 그럴 때가 아니다. 물을 잔뜩 원하는 쿠스노키를 돌보는 게 우선이다.

열 번째로 물을 주자 그제야 흙이 습기를 머금고 있게 되었다.

"……슬슬, 충분해?"

쿠스노키는 세 잎을 하늘로 곤두세웠다. 만족한 모양이다. 예전보다 자신의 의사를 더 잘 전달할 수 있게 되었다.

아무래도 진화한 것 같지만, 미나토는 쿠스노키가 건강하기만 하면 문제가 없다고 생각한다.

그건 상관없지만, 쿠스노키는 요즘 이상할 정도로 물을 원하게 되었다.

뿌리가 썩을까 걱정이 되어서 산신에게 묻자, 원하는 만큼 주라고 했기에 그렇게 하고 있다.

미나토가 텅 빈 물뿌리개를 들어올렸다.

"더 큰 걸 살까……."

떡잎이 부르르 떨렸다. 정말 미안하다는 것 같은 느낌이었기에 미나토가 쓴웃음을 지었다.

"새 물뿌리개도 조만간 필요할 테니까, 신경 쓰지 않아도 돼."

지금 쓰고 있는 물뿌리개는 원래 정원 구석에 조용히 자리 잡고 있는 창고에 보관되어 있던 물건이다. 언젠가 내가 여기를 떠날 때 은근슬쩍 큰 물뿌리개도 옆에 두면 될 것이다.

그렇게 자연스러운 생각을 한 미나토는 그럴 날이 절대로 오지 않을 거라는 사실을 아직 눈치채지 못했다.

이 집을 사려 하는 사람들은 신들의 철벽 방어———, 산신, 풍신, 뇌신의 신역에 강제로 초대받고 모두 패배했다.

시간이 아무리 지나도 사려는 사람이 나타날 일은 없다.

"우선, 정원을 구석구석 살펴봐야지."

관리인은 모름지기 자신이 관리하는 곳을 파악하는 걸 게을리 하면 안 된다.

물소리를 내고 있는 폭포 쪽으로 다가갔다.

바깥세상에서는 슬슬 여름을 향해 풀과 나무들의 채도가 올라가고 있다. 쿠스노키 저택의 상공에서도 의욕이 넘치는 태양이 아낌없이 그 모습을 드러내고 있다. 부지 밖을 둘러싼 녹나무들과 신의 본체인 산의 나무들은 내리쬐는 강한 햇빛을 한 몸에 받고 있었다.

하지만 신의 정원은 부드러운 봄기운에 감싸여 있다. 정원의 나무들과 신목 쿠스노키는 노래하듯이 그 몸을 흔들었다.

제 2 장 차례차례 오십니다

연못은 커다란 S자를 그리는 개울이 되었다.

미나토가 걸어서 넘기에는 좀 힘들 정도로 넓고 가파른 커브를 그리고 있기에 물이 일정하게 흐르지는 않는다. 비교적 직선인 곳——, 여울은 빠르고, 굽어진 곳——못 부분은 느리다.

미나토는 개울가를 하류에서 걸어가며 물속을 관찰했다. 여울 부분에 깔린 자갈은 못 부분으로 갈수록 높아졌다.

그리고 못 부분에는 바위도 몇 개 있었다. 의도적으로 기복을 만들어 자연환경과 물의 흐름을 똑같이 만들게끔 한 것 같다.

"자잘한 부분까지 신경 썼네."

그렇게 감탄하면서 보자 급커브 두 군데로 가까워질수록 수초의 높이, 밀도가 늘어났다.

그 너머에 대체 뭐가 있는지는 왠지 짐작이 되었다.

"문은 무사한가……?"

나부끼는 수초 사이에 그것이 있었다.

붉은색과 흰색 기반의 용궁문. 흔들림 없이 압도적인 존재감을 자랑하며 못 바닥에 자리 잡고 있었다. 지붕 위의 무지갯빛 구슬이 더욱 눈길을 사로잡는다.

"건재한 것 같아 다행이네."

문 옆에서 머리를 쏙 내민 영귀가 고개를 끄덕였다.

영귀는 용궁문 근처에서 자는 경우가 많다. 그곳이 새로운 보금자리가 된 모양이다. 느긋하게 헤엄치는 영귀는 아무런 불만도 없는 것 같았다. 평소처럼 눈을 반쯤 감고는 다리로 물을 헤치며 문 뒤쪽으로 가버렸다.

그 모습을 지켜보던 미나토가 고개를 들었다.

시선 끝에는 폭포가 있었다. 각이 져 있는 바위 틈새, 미나토의 눈높이 근처 높이에서 물이 떨어지기 시작하는 지점———폭포 꼭대기가 있다.

폭포 옆에 영귀와 응룡이 자주 지내는 큰 바위가 있다. 그 위로 올라가서 최대한 폭포 꼭대기 쪽으로 다가가 바라보았다.

"담장에서 물이 뿜어져 나오는 것처럼 보이기만 하는데……, 이거, 무언가와 비슷하구나……, 아, 알겠다. 이거, 그거야. 우리 집(친가의 온천 여관) 목욕탕에 있는 대리석에서 뜨거운 물이 나오는 거하고 비슷하네."

납득하고는 고개를 끄덕였다. 구멍이 뚫릴 듯이 관찰한 결과 나온 솔직한 감상이었다.

바로 앞에서 끊임없이 떨어지고 있는 물은 자잘한 물거품을 계속 튀겨대고 있다.

폭포 근처에만 공기의 수분이 늘어난 것이 또렷하게 느껴졌다. 약간 서늘한 기운도 풍기고 있었기에 쌀쌀한 느낌이 들었다. 폭포는 작긴 하지만 진짜와 비교해도 손색이 없었고, 숨을 쉴 때마다 자연스럽게 신경과 마음이 편해지는 느낌이 들었다.

"……좋은데."

이러쿵저러쿵 따지긴 했지만, 정원 개장은 재미있었고, 즐기기도 했다.

하지만 그 표정이 완전히 밝아지지는 않았다. 산신이 신력을 낭비했다는 건 마찬가지니까.

"그래도 뭐, 이미 저질러버렸으니까."

계속 질질 끄는 것도 이상할 것이다.

방석에 누운 산신을 잠시 바라보았지만, 몸이 비쳐 보일 것 같지는 않았다.

미나토의 시선이 다시 아래쪽으로 내려갔다. 거기에는 하얀 물의 띠가 떨어지는 곳——, 용소가 있었다. 무릎을 굽혀서 흐릿하게 보이는 그곳을 들여다보았다. 커다란 바위가 들어차 있었고, 그 한가운데가 동그랗게 패여서 깊숙한 곳이 보였다.

거기에 푸른 기운이 강한 진주빛을 두른 응룡이 몸을 말고 있었다. 그 빛은 물의 하얀색을 능가했기에 눈에 잘 띄었다.

"여기에 사는구나……."

꽤 편한 모양이다. 온화한 표정을 보니 지내기도 괜찮은 것 같다. 희로애락을 알아보기 힘든 생김새이긴 하지만, 릴랙스하고 있는지 여부는 판단할 수 있다.

지상에서는 그럭저럭 크게 들리는 폭포 소리도 물속에서 들으면 다를지 모르겠다.

아무튼, 생김새가 꽤 바뀐 연못에도 딱히 묘한 게 늘어나진 않았다. 주민인 영귀와 응룡이 지내기 편하다면 문제도 없을 것이다.

미나토가 개울 하류가 사라지는 곳———, 산 쪽 담장을 보았다. 좀 전에 힐끔 보기만 했던 그곳도 다시 제대로 확인해두는 게 좋을 것 같다.

다리를 건너던 순간, 다가가고 있던 담장 쪽 개울의 수면이 약간 부풀어 올랐다.

반사되는 햇빛도 굴절되어서 보였다. 거기에는 장애물 같은 것이 전혀 없다.

수면이 파도치는 건 부자연스럽다.

다리 가운데에서 멈춰선 다음, 물가로 다가갔다. 몸을 내밀자 난간이 허벅지에 닿았다.

자세히 살펴보니 물속에 희미하게 빛을 두른 물고기가 있었다. 가늘고 긴 그 몸집은 흰색을 기반으로 붉은색이 군데군데 박혀 있다.

잉어다.

놀라고 있자니 숫자가 늘어났다.

그 잉어 좌우에 쏘옥, 쏘옥, 잔뜩 늘어났다.

붉은색, 검은색, 흰색, 금색. 다양한 색을 띤 성체 잉어들이 대충 봐도 열 마리는 있었다.

하류에서 답답하다는 듯이 한데 모여 있었다.

"……어디서 온 거지……."

일반적인 잉어가 아니라는 건 분명하다. 눈부신 그 몸이 신성함을 거세게 주장하고 있다.

"길을 헤매다 들어온 모양이로군."

뒤에서 목소리가 들렸기에 고개만 돌려서 보니 작은 늑대가 있었다. 어느새 곁으로 다가온 모양이었다.

산신은 가끔 순간이동이라도 한 듯이 갑자기 나타나는 경우가 있다.

산신이 눈을 반쯤 뜨고 하류를 바라보고 있었다. 불쾌해서 그런게 아니라 졸리기 때문이다. 목소리가 늘어지는 느낌이었기에 금방 알 수 있었다.

그건 그렇고, 잉어들은 곤란해 하는 것 같다. 들어오긴 했지만, 움직일 수 없기 때문일 것이다.

"저 잉어들은 다른 신의 권속이야?"

"그렇다, 이웃 마을 녀석들이겠지."

생각해 보니 산신의 이웃 신 권속인 까만 여우――, 츠무기도 산신의 허가를 받기 전에는 결코 부지 안으로 발을 내디디려 하지 않았다.

온천에 이끌리면서도 필사적으로 담장 위에서 버티고 있었다. 한쪽 다리가 거의 흘러내리는 상황이긴 했지만.

그 이후로 츠무기는 한 번도 찾아오지 않았다.

그리고 이웃 신은 천호라고 산신이 가르쳐 주었다.

그 말을 할 때 산신은 마치 시큼한 것을 삼킨 듯한 표정을 짓고 있었다. 혹시나 사이가 별로 좋지 않은 건지도 모르겠다.

"멋대로 들어오진 않는구나. 츠무기도 그렇고, 용 씨도, 기린 씨도 그랬어. 다들 예의가 바르네."

"멋대로 자기 집(신역)에 들어온 존재를 사정없이 없애버릴 정도로 혈기왕성한 신도 있으니 말이다."

미나토는 뭐라 대답해야 할지 곤란했다.

나중에 신이 있는 신역에 끌려들어가 버렸을 경우에 목숨이 위태로운 상황이 발생할 가능성도 있다.

그 사실을 새삼 눈치채고는 마음속으로 식은땀을 흘렸다.

그렇게 전전긍긍하고 있던 미나토 옆에 산신이 나란히 섰다.

"걱정하지 말거라. 날뛰는 신은 그리 많지 않다."

사령의 가호를 받고 있는 미나토가 마주치는 신들은 싹싹한 존재가 많다. 날뛰는 신과 마주칠 일은 없다.

그 사실을 눈치챈 산신은 유쾌하다는 듯이 목을 울려 소리를 냈다. 하지만 그 사실을 모르는 미나토는 자신을 놀리는 거라 생각했다.

산신이 하류를 보았다. 잉어들이 깔끔하게 나란히 서서 몸을 흔들고 있었다.

잠시 후, 가운데에 있던 덩치 큰 금빛 잉어가 헤엄쳐서 다가왔다. 주위에 있던 잉어들도 따라왔다.

아마 산신이 허가해준 모양이다.

그렇게 차례차례 나오고, 또 나왔다. 엄청나게 많은 잉어들이 개울의 흐름을 거스르며 다가왔다.

"……오오……."

미나토는 의도치 않게 감탄하며 소리를 냈다.

몇 초 뒤, 다리 근처에서 선두에 있던 금빛 잉어가 멈췄다. 올려다보며 수면 위로 내놓은 입을 뻐끔거리자마자 다들 똑같은 움직임을 보였다. 팔딱팔딱, 뻐끔뻐끔. 여기저기에서 잉어들이 입을 벌리고 있다. 매우 낯익은 광경이다.

예, 오래 기다리셨죠! 라고 하면서 먹이를 뿌려주고 싶어졌다. 하지만 그렇게 불끈불끈 솟구치는 충동을 억눌렀다.

아마 그들은 인사를 하고 있을 것이다. 장난을 쳐도 되는 상황이 아니다.

방긋 웃으며 수상쩍은 미소를 드리우면서도 난간 위에 올려둔 두 손으로는 주먹을 꽉 쥐고 있다.

산신이 그 모습을 곁눈질하고는 엄숙하게 말했다.

"신경 쓰지 말거라. 가도 좋다."

허가를 받은 금빛 잉어가 입을 한 번 움직였다.

그리고 일제히 상류로 헤엄쳐 갔다. 다리 밑을 통과하는 다양한 색의 잉어 무리. 물속 자갈을 뒤덮을 정도로 많으면서도 서로 부딪히지도 않고 상류를 향해 나아갔다.

미나토가 기쁜 듯이 웃었다.

"역시 전통 정원에는 잉어가 잘 어울리는구나."

"그러한가?"

"숫자가 좀……, 무시무시할 만큼 많긴 하지만."

잉어 행렬은 끊기지 않았다. 이웃 마을 신은 대체 권속을 얼마나 많이 거느리고 있는 걸까. 호기심이 조금 싹텄다.

잠시 허리를 숙이고 들여다보던 미나토가 고개를 벌떡 들었다.

"……그러고 보니까, 잉어들이 간 곳에는 폭포가 있지 않나—."

고개를 돌리자 보인 것은 잉어들이 폭포를 거슬러 올라가는 모습이었다.

콸콸 흘러내리는 폭포를 금빛 잉어가 힘차게 올라갔다. 바위가 거의 수직인데도 아랑곳하지 않고 물줄기, 중력을 거스르는 그 다이나믹한 움직임.

미나토는 알 수 없는 감동을 느꼈다. 설마 이런 광경을 보게 될 줄이야.

"잉어는 정말로 폭포를 타고 오를 수 있구나……."

"신의 권속이기 때문이다."

"……그렇겠지."

일반적인 잉어에게 그런 걸 기대하는 건 너무 가혹한 짓일 것이다.

어느새 용소에서 올라온 응룡이 폭포 옆에 있던 큰 바위 위에 앉아 있었다. 폭포를 끝까지 올라간 금빛 잉어가 폭포 꼭대기 건너편으로 사라지는 모습을 바라보며 고개를 끄덕이고 있다. 묘하게 만족스러워하는 것 같은데 내 착각일까?

제각각 따라가던 잉어들은 금빛 잉어와 비교하면 몸집이 조금 작다. 헤엄치는 속도가 뒤떨어지는지 그럭저럭 필사적인 모습을 보이면서도 폭포를 제패해 나갔다.

그리고 남은 것은 자그마한 잉어들. 금빛 잉어의 절반도 되지 않는 어린 몸이 과감하게 폭포에 도전했다.

하지만, 금방 물줄기에 밀려나 버렸다.

여러 마리가 첨벙첨벙, 용소에 떨어졌다. 다들 절반도 올라가지 못했다.

그런 새끼 물고기들을 바라보고 있던 응룡이 양쪽 날개를 활짝 펼쳤다.

물속에 있던 잉어들이 자리를 비켜주었다. 응룡이 날개를 접고 그 중심———, 용소를 향해 뛰어들었다. 그리고 가볍게, 우아하게, 그러면서도 매끄럽게. 몸을 꿈틀대며 물줄기를 거슬러 폭포를 올라갔다.

응룡 선수, 다른 차원의 연기를 보여주고 있습니다. 그 모습을 새끼 물고기들이 선망의 눈초리로 올려다보고 있었다.

"그러고 보니까 폭포를 끝까지 무사히 올라간 잉어는 용이 된다는 전설이 있었던 것 같은데……."

"있을 수 없는 일이다."

미나토가 희미하게 품었던 기대는 산의 신에 의해 단칼에 두 동강 나버렸다.

"그렇구나……. 조금 아쉽네."

아무리 애를 써도 올라가지 못하는 몇 마리를 응룡이 등에 태우고 올라가준 모양이었다. 고전하면서도 그제야 모든 잉어가 돌아갔다.

일을 마친 응룡이 고개를 절레절레 흔들며 용소로 뛰어들었다.

떠들썩한 소리가 사라진 신의 정원에는 폭포가 흘러내리는 소리만이 울렸다.

고개를 약간 숙인 채 뭔가 생각하고 있던 산신이 조용히 중얼거렸다.

“의도치 않게 길을 헤매다 여기로 와버린 존재들도 정말 곤란하겠군.”

“그렇긴 하지. 그럼 개울의 흐름을 막을 거야?”

“그건 아니 된다!”

두 눈을 부릅뜨며 힘찬 소리로 외쳤다. 깜짝 놀란 미나토가 몸을 살짝 뒤로 젖혔다.

“대단하네. 힘이 바짝 들어갔어. 정말 정원에 애착이 강하구나.”

“당연하다.”

산신은 푸른 하늘을 올려다보며 코로 숨을 내쉬었다. 거만한 태도이긴 하지만, 작은 늑대 모습이라 그냥 훈훈하게 보일 뿐이다.

있는 힘껏 위엄을 보이려고 노력하는 모습으로만 보인다.

“정체는 결코 있어선 아니 된다.”

“지금까지처럼 물이 솟아나면 문제없는 거 아니야?”

“아니 된다. 결코 아니 된다. 그저 생김새가 약간 바뀌기만 하고 수수한 정원의 개장 따위, 나는 허용할 수 없다.”

“전혀 수수하진 않은 것 같은데. 연못이 개울로 변했고, 폭포까지 생겼으니까, 말도 안 되는 일이야.”

원래는 나름대로 비용이 들 것이다. 게다가 정원수들에게 아무런 영향도 없으니까.

잠깐 말이 없던 산신이 고개를 크게 끄덕였다.

“으음, 그렇다면 길을 헤매다 들어오는 존재들을 막을 수 있게끔 대처하게 할까.”

“누구에게?”

“물론, 나의 권속이다.”

그렇게 말하자마자 목을 뒤로 젖힌 산신이 크게 울음소리를 냈다.

———깨앵~~~~~~!

이상하게 귀여운 그 목소리는 마치 강아지 같았다. 고개를 돌린 미나토가 자연스럽게 발치를 내려다보았다.

의기양양한 그 작은 늑대를 보니 방금 들린 소리가 틀림없이 그 목에서 나온 소리라는 걸 알 수 있었다.

“그렇게 귀여운 소리도 낼 수 있구나…….”

자그마한 꼬리가 살랑살랑 흔들렸다.

“봉황이 모든 새의 울음소리를 낼 수 있는 것처럼, 나도 새끼 늑대의 울음소리 흉내를 내는 건 식은 죽 먹기다.”

“왜

새 씨에게 그렇게 대항심을 불태우는 건데……. 아니, 지금 몸으로는 그런 울음소리만 낼 수 있는 거야?”

“……그러하다.”

“그 외모에는 어울리는 것 같은데.”

산신이 약간 분한 듯 했기에 미나토는 웃을 수밖에 없었다.

그렇게 이야기를 나누고 있자니 앞쪽에서 바람이 약간 움직였다. 미나토가 그쪽———, 산 쪽을 보았다.

담장 위에 담비 한 마리가 슬쩍 앉아 있었다.

몇 초 전에는 없었던 게 분명하다. 그야말로 바람처럼 나타났다.

산신의 권속인 우츠기다. 항상 자유분방하게 행동하며 기운이 넘치는 막내다.

타다닥, 담장 위를 빠르게 달려서 근처로 다가왔다.

"야호~, 미나토~."

"안녕, 우츠기."

기본적으로 집(신의 본체인 산)의 경비를 맡고 있는 권속과 만난 건 간만이다. 그래도 1주일 정도다. 권속들이 놀러오거나 미나토가 신의 본체인 산에 가기도 해서 사실은 자주 만나고 있다.

우츠기는 미나토의 정면으로 와서는 담장에 앉았다.

이번에는 뒷문 근처 담장으로 담비 두 마리가 기어올라왔다.

발소리를 내지 않고 앞에서 걸어온 게 세리. 그 뒤를 따라온 건 토리카. 착실한 연장자들이다.

우츠기 옆에 멈춘 세리와 토리카도 정원을 향해 앉았다.

똑같이 생긴 하얀색 담비 세 마리가 늘어섰다. 담장 건너편에 길게 늘어진 복슬폭슬한 꼬리 끄트머리에 들어간 색만 다르다.

세리와 토리카가 고개를 꾸벅 숙여 인사했다.

"조금 오랜만이네요. 미나토."

"잘 지내는 모양이군. 아니, 알고 있긴 했는데."

응, 미나토는 그렇게 대답하며 쓴웃음을 지었다.

권속들은 산신이 영혼을 나누어서 만든 존재이기에 산신과 이심전심이다. 그렇기에 쿠스노키 저택에 눌러앉은 산신과 틈만 나면 교신하고 미나토의 상태나 생활에 대해서도 알고 있다.

미나토와 즐겁게 인사를 나눈 세 마리의 상태가 갑자기 바뀌었다.

눈꼬리를 치켜올리고 몸 뒤에서는 먹구름이 피어올랐으며, 쿠릉쿠릉 천둥소리까지 들리는 환상까지 발생시키고 있다. 변모라는 단어가 어울릴 정도로 확 바뀐 모습이었다.

머리끝까지 화가 난 모양이다.

세리가 감정을 억누르는 목소리로 입을 열었다.

"산신님, 힘을 너무 많이 쓰지 마시라고 몇 번이나 말씀드렸을 텐데요."

"까불지 말라고 몇 번이나 말했잖아. 너무 많이 쓰니까 그렇게 작고 한심한 모습으로 줄어들어 버리는 거라고."

"……맞아. 우리보다 작다니……, 차마 봐줄 수가 없어."

토리카는 어이없어했고, 우츠기는 한탄했다.

그 멤버들 중에서 가장 작은 존재는 거들먹거리면서 반성의 기색을 전혀 보이지 않았다.

"정원 개장은 나의 취미이고, 나아가서는 너희의 취미이기도 할 터인데."

끄으응, 세 마리가 인상을 썼다.

사실이기에 따질 수가 없다. 원래는 하나였고, 누구보다 산신에 대해 이해하고 있다. 그 사실을 뒷받침하듯이 정원을 힐끔 본 세 마리는 매우 만족스러워하는 모습을 보였다.

살짝 한숨을 쉰 세리의 분위기가 부드러워졌다.

“———그런데, 저희에게 무슨 용건이신가요?”

“으음, 너희에게 시련을 내리마.”

그 말을 듣자마자 세 마리의 표정이 바뀌었고, 자세까지 바로잡았다.

호오, 미나토는 그렇게 마음속으로 중얼거렸다. 긴장감이 감도는 분위기가 흐른 탓에 소리 내어 말할 수는 없었다.

그냥 교신하면 될 텐데, 일부러 불러서 직접 말할 모양이다.

이런 상황을 마주친 건 처음이다. 상황을 지켜보기 위해 한쪽 다리에 무게를 싣고 릴랙스 모드로 들어갔다.

그 옆, 다리 가운데, 난간 아래쪽에 매우 진지한 표정을 짓고 있는 작은 늑대가 자리잡고 있다.

“신수의 흐름을 타고 이곳에 길을 헤매다 들어오는 존재가 나타났다.”

“……이쪽에 도착했군요.”

“헤엄치는 속도도 빨랐고, 무리였으니까. 말을 걸기가 좀 그렇더라고.”

“다들 꽤 초조한 느낌이었지~.”

“그러하다. 시간이 조금 지나면 차분해지겠지만, 이 근처에 익숙하지 않은 존재라면 더더욱 길을 헤매고 들어오기 쉬울 것이다. 한동안, 경비를 강화하거라.”

“……알겠습니다.”

“예.”

"알았어!"

대답한 다음 순간, 권속들의 모습이 사라졌다. 미나토가 눈을 크게 떴다.

"깜짝 놀랐네. 그렇게 빠르게 이동할 수 있게 되었구나."

"으음, 꽤 빨라졌구나. 요즘은 속도를 높이는 것에 전념하고 있었으니. 기린에게 묘하게 대항 의식을 지니고 있는 모양이다."

"기린 씨는 이상할 정도로 빠르니까. 그래도 거의 비슷할 정도로 빨라진 것 같긴 하지만."

미나토가 이야기하던 도중에 산신이 하품을 크게 한 번 했다. 눈도 몽롱해졌다.

"졸린 모양이네."

"……으음."

마루를 향해 걸어가기 시작한 그 발걸음은 평소보다 더 느렸다. 게다가 징검다리 가장자리에서 비틀거리기까지 했다. 그 옆을 걸어가던 미나토는 안절부절못하고 있었다. 끌어안고 가야 하나, 그렇게 망설이며 두 손이 허공을 헤맸다.

작은 늑대는 겨우 마루 근처에 도착하긴 했지만, 올려다보는 자세로 멈춰 버렸다. 항상 화려하게 점프하곤 했지만, 지금은 망설이고 있는 모양이다.

미나토는 아무런 말도 하지 않고 뒤에서 산신을 안아들었다. 살며시 방석에 내려주자 몸을 둥글게 웅크렸다. 곧바로 눈을 감고는 새근새근 소리를 내기 시작했다. 본격적으로 잠들어 버렸다.

산신은 힘을 쓴 다음에는 반드시 오랫동안 잠든다.

이번에는 몸이 비쳐 보일 정도였으니 한동안 계속 자기만 할지도 모르겠다.

"……느긋하게 쉬시죠."

미나토는 최대한 발소리를 내지 않게끔 그곳을 떠났다.

경치가 완전히 바뀌어버리긴 했지만, 정원수에 물을 주는 건 필수다.

미나토는 재빨리 폭포의 물을 바람으로 휘감아 정원에 뿌리려고 물뿌리개를 마루 옆에 내려놓았다.

그때, 갑자기 시야가 어두워졌다.

주위를 둘러보니 정원 절반 이상에 그림자가 드리워져 있었다. 설마 갑자기 비구름이라도 생겨난 건가? 좀 전까지는 구름이 얇게 깔리기만 하고 맑은 하늘이었는데.

의아해하던 미나토가 하늘을 올려다보았다. 쿠스노키 저택 상공에 거대한 무언가가 떠 있었다. 부지를 완전히 뒤덮고도 남을 정도로 기다란~ 뱀의 배였다.

전체적으로 파도치며 움직이고 있었고, 전체 모습은 전혀 보이지 않았다. 미나토는 말문이 막혔다.

아마도 용일 것이다.

응룡과 비슷하게 생겼다. 하지만 색은 달랐다.

그 몸은 푸른 여름 하늘을 연상케 할 정도로 순수하면서도 신비로운 푸른색이었다.

또다시 틀림없는 신이 찾아왔다.

피부가 따끔거릴 정도로 신기가 느껴졌다.

미나토는 재빨리 마루 쪽을 보았다. 옆으로 드러누운 산신은 다리를 쭉 뻗은 채 푹 잠들어 있었다. 정말 잘 자는 것 같다.

새로 나타난 신도 전혀 경계할 필요가 없는 모양이다, 그런 생각이 머리 한구석에 스쳐갔다.

잠시 하늘 위에서 뱀의 배가 꿈틀거린 다음, 그제야 얼굴을 내밀었다.

스윽, 서서히 다가오는 머리에는 뿔이 두 개 달려 있었다. 코도, 입도, 모든 것이 한없이 크다.

갑자기 잡아먹진 않겠지만, 아무래도 몸이 움츠러들 수밖에 없었다.

그때, 뒤에서 날개를 퍼덕이는 소리가 들렸다. 응룡이 옆으로 날아왔다. 응룡도 미나토가 알아차리기 쉽게끔 의도적으로 소리를 내고 있다.

"용 씨가 알고 지내는 분이야?"

응룡이 고개를 끄덕이자 하늘 위에 있던 거대한 머리도 고개를 살짝 끄덕였다.

그와 동시에 바람이 아래로 세게 불어서 미나토의 머리카락과 옷이 나부꼈다. 용신이 살짝 움직인 것만으로도 바람이 일어났다.

만약에 있는 힘껏 포효라도 한다면 주위에 어떤 영향을 끼칠까.

미나토는 문득 눈치챘다. 응룡과 영귀의 목소리를 들어본 적이 없다는 것을. 기린, 봉황과 마찬가지로 탁한 목소리라면 용신도 똑같을 가능성이 있다.

그렇다면 쿠스노키 저택뿐만이 아니라 신의 본체인 산도 막대한 피해를 입을 것이 틀림없다. 상상만 해도 핏기가 가신다.

그런 생각을 빠르게 하고 있자니 지붕에서 약간 높은 위치에 있던 용신이 턱을 약간 벌렸다. 겨우 그것만으로도 충격파가 찌릿찌릿 날아들었다.

미나토가 두 팔로 얼굴을 가리고는 다리를 벌리고 중심을 낮췄다.

용신은 뭔가 이야기하려고 했던 건지도 모르겠지만, 도저히 제대로 마주할 수가 없다.

몸도 제대로 움직이지 못하고 있던 미나토 위쪽에서 머리가 조용히 물러났다.

곧바로 묵직한 신기도 멀어졌다.

숨을 돌린 미나토가 비틀거리면서도 자세를 바로잡았다.

옆에서 응룡이 날개 소리를 냈다. 미나토가 돌아보자 두 눈을 감았다.

몇 초 동안 말없이 서로 바라보았다. 그리고 다시 눈을 감았다가 바라보았다. 의미를 알 수가 없어서 질문하는 듯이 이름을 불렀다.

"용 씨?"

다음 순간, 번쩍, 하늘 위에서 섬광이 터졌다. 시야가 새하얗게 물들 정도로 눈이 부셨다.

"으엇, 눈을 감으라는 뜻이었구나……, 미안, 눈치채질 못했네. 그건 그렇고, 신들은 정말 눈에 부담이 심하네."

두 눈을 감으며 그렇게 한탄했다.

압박감을 동반한 빛이 사그라들 때까지 기다렸다가 눈을 떴다.

그러자 지붕 근처에 자그마한 용신이 몸을 둥글게 만 채 떠 있었다. 한순간에 줄어든 모양이었고, 응룡과 비슷한 크기가 되었다. 등에 날개는 없는 모양이다.

하지만 용신은 내려오지 않았다. 공중에 머물러 있다.

아마 지붕 근처가 신역과 현세의 경계이기 때문일 것이다. 생각해보니 몸집이 거대했을 때도 머리가 그 위치에 머물러 있었다.

겸허한 분 같다.

미나토는 역시 용 씨가 알고 지내는 분이라며 감탄했다.

스윽, 용신이 고개를 들었다. 이번에는 바람이 일어나지 않았다. 말없이 빤히 내려다보고 있다. 뭔가 말을 걸고 있는 건지도 모르겠지만, 목소리는 들리지 않는다.

하지만 지금까지 경험을 통해 금방 알 수 있었다. 미나토가 허가해주기를 기다리고 있다는 것을.

"자, 들어오시죠."

미나토가 진지하게 말하자 소리도 없이 이리저리 움직이며 내려왔다.

곁으로 다가와서는 앞다리를 가볍게 휘둘러서 순식간에 상자를 나타나게 만들었다. 예쁘게 포장된 과자 상자인 것 같다. 아무렇지도 않게 능력을 보여주었지만, 이제 와서 놀라진 않는다.

이제 슬슬 적응할 때도 되었다. 전조도 기대하지 않는 게 차라리 낫다.

스윽, 눈앞에 상자를 내밀고 있다. 자기 몸보다 커다란 상자를 여유롭게 붙잡고 있는 그 날카로운 발톱은 네 개였다.

"감사합니다."

일부러 선물을 챙겨서 찾아오다니, 묘하게 인간다운 용신이다. 신이 베푸는 것이기도 했기에 사양하지 않고 받아들었다. 거절하면 분노를 살 우려도 있다.

아무리 용룡과 알고 지내는 사이라 하더라도 미나토는 기본적으로 신에게는 인간의 상식이나 도리가 통하지 않는다고 생각한다.

자유분방한 신들과 함께 지내온 경험을 통해 배웠다.

미나토가 공손히 받아들었다. 상자는 일반적인 크기이면서도 묵직한 무게가 두 손에 실렸다.

마음이 꽤 많이 담긴 물건인 모양이다.

고맙긴 한데, 안에 든 게 과자일까?

그렇게 약간 의문을 품고 있던 와중에도 상자가 더 쌓였다. 그것 또한 고급스러운 포장지로 둘러싸인 상자였고 커다란 상자라 그런지 처음 받은 상자보다 더 무거웠다.

그 상자는 두께로 보아 과자는 아니고, 도자기라도 들어 있는 것 같다.

그렇게 차례차례 나오는 선물들. 점점 쌓여 가는 다양한 크기의 상자는 벌써 미나토의 코보다 높아져 버렸다.

하지만 용신은 어디에선가 꺼낸 상자를 계속 쌓아나갔다.

"저기, 정말 감사하긴 한데, 더 이상은……."

약간 떨리고 있는 상자탑을 본 미나토가 초조해하는 목소리로 말하자 용신의 움직임이 멎었다.

용신은 의아하다는 듯이 눈을 깜빡였다. 미나토 옆에서 계속 어이없다는 듯이 바라보고 있던 응룡이 살짝 한숨을 쉬었다.

용신은 응룡을 꽤 오랜만에 만난 모양이었다.

회포를 풀라며 자리를 마련해주고 술을 아낌없이 대접했다. 시간이 얼마 지나지 않아서 와인잔을 끌어안은 두 용이 공중을 떠다니기 시작했다.

용신은 예의가 매우 바른 것 같았지만, 응룡과 마찬가지로 술버릇은 안 좋은 모양이었다.

하늘이 어둡게 물들기 시작했을 무렵. 와인을 잔뜩 마신 용신은 기분 좋게 동쪽 하늘로 날아올랐다.

그 몸이 희미한 구름 틈새로 사라질 때까지 바라보던 미나토는 마루로 돌아왔다.

그리고 받은 상자를 약간 조심스럽게 열어 보았다. 안에는 보름달처럼 동그란 과자가 나란히 들어 있었다.

연꽃 무늬가 새겨진 월병.

달콤한 팥소가 빽빽하게 들어 있을 것이다. 상자를 연 순간, 달콤하고 고소한 향기가 주위에 퍼져나갔다.

평소였다면 단것을 정말 좋아하는 누군가가 일으킨 강풍이 정원에 휘몰아쳤겠지만, 지금은 그저 폭포가 흘러내리는 소리만 들릴 뿐이었다.

미나토가 조용히 고개를 들었다. 방석에서 자그마한 늑대가 몸을 웅크린 채 자고 있다. 희미하게 빛을 뿜어내는 그 몸은 꿈쩍도 하지 않았다.

항상 제일 먼저 그 뛰어난 코로 단것을 알아채고는 안절부절못하는 모습을 보이곤 하는데.

코도, 수염도, 귀도, 꼬리도. 전혀 움직이지 않았다.

마치 조용한 산과도 같이, 그저 거기에 있을 뿐이었다.

제 3 장 미나토의 비밀 분투기

미나토는 결심했다.

반드시 저 자그마한 늑대를 원래 크기로 되돌려 놓겠다고 결심했다.

자그마한 산신은 산신이 아니다.

아니, 그건 좀 지나친 표현이긴 하지만, 진정이 안 된다. 전혀 진정되지 않는다.

한시라도 빨리 원래대로 거대한 몸집으로 돌아와 줬으면 좋겠다.

낯선 것은 그 체격뿐만이 아니다. 가끔 몸이 희미해지는 것도 심장에 큰 부담을 주고 있다.

그리고 얼마 전, 산신이 주간 날씨를 알려주는 것처럼 가벼운 말투로 이렇게 말했다.

만약에 지금 이상으로 신력이 쇠해서 몸을 드러내지도 못하게 된다면 미나토와 대화를 나누는 것도 불가능해진다고.

게다가 권속도 사라져버린다고 한다.

말도 안 된다. 결코 용납할 수 없다.

내 마음의 평온과 안식을 위해서라도 최대한 빠르게 예전 상태로 되돌려 놓겠다.

굳게 결심한 미나토의 분투가 지금 시작되려 하고 있다.

화창한 햇살을 한 몸에 받고 있는 신의 정원 나무들은 오늘도 정말 푸르다. 바람도 선선하게 불면서 숲의 향기를 옮겨다 주었다.

듣기 편한 폭포 소리까지 울리는 와중에 미나토가 집에서 마루로 나왔다. 손에는 동그란 쟁반을 들고 있다. 작은 접시에 산더미처럼 쌓은 월병과 다기가 담겨져 있다.

훙, 훙. 방석에 누워 있던 산신이 코를 울리며 소리를 냈다. 며칠 만에 깨어난 산신은 아주 약간 커졌고, 비쳐 보이는 횟수도 크게 줄어들었다.

"보아하니 낯선 냄새로군."

"저번에 용신님에게 받은 중국차야."

미나토가 좌탁 위에 찻그릇을 내려놓았다.

자그마한 그 찻그릇은 용신의 선물 중에 포함되어 있던 물건이다.

두 손으로 드는 것도 힘들었던 그 상자 내용물은 월병을 비롯하여 여러 종류의 과자, 찻잎, 그리고 다기였다. 본격적인 다기 세트는 고민이 되는 선물이기도 했다.

중국차에 대해 인터넷으로 검색해보니 첫 번째로 끓인 차는 버린다거나, 온도 관리가 중요해서 차 단지——, 말하자면 찻주전자에 뜨거운 물을 붓는다거나. 손이 꽤 많이 가는 모양이었다.

고맙긴 하지만, 솔직히 귀찮다. 평소에는 거의 녹차만 마신다. 그냥 찻주전자에 찻잎을 적당히 넣고 뜨거운 물을 부은 다음에 잠깐 기다렸다가 찻잔에 붓기만 해도 충분히 맛있게 마실 수 있다.

그렇게 간단한 전통 차에 익숙해진 타고난 일본인에게는 정말 번거롭다.

도저히 평소에는 마시기 힘들 것 같다며 살며시 상자의 뚜껑을 닫았다. 친가로 보내줄 생각이다.

미나토는 받은 물건들이나 경품으로 당첨된 물건들을 거의 대부분 친가로 보내고 있다.

하지만, 찻그릇만은 감사히 쓰고 있다.

산신에게 경위에 대해 낱낱이 설명해준 미나토가 좌탁 앞에 앉아 자기 몫을 늘어놓았다.

"그래도 뭐, 녹차하고 비슷한 요령으로 끓여도 되는 것 같으니까 우롱차 중 하나를 끓여봤어. 향기가 좋지?"

"으음, 익숙하지 않은 냄새다만, 좋구나."

산신은 찻그릇에서 피어오르는 향기를 열심히 맡고 있었다. 꼬리가 기분 좋게 흔들렸고, 방석과 닿으며 마찰음을 냈다.

그리고———, 투욱.

미나토가 월병이 담긴 작은 접시를 산신 앞에 조용히 내려놓았다.

"월병 드시죠, 산신 씨."

코끝이 찻그릇에 닿을 듯한 위치에 있던 산신이 시선만 올렸다.

거기에는 의욕이 넘치는 미나토가 있었다. 몸을 약간 앞으로 내밀고는 마치 공격이라도 할 것처럼 강렬한 눈빛을 보이고 있다.

조금 놀란 산신의 꼬리가 멈췄다.

"뭔가……?"

"됐으니까, 먹어."

목소리까지 딱딱했다. 마치 살기 같은 패기까지 느껴지자 당황하던 산신은 월병을 보았다.

동그랗고 평평한 그 월병에서 달콤한 향기가 느껴졌다. 안에는 고소한 흑임자 양념이 들어 있다는 것을 매우 예민한 후각으로 알아차렸다.

예전에 먹어본 적이 없는 과자이긴 하지만, 단것은 단것이다. 다른 나라의 용신이 선물로 가져온 모양이지만, 이 월병은 인간의 손에 의해 만들어진 물건이다. 신들 전용인 특수한 음식도 아니다.

"———뭐, 좋다."

공물은 남기지 않고 다 먹는 게 신조이기 때문에.

산신은 입을 크게 벌리고는 월병산의 꼭대기를 물어뜯었다.

자그마한 월병은 지금 체격에 딱 좋다. 하나를 통째로 입에 넣고는 씹었다. 시간을 오래 들여서 맛보았다.

"으음. 깨 특유의 고소함이 참으로 좋군. 촉촉하고 진한 식감이면서도 뒷맛이 끈질기게 남지 않는다는 것 또한 밉살스럽도다. 매우 맛이 좋구나."

으음, 으음, 그렇게 기뻐하며 고개를 끄덕였다.

흑임자의 여운에 젖으며 다음 월병을 먹기 위해 고개를 약간 기울이고 입을 벌렸다. 두 번째 월병에 송곳니를 박아 넣으려던 순간, 갑자기 금빛 눈이 정면을 보았다.

매우 낙담한 듯한 표정을 짓고 있던 미나토가 보였다.

산신은 턱을 당기고 입을 다문 다음, 미나토를 보았다.

"———나에게 하고 싶은 말이라도 있는 게냐? 그렇게 조심스러워하다니, 그대답지 않군. 말해 보거라."

"아니, 아무것도 아니야. 신경 쓰지 마. 계속 먹어도 되니까……."

자리에서 일어나 버렸다. 실내로 돌아간 미나토는 차조차 마시지 않았다. 좌탁에 월병이 하나 담긴 접시와 찻그릇이 남겨져 있다. 찻그릇에서 피어오른 김이 미나토를 쫓아가듯이 뻗었다.

산신은 일단 두 번째 월병을 물어뜯었다. 수상쩍은 미나토에 대한 의심이 날아가 버릴 것 같은 그 맛에 꼬리도 저절로 움직였다.

산신이 네 번째 월병을 맛보았을 무렵, 그제야 미나토가 돌아왔다. 다른 접시를 들고서.

스읏, 산신의 코끝이 그쪽으로 쏠렸다. 지금 그야말로 제철인 떡갈나무잎 향기를 맡았다.

그 접시에 자리 잡고 있는 것은 틀림없이 가랍떡일 것이다.

다른 나라의 과자도 좋지만, 일본의 흙에서 자란 것을 당해내지는 못한다.

코가 꿈틀대는 것을 멈출 수가 없다, 멈추지 않는다.

하지만 미나토의 분위기가 신경 쓰인다. 너무 신경 쓰인다.

접시를 두 손으로 받쳐서 들고는 신중한 발걸음으로 조심조심 다가오고 있다. 발을 끌면서 조금씩 이동하는 이유가 대체 무엇일까. 뭔가 혼자서 엄숙한 의식을 치르고 있는 걸까.

진지하기 짝이 없는 그 행동은 기묘하기만 했다.

"좀 전부터 매우 정신이 없구나. 모처럼 끓인 차도 식었을 터인데."

"괜찮아. 나는 미지근하거나 차가워도 맛있게 마실 수 있으니까."

왠지 모르겠지만 작은 목소리로 빠르게 대답하고 있다. 집중하고 있으니까 방해하지 마라, 그런 목소리가 들리는 것 같았다.

"———고집이 전혀 없는 것도 문제일지 모르겠군."

산신은 너무 어이가 없던 나머지 무심코 본심을 말해버리고 말았다.

그런 다음, 나머지 월병, 가랍떡까지 남김없이 먹어치운 산신 앞에서 미나토는 계속 탐탁치 않아하는 모습을 보이고 있었다.

"보고 있기만 해도 배가 부르네……."

조용히 본심을 드러낸 다음, 완전히 식은 차를 단숨에 마셨다.

다음날 이른 아침. 몸단장을 마친 미나토가 마루로 나왔다. 방석에서 졸고 있던 산신이 그 모습을 보고 있었다.

마루와 정원을 청소할 것이다. 별로 지저분하지도 않은 곳을 거의 날마다 청소하다니, 정말 고생이 많은 것 같다.

그리고 미나토는 이 집을 사려는 사람이 나타나서 비워달라고 할 경우에 곧바로 나갈 수 있게끔 항상 준비를 갖춰두고 있다. 그 때문인지 물건을 최대한 늘리지 않게끔 하고 있었다.

산신이 다른 곳으로 이동하기 위해 몸을 일으켰다.

그때, 왠지 모르겠지만 다가온 미나토가 눈앞에서 무릎을 꿇었다.

"좋은 아침이야, 산신 씨."

매우 엄숙한 목소리였다. 게다가 고개를 조아리고 합장까지 하고 있다. 아침부터 기합을 바짝 넣고 숭배하고 있다.

물론 산신은 그 이유를 알 수가 없었다. 미나토가 그렇게 행동한 것이 처음이었기에 조금 당황했다.

"으음."

하지만 폐가 될 리는 없다. 태도로 부응해줄 뿐, 작은 늑대도 그렇게 생각하며 당당하게 가슴을 폈다. 위엄은 보여주었을 것이다.

얼마나 그렇게 하고 있었을까. 매우 오랫동안, 한 사람과 한 신은 그대로 있었다.

폭포 소리만은 변함없이 울리고 있었다.

게다가 그 이후로는———.

"산신 씨, 항상 함께 밥을 먹어줘서 고마워."

아침 식사뿐만이 아니라 점심, 간식, 저녁. 함께 식사를 한 다음, 반드시 매우 공손하게 고맙다는 말을 하며 합장하는 모습을 보였다.

그럴 때마다 몇 분 이상 걸렸다.

물론 산신은 매번 함께 해주었다. 감사의 마음을 잔뜩 보여주는데 싫을 리가 없다. 자신의 양분이 된다는 생각도 들었다. 폐가 될 리가 없었다.

하지만, 미나토의 눈빛은 문제였다. 연구자 뺨칠 정도로 냉엄한 눈빛으로 마치 실험 결과를 관찰하는 듯이 산신의 온몸을 훑어보곤 했다.

이래도 괜찮은 건가, 산신은 그렇게 생각했다.

짹짹짹, 짹짹. 봉황의 비위를 맞춰주러 찾아온 참새들의 울음소리는 왠지 웃고 있는 것 같았다.

○

신수를 듬뿍 뒤집어쓰며 샤워를 한 쿠스노키 떡잎은 물기를 머금고 색이 더욱 진해졌다. 직접 잎을 기울여서 동그란 물방울을 굴리며 장난을 치고 있었다.

그 모습이 잘 보이는 마루에 미나토, 영귀, 응룡이 나란히 있었다.

신기한 조합인 멤버들끼리 대낮부터 술판을 벌이고 있었다.

물론 술을 잘 마시지 못하는 미나토 옆에 놓여 있던 건 차다. 유리 포트 안에서 새빨간 꽃이 한 송이 피어났다.

향기로, 눈으로 즐기는 공예차는 푸른 용신이 준 선물이다. 재스민의 향기를 맡은 응룡이 기분 좋다는 듯이 꼬리를 흔들었다.

영귀 앞에 놓인 술그릇에 미나토가 술을 따랐다.

그것은 술을 샀더니 덤으로 받은 전통주다. 술을 한 방울도 마시지 않는데도 불구하고 술집 단골이 된 미나토는 덤을 받는 경우도 많다.

미나토는 맛의 차이를 전혀 알 수가 없었지만, 이번에 받은 전통주는 향이 꽤 강하다고 느꼈다.

"산신 씨의 몸이 얼른 원래대로 돌아오게끔 최대한 감사의 마음을 담아 이것저것 해봤는데……. 효과가 전혀 없는 것 같아."

산신을 원래 크기로 되돌리기 위해 일주일 동안 분투했다. 산신의 크기에는 별다른 변화가 없었고, 거대한 몸집이라고 하기에는 멀었다. 비쳐 보이지 않게 된 정도뿐이고, 눈에 띄는 성과는 거의 없다.

지금, 산신은 본체인 산으로 돌아가 있다. 그 신이 자리를 비운 사이에 미나토는 영귀와 응룡에게 의논 겸 하소연을 하고 있었다.

그리고 봉황은 숙면 중이다. 기린은 여행을 떠난 뒤로 아직 돌아오지 않았다.

『보아하니 열심히 한 모양이로구나. 결코 효과가 없진 않을 게다. 겉으로 보기에 드러나지 않았을 뿐.』

영귀가 고개를 저었다.

『그렇고말고. 내면에 확실히 성과가 열매를 맺고 있다. 몸도 잘 살펴보면 며칠 전보다 커졌고.』

응룡도 날개를 펼치며 대답했다.

"———효과, 있어?"

두 성수가 고개를 크게 끄덕였다.

"그런가……. 하지만 저번에는 합장을 했더니 곧바로 몸이 쑥쑥 커졌는데……."

납득이 되지 않는다는 듯이 중얼거렸다.

"공물에도 감사의 마음을 담을 수 있지 않을까 하는 생각이 들어서 과자를 상대로도 합장을 해보긴 했는데."

『어찌하여 그런 짓을……? 방식이 너무 엉뚱하다만…….』

영귀가 어이없어하면서 소금을 핥았다.

"그것 때문인가? 과자가 선물로 받은 거나 파는 제품이라서 안 되는 거야? 손수 만드는 게 더 나을까?"

『뭐, 마음을 담아 정성껏 만들면 어느 정도 효과가 좋아질지도 모르겠다만, 그렇게까지 극적인 효과는 없을 게다. 실제로 지금도 식사는 손수 만들고 있을 터인데.』

영귀는 술을 마시면서도 눈꺼풀, 목, 꼬리를 움직여서 미나토가 이해할 수 있게끔 최대한 노력하고 있었다.

그렇게 이것저것 이야기하던 미나토가 정신이 번쩍 들었다.

"맞다, 그것 때문인가? 내가 마음속으로는 산신 씨가 별로 위엄이 없다고 생각하기 때문인가?"

『……그건 딱히 잘못된 생각이 아니다. 신경 쓰지 않아도 된다.』

영귀가 관록이 있는 목소리로 말했다. 응룡은 모르는 척하며 잔을 돌려서 와인의 향기를 맡고 있었다.

그 이후로 얼마 지나지 않아 벌써 취기가 돈 응룡이 떠오르기 시작했다. 와인잔에 들어 있던 와인도, 몸도 흔들렸다.

항상 그랬기에 미나토와 영귀는 전혀 신경 쓰지 않았다.

미나토가 전통주 병을 기울였다.

"오, 슬슬 다 마셔가네. 꽤 빨리 마셨는데? 그렇게 맛있었어? 나는 평소에 마시던 술보다 향이 더 강하다는 것 정도밖에 모르겠던데."

『……도수가 높기만 할 뿐, 그리 맛있진 않았다. 내가 얼른 소화시켜버리는 게 나을 것 같아서 말이다. 풍신과 뇌신은 마음에 들지 않는 것은 마시질 않으니…….』

영귀는 솔직하게 말하긴 하지만, 배려도 해준다.

산신은 핥아먹는 정도로만 마시고, 풍신과 뇌신은 고급 술을 선호한다. 향만 강한 이 술은 입도 대지 않으려 할 것이다.

그리고 풍신과 뇌신은 요즘 소식이 없다. 그들의 방문은 그들의 성격과 마찬가지로 변덕스럽다.

술 말고 따로 먹는 것도 없기에 영귀는 마치 퍼붓는 듯이 마시고 있었다. 그런 이유로 인해 많이 마시는 것치고는 평소처럼 만족스러워하는 모습이 아니었다.

미나토도 대충 짐작하고 있었다. 남겨 두더라도 소용이 없기에 계속 비워지는 영귀의 술그릇에 거리낌 없이 부었다.

둥실둥실 떠오른 응룡이 옆을 미끄러지듯이 가로질렀다. 가끔 소리를 내며 날개를 퍼덕이고 있다.

어디에도 부딪히지 않는 그 몸은 생김새가 완전히 바뀌어버린 뒤에도 반짝이는 진주색 빛을 두르고 있다. 미나토는 눈이 부셔서 두 눈을 가늘게 떴다.

얼마 전에 영귀, 응룡에게 받은 허물과 기린의 비늘은 전부 집 안에 소중히 보관하고 있다. 물론, 풍신이 조언해 준 대로 햇볕에 말리는 것도 게을리하지 않고 있다.

집에 있기만 해도 터무니없는 걸 끌어들이지 않을까, 내심 경계하고 있었지만, 지금까지는 딱히 그런 일이 없다.

아직 집 밖으로 가지고 나가지 않았기 때문일지도 모르겠다.

어떤 효과가 있는지 확인하기 위해 조만간 가지고 나가볼 생각이다.

영귀가 술그릇에서 고개를 들고는 숨을 살짝 내쉬었다.

『뭐, 그렇게 초조해할 필요는 없을 게다. 멀지 않아 원래대로 돌아올 터이니.』

애초에 유구한 세월을 살아가는 영귀는 마음이 느긋하다. 금방 원래대로 되돌리고 싶어하는 미나토의 마음을 제대로 이해하지 못한다.

걱정할 필요는 전혀 없다며 믿음직한 영귀가 태도로 말해주고 있었다.

그 모습을 본 미나토도 자신이 초조해하는 모습이 부끄러웠다.

"그렇겠지. 지금 당장 되돌리지 않더라도 산신 씨가 어떻게 되어버리는 것도 아니니까……."

그렇다, 산신은 강할 것이다.

지금까지 작아지더라도 시간이 지나자 반드시 돌아왔다. 처음 만났을 때도 비쳐보였지만, 어느새 확고한 존재감을 드러내게끔 바뀌기도 했고.

미나토는 완전히 식은 차를 마셨다.

"본체는 크고, 게다가 무시무시한 힘을 지닌 화산이니까. 게다가 천호의 억지스러운 초대도 간단히 막아주었으니."

밝은 목소리에는 굳건한 신뢰가 담겨 있었다.

그때, 미나토의 시야에 들어오지 않은 아래쪽에서 영귀와 응룡이 서로 얼굴을 마주보고 있었다.

제 4 장 까만 여우, 다시 오다

폭신폭신하면서도 둥근 형태를 띤 녹나무가 전체를 뒤덮고 있는 신의 본체인 산. 그 근처에 조용히 자리잡고 있는 쿠스노키 저택은 부지 밖을 둘러싸고 있는 녹나무로 인해 신의 본체인 산과의 경계선이 애매한 상태다.

하지만 그 존재는 하늘 위에서 보면 일목요연하다.

있는 그대로 내버려둔 상태———, 황폐해진 신의 본체인 산과는 달리 단정하게 다듬어진 모형 정원 같은 모습이기 때문이다.

모양새를 중시해서 배치된 나무들. 원에 가까운 형태인 노천탕. 정원을 구불구불 횡단하는 개울. 모든 것이 아름답게 만들어져 있다.

물거품을 튀기며 흘러내리는 폭포로 인해 흐름이 만들어진 개울은 마치 거대한 생물처럼 수면이 파도쳤다.

그런 신의 정원에 경쾌한 폭포 소리와 새들이 잔뜩 지저귀는 소리가 울리고 있었다.

산쪽 담장 근처에 늘어선 두 석등. 그중 하나 주위에만 들새들이 모여 있다.

도넛 형태로 빽빽하게 모여든 들새들이 올려다보고 있던 곳에는 물론 그들의 우두머리———, 봉황이 있다. 오랜만에 일어나서 불주머니 가장자리에서 거들먹거리며 아래쪽에 있던 들새들과 이야기를 나누고 있었다.

그 광경을 마루에 있던 미나토와 산신이 가끔 바라보았다.

좌탁 앞에 앉은 미나토는 호부를 만들고 있다. 정면에 누운 산신은 졸고 있다.

평소보다 잠이 많은 산신도 얼마 전에 깨어난 참이었다. 그 몸은 아직 작았고, 방석이 남아돌았다.

"예전부터 생각했던 건데, 새 씨는 아이돌 같아."

"아이도올……."

더듬더듬 따라 말한 산신이 머릿속을 검색하다가 그 단어의 의미를 깨닫고는 하품을 했다.

"그거 말인가? 재주를 부리는 자."

"———맞는 것 같기도 하고, 아닌 것 같기도 하고……? 아니, 아니라고 해야 하나? 딱히 재주를 부리는 건 아니니까……."

별 생각 없이 중얼거렸던 말에 대답이 돌아오자 미나토는 약간 건성으로 대답했다. 붓을 잡은 손은 계속 움직이고 있다.

호부를 만들 때는 집중력이 꽤 필요하다.

오랫동안 능력을 계속 쓰면서 만들 수는 없기에 마지막 한 장을 만들 때쯤이면 의식이 조금 산만해진다. 그렇게 되기 전에는 주위에서 나는 소리가 신경 쓰이지 않았지만, 점점 들새들의 울음소리가 귀에 들렸다.

"새 씨는 오랜만에 일어났으니까, 들새들이 기뻐하는 것 같아 다행이야."

들새들은 봉황이 잠들어 있는 동안에도 정원에 자주 찾아온다. 담장에 앉아서 쉬며 한동안 석등을 바라보다가 우두머리가 깨어날 낌새가 없다는 걸 알게 되면 조용히 떠나간다.

이 근처에서는 보기 힘든 희귀한 들새가 찾아오는 경우도 많았고, 만나지 못하고 날아가는 모습은 매우 아쉬워 보여서 안쓰럽기 짝이 없다.

"일부러 멀리서 만나러 오는 새도 있겠지……."

처음 본 들새는 인터넷으로 검색해 보게 되었고, 그중에는 애조가들이 평생 한 번만이라도 보고 싶어 하는 희소종이 있기도 했다.

약간 크게 지저귀는 소리가 하늘에서 들렸다.

미나토가 그쪽을 보았다. 울음소리를 내면서 부지 안에 내려선 것은 작은 갈색 새였다. 곧바로 무리에 끼어든 그 새의 머리에는 특이한 깃털이 흔들리고 있었다.

"종달새다."

어느새 미나토도 들새의 이름을 조금 알게 되었다.

"새들 중에는 살아 있는 동안 한 번이라도 봉황을 만나고 싶어 하는 자들이 많은 모양이구나."

"그렇구나. 그래도 꽤 힘들겠지."

봉황은 오랜 시간 동안 부정함을 탄 신에게 붙잡혀 있었다. 얼마 전까지 지구상에 살아있는 새들 중에서 자신의 우두머리를 본

적이 있는 존재는 없었다.

그렇기에 툭하면 들새들이 모여들어서 시끄럽게 울어대도 폐가 된다고 생각하진 않는다. 만족할 때까지 우두머리와 함께 있다가 가라, 그렇게 관대한 마음으로 지켜보고 있다.

들새들이 예의바르게 행동하기 때문이기도 할 것이다. 그들은 결코 개울과 온천 쪽으로는 다가가지 않는다.

미나토가 폭포를 보았다. 콸콸 흘러내리는 그 웅대한 모습이 시야에 들어오기만 해도 시원한 느낌이 들었다. 근처에 있던 큰 바위에 물안개 형태의 물거품이 끼어 있다.

그곳을 지정석으로 삼은 주인들——, 영귀와 응룡은 지금 없다.

아침에 일과인 개울을 확인하러 갔을 때는 용소가 텅 비어 있었고, 영귀도 보이지 않았다. 둘 다 용궁문을 통해 외출한 모양이었다. 기린도 돌아오지 않은 걸 보니 이번에는 조금 긴 여행을 즐기고 있는 것 같다.

미나토는 마지막 한지에 창살 모양 선을 다 그린 다음, 붓을 내려놓았다.

"여기까지만 해야지. 산신 선생님, 확인 부탁드립니다."

오늘 호부의 완성도 확인 담당자는 산신 보좌관이다. 악귀 같은 봉황 교관님께서는 바쁘셔서.

좌탁 위에는 먹자국이 선명한 글자와 창살 문양이 그려진 한지가 가득 차 있다. 절반은 정화의 힘만, 나머지 절반은 정화의 힘을 가두어둔 물건이다.

참고로 미나토가 호부를 만들 때는 마루 주위의 바람이 약해지기에 날아갈 일은 없다. 산신이 은근슬쩍 바람을 조정하고 있었다.

영차, 목소리를 내며 일어선 산신이 좌탁 앞으로 왔다. 턱을 스윽, 들고는 마치 가치를 판정하려는 듯한 분위기로 호부를 훑어보았다.

"으음, 전부 좋구나. 절반에는 제대로 정화의 힘이 가두어져 있다."

그런데, 미나토의 손 근처에 있던 한 장에 시선이 고정되었다.

"마지막에 그린 한 장만 빼고 말이다."

"——역시나, 그렇구나……."

그것을 들어 올린 미나토가 빤히 바라보았다.

미나토의 눈에는 다른 한지에 그린 선과 딱히 다를 게 없는 두께, 길이, 형태 같기만 했다.

하지만 집중력이 떨어졌었다는 것은 자각하고 있었다. 아마 가두는 힘은 담기지 않았을 거라 예상했다.

미나토가 하리마 전용으로 '감주 만쥬'라고 적은 한지를 산신에게 내밀었다.

"이 정화의 힘은 산신 씨에게 어떤 식으로 보여?"

"그렇군, 우선 글자 자체가 비취색을 띠고 있다. 그리고 거기에서 폭력적이면서도 같은 색인 빛을 뿜어내고 있고, 그 빛이 방사형으로 퍼져서……, 아니, 흩뿌리고 있다고 해야겠군."

"말투가 지독한데."

"만약에 그 빛이 아름답다 하더라도 보이는 자에게 있어서는 통증이 느껴질 정도로 강렬하다는 게 사실이다."

매우 엄숙하게 선고를 내렸다.

칭찬하는 걸까, 폄하하는 걸까. 무슨 표정을 지어야 할지 모르겠다.

애매한 표정을 짓고 있던 미나토가 호부를 다시 좌탁 위로 되돌려놓았다.

"지금은 여러 장이 있으니 한 장만 있을 때보다는 그 빛이 강하고 범위도 넓다. 한 장이라면———."

산신이 정원을 보았다. 그 시선 끝, 정원 가운데에 돋아난 쿠스노키의 떡잎이 춤을 추는 듯이 흔들렸다.

"겨우 쿠스노키까지 닿을 정도라고 해야겠군. 여러 장이 모여 있는 지금은 뒷문까지 닿는다. 그리고 빛의 중심부는 마치 섬광탄처럼 밝구나."

"설마, 내 힘이 산신 씨와 맞먹는 광공해 수준이라고……?"

흐흥, 산신이 그렇게 코웃음 치며 몸을 뒤로 젖혔다.

"뭐, 나의 빛에는 조금 못 미친다만."

번쩍~, 그 몸이 빛을 뿜어냈다.

눈 깜짝할 새에 좌탁에서 여기저기로 확산하고 있던 비취색 빛이 금빛으로 뒤덮여 버렸다. 농도가 전혀 다르다.

한 박자 늦게 빛의 폭력에 당한 미나토가 눈가를 가렸다.

깜짝 놀란 들새들 중 절반도 날아올라 도망쳤다. 근처에서 와서 산신의 빛에 내성이 있는 분들———, 참새, 비둘기, 까마귀들은 남아있다.

"적어도 전조 같은 게 있으면 좋겠는데. 진짜로……."

미나토의 목소리에는 약간 짜증이 담겨 있었다. 피부 표면에 압력, 온도까지 느껴지는 그 빛은 산신이 신력을 되찾고 있다는 증거이기에 기쁘긴 하지만, 갑작스러운 빛의 폭력에는 시간이 지나도 익숙해지지 않는다.

미나토가 손가락 틈새로 눈을 살짝 뜨고 살펴보니 의기양양한 산신이 빛을 더욱 강하게 뿜어내고 있었다.

일부러 그러는 게 틀림없다. 장난이 좀 지나친 것 같다.

미나토가 한 마디 하려고 하자 갑자기 산신의 귀가 뒤쪽으로 접혔다. 아마 권속들이 연락한 모양이다.

산신이 두 눈을 살짝 뜨고는 꼬리를 크게 흔들었다.

"———뭐냐, 갑자기. '산신님! 신속하게 빛을 거두어 주세요!' '적당히 좀 해! 너무 까불잖아!' '힘을 낭비하지 마!'라고? 시끄럽다, 나에게 명령하지 말거라. 너희는 제대로 경비나 보거라."

예상대로 집을 경비하던 권속 세 마리가 일제히 항의한 모양이었다.

그럴 만도 하지, 미나토는 그렇게 생각하며 어이없어했다.

"거 봐, 세리 같은 권속들에게도 혼났잖아."

"……저 녀석들, 있는 힘껏 크게 소리치다니……, 머릿속까지 울렸다."

번거롭다는 듯이 고개를 저었다.

"정말, 누가 부모인지 모르겠네."

"틀림없이 나다."

코웃음 친 산신은 거만하게 말하면서도 빛을 억눌렀다. 이러쿵 저러쿵 불평하면서도 말은 잘 들어주는 점이 산신의 장점이다.

쓴웃음을 지은 미나토는 한지를 모아서 겹치기 시작했다. 그 손이 움직일 때마다 산신이 코를 움찔거렸다.

"——그건 그렇고, 매콤한 냄새가 심하군."

"아직 그렇게 냄새가 많이 나?"

일단 손을 멈춘 미나토가 손바닥을 코에 가져다 댔다.

유부초밥——, 유부 향기가 살며시 풍겼다.

"조금 남아있긴 하네."

호부를 만들기 전에 점심 식사용으로 유부초밥을 만들었기 때문이다.

잘 맡아보지 않으면 모를 정도라 해도 늑대의 코에는 강하게 풍기는 건지도 모르겠다. 애초에 후각이 정말 뛰어난 분이기도 하니.

"꼼꼼하게 씻긴 했는데, 냄새가 잘 안 가신단 말이지."

"개울에서 씻으면 곧바로 지워질 게다."

"그 신수는 냄새까지 지워주는구나……, 몰랐네. 그래도 정원 개울에서 손을 씻는다니, 뭐라고 해야 하나……. 그 왜, 정말 야성적이다 싶어서. 집에 사는데도 사는 것 같지 않은 느낌이 들어."

창문 너머로 거실을 보았다. 미나토가 여기 온 직후 상태를 유지한 채로 원래 있던 물건들만 있다. 아무것도 손대지 않아서 장식도 없고 따스한 느낌도 들지 않았다.

거기 있는 멋진 소파에서 느긋하게 시간을 보낸 적도 거의 없다. 완전히 임시로 사는 거나 마찬가지다.

"뭐, 이제 와서 따질 건 아니지. 이걸 정리하고 나서 개울로 갈게."

"어서 씻지 않으면 또 어디 사는 여우가 낚일 게다."

산신이 유쾌하다는 듯이 낮은 목소리로 웃었다. 미나토는 한지 다발을 좌탁에 두드리며 끄트머리를 가지런히 맞추었다.

"저번에 유부초밥을 만들었을 때 왔던 까만 여우 말이지? 츠무기라고 했던가? 그 이후로는 한 번도 안 왔는데, 잘 지내고 있으려나?"

"물론, 지극히 잘 지내고 있습니다."

뒤에서 활기차고 앙칼진 목소리가 들렸다.

그 말대로 잘 지낸 모양이라고 생각하며 돌아보기도 전에, 모습을 보기도 전에 알 수 있었다.

산쪽 담장에 까만 여우가 앉아 있다.

이마에 하얀 연꽃 문양이 있고 몸집이 자그마한 여우가 예의바르게 앞발을 한데 모으고 등을 쭉 펴고 있었다.

하지만 얼굴은 노천탕쪽으로 쏠려 있었다. 이쪽을 보려 하지도 않는다. 목덜미에 보자기 꾸러미가 있는 걸 보니 또 심부름을 하러 가는 중인 모양이다.

저번에도 심부름을 하다가 온천에 이끌려서 찾아온 이웃 신—, 천호의 권속인 츠무기. 이번에도 마찬가지로 천연 온천에 매료당한 상태였다.

그 욕망에 충실한 모습은 웃음만 나왔다.

"오랜만이야."

미나토는 가벼운 말투로 말을 걸었다.

얼마 전, 신의 본체인 산 옆에 있는 츠무기의 집———, 자그마한 삼각산 근처를 산신과 함께 지나갔는데 그때 신역에 끌려들어갔다.

츠무기의 주인———, 천호가 약간 억지스럽게 초대했기 때문이었다.

그 초대를 산신이 곧바로 끊어버린 적이 있다.

천호와도 잠깐이나마 만나긴 했지만, 그 이상 특별히 뭔가 있는 것도 아니었고, 그 이후로도 아무 일도 없었다. 딱히 악감정을 품진 않았다.

물론 츠무기에 대해서도 마찬가지다.

그리고 상대는 인간의 말을 할 수 있고 복슬복슬한 여우다. 이웃끼리 잘 지내는 것도 나쁘진 않다.

미나토는 동물들을 쓰다듬어주고 싶다는 욕구가 딱히 없었고, 그냥 귀여워해주고 싶을 뿐이다. 곁에서 모습을 바라보기만 해도 치유가 되고, 훈훈해지는 타입이다.

그제야 온천에서 눈을 돌린 츠무기가 미나토와 그 건너편에 있던 산신 쪽을 돌아보았다.

"실례해도 괜찮을까요?"

"그래. 들어와."

미나토가 흔쾌히 받아들였고, 산신도 고개를 살짝 끄덕였다.

투욱, 츠무기가 부지 안으로 내려왔다. 발소리도 내지 않고 조용히 일직선으로 다가왔다. 우아하게 커다란 꼬리를 흔들면서 얌전하다는 단어가 잘 어울리는 듯이 걷는 그 모습은 매우 세련되어

보였다.

자리에서 일어난 미나토가 입가를 치켜올렸다.

"내가 만든 유부초밥 향기를 맡고 온 거야?"

"글쎄요, 무슨 말씀이신지."

새침한 말투였고, 이제 온천도 보고 있지 않았다.

하지만 까만 코끝이 끊임없이 움찔거리고 있었다.

"오늘 유부초밥은 흰깨만 넣어서 간단하게 만든 건데, 괜찮겠어?"

"멋지네요!"

들뜬 목소리를 내며 발걸음이 빨라졌다. 타다닥, 타다닥, 그렇게 빠른 걸음으로 다가왔다. 눈도 기대로 반짝이고 있다.

처음에 퉁명스럽게 대한 건 솔직하게 대하지 못하는 성격 때문인 것 같다.

"소바를 넣은 것도 있는데, 먹을래?"

"그, 그 유부는 대체 뭐죠……?"

"밥 대신 삶은 소바를 채운 거야. 소바 유부라고 부르는데."

"소바 유부……, 본 적도, 먹은 적도 없는 음식이네요. 밥도 물론 좋긴 하지만, 소바도 좋지요……! 부디 먹어보고 싶네요!"

그렇게 소리친 직후, 츠무기가 갑자기 멈췄다. 자그마한 몸이 앞으로 쏠릴듯한 기세였다. 급하게 자세를 바로잡고 있다.

츠무기가 갑자기 묘한 모습을 보였기에 실내로 돌아가려던 미나토의 움직임도 멈췄다. 산신도 의아하다는 듯이 눈을 깜빡였다.

츠무기가 마루 근처에 제대로 앉았다. 매우 진지해 보인다.

그런 다음, 어흠, 헛기침을 한 번 했다.

"사실 저는, 오늘 사죄드리러 왔습니다."

"무슨 사죄?"

그렇게 물어본 미나토가 마루 근처에 섰다. 대각선 아래쪽에 있던 츠무기가 슬쩍 살피는 듯이 올려다보았다.

그리고 미나토 너머에 있던 산신을 잠깐 돌아보았다.

"얼마 전에 저희 신───, 천호님께서 억지로 초대해드려 정말 죄송합니다."

흥, 코웃음 친 산신이 방석 위에 턱을 얹었다. 미나토가 무릎을 꿇고 몸을 숙였다.

"조금 놀라긴 했지만, 신경 쓰진 않아."

"……그렇다면, 다행이네요."

"오히려 꼬리가 잔뜩 있는 여우님을 만난 건 행운일지도 모르겠다고 생각할 정도야."

"꼬리의 숫자는 힘에 비례하는 법입니다."

"그렇구나."

츠무기가 하나 달린 꼬리를 흔들며 턱을 스윽, 들었다.

"저희 신, 천호님께서는 강하십니다. 저희가 사는 산의 신사는 이 일대에서 참배객이 가장 많으니까요."

목소리도 그렇고 자세도 매우 뽐내는 것 같은 느낌이었다.

여우 신사는 전국에 있고, 자주 다니는 사람도 많다는 건 다들 아는 사실일 것이다. 붉은색 토리이를 보고 보통은 여우 신사를 연상할 만큼 일반 사회에 널리 침투해 있다고도 할 수 있다.

그리고 다양한 일화도 마치 실화인 것처럼 전해져 내려오고 있다. 그 때문인지 여우신의 신력은 강대하며 천벌을 받기 쉽다고 믿는 사람들도 꽤 있다.

"많은 사람들이 참배하러 오는 건 감사하지만, 조금 소란스럽다는 게 문제지요. 하지만 그건 바깥쪽뿐입니다———."

이야기를 해나갈수록 츠무기의 목소리가 굵어지기 시작했다.

이상한 기척을 느낀 미나토가 몸을 일으키려 했다. 그 뒤에서 산신이 인상을 마구 찌푸리며 그르릉, 목을 울렸다.

석등 아래에 남아 있던 들새들도 소리를 내며 날아올랐다. 눈을 가늘게 뜬 봉황이 폴짝폴짝 뛰어올라 불주머니 안으로 들어갔다. 그리고 유리창을 타악, 닫았다.

츠무기의 이마에 새겨진 연꽃 색이 바뀌기 시작했다. 흰색에서 붉은색으로, 중심부터 번져서 퍼져나가는 것처럼.

아마 천호가 츠무기의 몸에 들어왔을 것이다.

예전에 산신이 우츠기의 몸에 들어간 모습을 보았던 미나토는 금방 짐작했다. 천호를 한 번 직접 만나기도 했기에 그렇게까지 놀라진 않았다.

하지만 그때보다 신기가 훨씬 강했다. 그 압박감에 눌려서 물러난 미나토의 발뒤꿈치가 방석 끄트머리에 닿았다.

그 방석 위에 있던 산신은 옆쪽으로 엎드린 자세를 취한 채 일어서려 하지도 않았다. 그저 눈을 흘기며 상황을 조용히 지켜보기만 할 뿐.

츠무기의 문양이 완전히 붉은색으로 바뀌었다. 부르르, 꼬리 하나가 조금씩 떨렸고, 단숨에 숫자가 늘어났다.

그 숫자는 아홉 개.

뒤쪽에 보란 듯이 그 꼬리를 펼치고 가볍게 웃음 소리를 내자 대기가 잔물결처럼 진동했다.

분위기가 완전히 바뀐 그 작은 여우가 미나토를 빤히 올려다보았다.

"———바깥은 시끄럽다 하더라도 나의 신역은 조용하고 쾌적하다. 어떤가, 그대, 내가 사는 곳에 놀러오지 않겠나?"

낭랑하게 울리는 그 목소리는 뇌가 저릴 정도의 위력을 자랑했다.

게다가 매우 달콤했다. 젊은 여자의 목소리인 것 같으면서 사람을 홀리는데 적합한 목소리였다.

실례지만, 미나토는 그렇게 생각했다. 아홉 꼬리를 지닌 여우라고 하면 사람을 홀리는 요호라는 구미호의 인상이 강한 탓인지도 모른다.

작은 여우———, 천호의 시선이 실내의 부엌으로 쏠렸다.

조리대에는 유부초밥과 소바 유부가 담긴 쟁반이 놓여 있다.

"물론, 저 유부초밥을 가지고 오거라. 나도 소바 유부라는 것이 신경 쓰이는구나."

"츠무기하고 똑같네……."

역시나, 그런 생각이 들긴 했다.

신이라서 그런 걸까, 아니, 동물 형태이기 때문일까. 다들 먹을 것 관련으로는 고집이 있고, 쉽사리 낚인다. 애초에 츠무기는 천

호를 기반으로 태어난 존재이니 닮은 게 당연할 것이다.

"식탐이 정말 끝이 없군."

산신이 비웃는 듯이 그렇게 말했다. 경멸하는 듯한 그 말투에 놀란 미나토가 아래쪽을 내려다보았다.

산신이 조용히 일어나고 있었다. 그 몸의 긴 털이 사락사락 흔들리고 있었다.

엄청나게 불쾌한 모양이다. 예전에는 보지 못했던 모습이었기에 미나토는 말문이 막혔다.

산신이 발을 내디디기 시작했다. 한 발짝, 다시 한 발짝.

시간을 들여 걸어갈 때마다 털의 빛이 강해졌고, 그 몸을 뒤덮은 금색 빛의 명도까지 올라갔다. 나중에는 빛에 불똥까지 섞였고, 소리가 터졌다.

마루 가장자리에 도착했을 때쯤에는 온몸에서 번개가 된 빛을 두른 채 뿜어내고 있었다. 그 끄트머리가 마루 천장까지 닿았다.

너무나도 무시무시했기에 미나토는 정신을 차리고 보니 유리창에 등을 바짝 붙이고 있었다.

마룻바닥을 내디딘 산신이 아래쪽에 있던 작은 여우를 바라보았다.

"참으로 상스러운 암 여우로고."

천호는 코웃음 쳤다.

"그대에게만은 그런 말을 듣고 싶지 않구나. 단것 따위에 쉽사리 낚여서 분화를 억누르는 그대에게만은 말이다."

산신을 둘러싸고 있던 번개가 꿈틀대며 소리를 냈다.

“헛소리. 나는 네놈과는 달리 먹을 것을 노리고 다른 신역에 침입한 적은 한 번도 없다. 네놈에게는 여기에 들어오는 것을 허락하지 않았다. 어찌하여 멋대로 들어온 게지? 어서 사라지거라.”

“나의 권속에게 허락해 주었을 텐데, 그렇다면 나도 들어와도 된다는 뜻이다.”

“말도 안 되는 소리로군. 자신에게 형편 좋게 해석하지 말거라.”

“정말 이상한 말을 하는군. 권속은 나의 분신이기도 한데 말이다.”

슬쩍슬쩍 말을 돌리던 천호는 꼬리를 짜증 난다는 듯이 흔들었다.

“애초에 말이다. 이곳에 들어오는데 그대의 허락 따위는 받을 필요가 없을 터인데. 저 자가 괜찮다고 하면 누구든 들어와도 되는 정원이다. 안 그런가?”

천호가 산신 너머로 미나토를 보았다. 미나토는 반사적으로 억지 웃음을 지었지만, 표정이 완전히 굳어 있었다.

“그대가 내려다보고 있으니 기분이 좋지 않군.”

작은 여우가 공중으로 떠올라서 산신의 눈높이보다 더 위로 올라갔다.

산신의 몸에서 한 줄기 빛이 뿜어져 나갔다. 마치 채찍과도 같은 그것은 소리를 울리며 휘어졌고, 천호를 향해 뻗었다.

하지만, 양쪽의 중간 지점에서 흩어져 버렸다.

천호는 움직이지도, 자세를 취하지도 않았다. 시선만으로 순식간에 사라져 버렸다. 여유를 부리며 하품이라도 할 것 같다.

"약하다, 약해. 한심하구나. 지금 그대의 힘은 파리는커녕, 모기만도 못하다."

천호의 몸은 산신보다 작다. 하지만, 결코 약할 것 같진 않았다. 그 몸의 주위가 신기루처럼 일렁이고 있다. 뿜어내는 신위가 공간에까지 간섭하고 있었다.

차원이 다를 만큼 내포된 신력이 강하기 때문이다.

"이놈……."

굵게 으르렁거린 산신이 연달아 빛의 채찍을 날렸다. 하지만 가로로, 세로로, 대각선으로 튕겨져 나간 다음, 전부 사라졌다.

아홉 꼬리가 마치 시시하다는 듯이 흔들리고 있었다.

"지금 그대를 상대하는 건 나 자신보다 훨씬 약한 이 몸(츠무기)으로도 충분하다. 어차피 내가 압승할 터이니."

"이놈, 잔재주를 부리기는. 쓴맛을 보여주마."

산신이 마루에서 뛰어올랐다.

단숨에 표적———, 천호에게 달려들었다. 그 날카로운 발톱이 노린 곳은 얼굴. 하지만 천호는 다가온 앞발을 아슬아슬하게 피했다.

왠지 모르겠지만 육탄전으로 돌입해 버렸다.

공중———, 지붕보다 높은 위치에서 하얀 늑대와 까만 여우가 접근했다가 멀어지며 발톱과 송곳니로 사투를 벌였다. 타격음과 짐승의 포효가 대기를 갈랐다. 송곳니를 드러내고 서로 짖어대는 두 신은 마치 전쟁의 신 같은 모습이었다.

하지만, 그 모습은 귀엽기만 한 작은 늑대와 작은 여우였다.

아무리 싸움이 치열하더라도, 드러낸 분위기가 살벌하더라도, 장난을 치며 몸싸움을 벌이는 것처럼 보이기만 했다.

서로 마주 본 두 마리가 앞발을 세차게 움직이며 서로 할퀴어대고 있었다. 깨앵, 깨앵, 작은 늑대가 짖자, 우키익~, 작은 여우가 소리를 냈다.

사이 좋게 싸워라, 그런 유명한 문구가 미나토의 머릿속을 스쳐갔다.

두 신은 위쪽으로, 아래쪽으로 정신없이 위치를 서로 바꾸었다. 그 신들린 속도는 마루에 있던 미나토의 눈으로는 알아볼 수가 없었다. 하얗고 까만 곡선이 하늘에 연달아 그려졌다.

광경은 치열하면서도 무시무시했지만, 매도하는 목소리가 긴박한 느낌을 깎아내렸다.

와앙와앙, 깨앵깨앵, 투닥투닥 몸싸움을 벌이고 있다.

"이 꼬마 여우 녀석이!"

"지금 그대가 그런 말을 할 자격이 있는가? 작은 늑대 주제에! 어찌 그리 한심한 모습인가! 거울이라도 보고 오너라!"

"시끄럽다!"

어느새 미나토의 온몸에서 긴장감이 사라져 있었다.

그것도 잠시, 두 마리의 목소리와 함께 강풍까지 불어닥치기 시작했다.

정원수들이 일제히 웅성거렸다. 그 바람을 맞은 쿠스노키도 지면에 닿을락말락할 정도로 쓰러졌다. 떡잎까지 뜯어져 날아가버릴 것 같았다.

미나토가 바람을 뿜어내서 지붕과 정원 사이에 방벽을 만들었다. 곧바로 바람이 멈췄고, 쿠스노키가 마치 오뚜기 같은 기세로 원래 자세를 되찾았다.

그렇게 약간 평화로운 지상과는 달리, 공중에서 벌어지는 설전만큼은 여전히 살벌했다.

여전히 작은 늑대와 작은 여우가 서로 할퀴어대고 있긴 하지만.

"느리다, 느려. 참으로 느려빠졌구나. 오랜만에 벌이는 싸움(놀이)인데, 그 꼴은 대체 뭔가? 나를 좀 더 즐겁게 해다오."

"헛소리!"

아홉 꼬리가 비웃는 듯이 흔들렸고, 신위를 담은 바람으로 산신의 공격을 가볍게 흘렸다.

"그건 그렇고, 힘이 꽤 쇠한 모양이로구나."

아래쪽에 있던 산신을 내려다보는 천호의 눈에서 동공이 좁아졌다.

"500년 전보다 더욱 뒤떨어지는 것 같군."

작은 여우의 몸에 두르고 있던 아지랑이의 범위가 단숨에 넓어졌다. 신위의 농도가 진해졌고, 마치 가벼운 지진이 일어난 것처럼 부지 전체가 조금씩 떨렸다.

한순간 움직임을 멈춘 작은 늑대가 그 여파에 튕겨져 나가서 방호용 바람의 막에 떨어졌다.

산신이 졌다.

시간으로 따지면 몇 분 정도만에 금방 결판이 나버렸다. 결코 당해낼 수 없다. 미나토조차 알아볼 수 있을 정도로 신력의 차이가 또렷했다.

공중에 떠오른 채 내려다보고 있던 그 작은 여우는 눈빛만 따지면 패왕 빰치는 수준이었다.

"자. 이번이 33332전째였나? 그리고 22222번째 나의 승리다."

천호는 공중에서 뒤쪽으로 공중제비를 돌며 크게 웃어대고 있었다. 매우 즐거운 모양이다.

"그렇게 쓸데없는 것을 일일이 세지 말거라."

미나토가 바람을 멈추자 산신이 쿠웅, 정원으로 내려왔다. 제대로 섰고, 비틀거리지도 않았다.

좀 전까지 한 행동은 두 신에게 있어서 놀이다. 장난이다.

실제로 이쪽으로 다가오는 산신도 괴로워하는 표정을 보이지 않았고, 그저 분한 듯한 느낌뿐이었다.

물론, 미나토도 이해하고 있다. 산신 자신이 그렇게 말했다.

때로는 온 힘을 다해 부딪힐 수 있는 존재가 있다는 건 어떤 의미로 행복한 것이라고.

하지만, 미나토는 은근히 충격을 받았다.

산신은 무적이다. 무의식적으로 그렇게 생각하고 있었기 때문이다.

제 5 장 한 달에 한 번 사당 청소

녹음이 우거진 산길을 미나토와 산신이 내려가고 있었다.

신의 본체인 산 중턱에 있는 사당에 다녀가는 길이다. 사당 청소는 한 달에 한 번 정도 정기적으로 하고 있다.

매번 산신 일가 중 누군가가 함께 했고, 이번에는 산신이 왔다.

한 사람과 한 신이 걸어가는 곳은 절벽을 따라 난 길이었다. 그곳은 폭도 좁았고, 각도도 꽤 가팔랐기에 그렇지 않아도 신중하게 걸어가야만 하는 곳인데 크고 작은 바위까지 굴러다니고 있다. 제일 큰 것은 미나토의 키와 비슷했다.

미나토가 몸을 기울였고, 때로는 옆걸음으로 피해갔다. 작은 바위는 넘어갔다.

일직선으로는 도저히 갈 수가 없지만, 그 약간 앞쪽을 산신이 가볍게 나아갔다. 바위에서 바위로 잽싸게 넘어가면서. 날렵한 느낌을 아낌없이 발휘하며 나아가고 있었다.

기운이 넘치는 건 좋지만, 그 몸은 여전히 작다. 그 뒷모습을 보면서 미나토는 살짝 한숨을 쉬었다.

어제, 쿠스노키 저택 상공에서 펼쳐진 싸움(장난)은 천호의 압승으로 막을 내렸다. 천호는 크게 웃으며 하늘을 날아 돌아갔다.

결국, 유부초밥은 먹지 못했다. 장난에 열중한 시간이 짧긴 했지만, 진한 시간이었던 탓인지 유부초밥 생각은 머릿속에서 날아가 버린 모양이다.

잠깐 생각에 잠겨 있던 미나토가 돌멩이를 밟았다.

스륵, 등산화가 앞쪽으로 미끄러졌다.

"으엇."

재빨리 근처에 있던 큰 바위를 손으로 짚자 흔들렸다. 벼랑 가장자리에 있던 그 큰 바위가 흔들리자 돌멩이가 벼랑 아래로 후두둑, 떨어졌다.

산신이 그 큰 바위 위로 올라가자 움직임이 멎었다.

미나토는 자세를 바로잡고는 마구 뛰는 심장 근처를 눌렀다.

"———고, 고마워, 산신 씨."

"조심하거라."

앉은 채로 내려다보는 산신의 목소리는 조용했다.

어이없어하지도 않았고, 화를 내지도 않았다. 사실 이 길이 사람이 지나다니는 길이 아니기 때문인지 그저 주의를 줄 뿐이었다.

그리고 나서 잠시 후, 그제야 바위가 흩어져 있던 길이 끝나가고 있었다.

하지만 걸어가기 편한 길이 된 것은 아니었다.

사람의 손길이 닿지 않은 산은 황폐해진 상태였다. 군데군데에 나무들이 우거졌고, 풀들도 마구 자라나 있었다. 짐승길을 나아가면 자연의 맹위를 통감할 수밖에 없다.

미나토는 비교적 완만한 산길을 미끄러지듯이 내려갔고, 몇 발짝 앞에서 나아가는 산신이 지나간 곳을 확실하게 따라갔다.

그러면 위험한 발판을 피할 수 있기 때문이다.

산신은 산 그 자체다. 미나토가 지나갈 때 문제가 있을 만한 곳을 피해 안내해주고 있었다.

거의 똑같아 보이는 경치가 계속 이어지자 점점 방향 감각이 이상해지기 시작했다.

하늘을 올려다봐도 나뭇가지 사이로 스며드는 강한 빛을 통해 겨우 태양의 위치를 알아볼 수 있는 정도다. 산에 막 들어왔을 때보다 고도가 낮아졌다.

시선을 내려보니 광엽수 사이를 빠져나간 산신이 멈춰 서 있었다. 그 발로 밟고 있던 것은 평탄한 길이었다. 폭도 일정한 것을 보니 인위적으로 만들어진 길이라는 게 분명했다.

"이 근처에는 길이 나 있었구나."

"으음. 지금은 아무도 다니지 않는다만."

"산신 씨에게는 신기할 정도로 사람들이 찾아오질 않네."

"오고 싶어도 못 올 테지."

"왜?"

산신은 코끝으로 숲에 난 길 너머를 가리켰다.

양쪽 옆에 작은 나무들이 뒤엉켜 있는 외길이 완만하게 아래쪽으로 뻗어 있었다.

"이 길을 따라가면 나오는 덩굴 다리가 거의 끊긴 상태라 여기까지 올라올 수는 없다."

"덩굴 다리라면 넝쿨로 만들어진 다리야?"

"그러하다."

"그런 게 있었구나. 거의 끊긴 상태라면 완전히 떨어지진 않은 거지? 본 적이 없으니까 보고 싶은데."

"으음. 그러면 가볼까."

숲속에서 눈에 띄는 하얀 늑대가 앞장섰다.

약간 험한 고개를 넘자 그 다리가 있었다.

깎아지른 절벽에 걸려 있던 그 덩굴 다리는 떨어지지 않긴 했다. 하지만 반대편 한쪽 넝쿨이 늘어져서 끊어졌고, 다리 절반쯤이 뒤집히듯이 기울어 있었다.

사람은 도저히 건널 수 없을 것이다.

용케도 끊어지지 않고 남아 있었구나, 그렇게 감탄할 만한 상태였다.

참고로 덩굴 다리는 추격자에게 쫓길 때 곧바로 끊어서 떨어뜨릴 수 있게끔 넝쿨을 이용해서 만들었다는 설도 있지만, 진짜인지 여부는 알 수가 없다.

미나토가 다리 입구로 다가가서 다리를 빤히 관찰했다. 바로 아래는 얕은 계곡이었고, 큰 바위가 눈에 띄었다.

"이거……, 겁나네……."

다리 발판이 평행으로 놓이지 않은 것은 물론이고, 일정한 간격으로 놓인 나무조각 자체도 얇은데다 틈새도 매우 넓었다. 신중하게 난간을 잡고 건너지 않으면 금방 발을 헛디뎌 버릴 것이다.

"수면까지는 꽤 높은데. 강도 얕고, 떨어지면 크게 다칠 것 같아."

"뭐, 그럴 게다."

당연한 것 아닌가. 그런 말이 이어질 것 같은 분위기다. 강이 흐르는 소리가 꽤 크게 들렸다. 산신은 그야말로 다양한 사태──, 사고, 사건을 봐 왔을 것이 틀림없다.

"듣고 싶은가?"

"아니, 별로."

적극적으로 듣고 싶은 이야기는 아니다.

그러한가, 산신은 그렇게 말하면서도 왠지 기쁜 듯이 말하기 시작했다.

"그건, 그렇군, 3대 에치고야가 이곳을 지나갈 때였나────."

"에치고야 씨하고는 그렇게 예전부터 알고 지냈구나."

뜻밖의 정보가 나왔기에 무심코 끼어들었다.

옆에서 마찬가지로 강을 내려다보고 있던 산신이 코를 울리며 소리를 냈다.

"3대뿐만이 아니라 초대부터 알고 있었다."

"그랬구나. 정말 오래 되었네. 산신 씨는 마치 에치고야 씨 일족을 지켜보고 있는 것 같아."

"그렇게 말하더라도 과언은 아닐 게다. 중간에 몇 대는 놓쳤다만."

"아, 잤구나."

"그러하다."

금방 짐작이 되었다. 산신이 고개를 살짝 갸웃거렸다.

"———그런데, 뭐였던가……."
"미안, 이야기를 중간에 끊었네. 3대 때 무슨 일이 있었는지 말하던 도중이었어."
"그랬군. 그건 3대가 내 곁(본체인 산)으로 도망쳐 왔을 때였다."
"도망쳐 왔다고?"
"그건 그 녀석이……, 10대 초반이었나. 여러모로 토라져 있던 시기가 있었다. 2대와 에치고야를 이어받아라, 안 받는다, 그렇게 싸우다가 자주 여기에 오곤 했다."
"……민감한 나이니까."
"으음. 누구나 그런 시기는 있을 게다."
이쪽을 슬쩍 보고 있다.
"그 애송이가 이 다리를 뛰어서 건너던 도중에 멋지게 발을 헛디디더구나."
"무모하네. 앞은 제대로 봐야지."
"게다가 다리에 들어서자마자, 세 발짝 만에 말이다. 한심한 것도 정도가 있지."
"엄하구나. 그건 어쩔 수 없지 않나……."
"무슨 말이냐. 초대와 2대는 화려하게 뛰어서 건너곤 했다만."
"초인이야?"

산신은 허공을 노려보듯이 보았다.
"그런데……, 뭐였던가……."
오늘은 이야기가 자주 다른 곳으로 빠진다. 미나토가 작은 목소리로 '3대가 그 이후로 어떻게 되었는지'라며 재촉했다. 산신이 엄숙하게 고개를 끄덕였다.

"그렇지, 그 살찐 3대의 발이 판자를 부숴버렸다. 거기에 몸이 끼어버렸고, 날뛴 끝에 하마터면 강으로 곤두박질치며 떨어지려던 순간, 내가 그 녀석의 목덜미를 꽉 물고는———."

"오, 오오."

약간 긴장하며 듣고 있던 미나토가 목덜미를 문질렀다. 떨어지려는 위기 상황에서 치명상을 입혔다는 건가? 자비심이 없네.

산신이 눈을 흘겼다.

"물론 옷을 말이다."

"그거 다행이네."

안심한 미나토는 손을 내렸다. 산신이 발치를 보았다. 거기에는 단단한 지면이 있었다.

"여기까지 던져주었다. 물론 내 덕분에 3대는 다치지 않았지."

"그거……, 다행이네, 응."

아마 찰과상 정도는 입었을 것 같다. 그건 그렇고, 충격이 대단했을 것이다.

"그때, 산신 씨가 모습을 드러냈어?"

"아니, 잊고 있었다. 나도 조금 당황해서 말이다."

3대는 정말 간담이 서늘했을 것이다. 구사일생을 연달아 경험했으니까.

게다가 두 번째는 아무도 없는데도 뒤에서 들어올려져서 공중을 날게 되었으니.

"그 이후로 3대는 한동안 여기에 오지 않았다. 구해준 보답이라면서 감주 만쥬를 가져왔을 때는 많이 늙었더구나."

별로 신경 쓰지 않는 듯한 말투였다. 산신이 보기에는 수십 년이라는 세월도 별것 아니라는 걸 새삼 느끼게 되었다.

"그 밖에도 바람에 떠밀려 떨어진 건 5대였지. 그때는 강물이 더 늘어나서 하류까지 꽤 멀리 떠내려 갔다. 하지만 별로 다치지는 않았다. 정말 튼튼한 녀석이었지."

꼬리를 흔드는 모습은 왠지 만족스러워 보였다.

"그리고 8대다. 그 녀석은 실수로 난간을 뛰어넘어서 떨어졌는데도 불구하고 한 팔로 버티다가 자기 힘으로 기어 올라왔다. 이미 예순을 넘긴 나이였는데도. 참으로 훌륭하더구나."

"에치고야 씨네 일족은 산신 씨네 집에서 너무 험한 꼴을 많이 당한 것 같은데."

가훈을 남기진 않았을까?

우리 일족 사람들은 그 산에 올라가지 말 것. 덩굴 다리에 다가가는 것도 금지한다고.

끼이익, 바람을 받은 다리가 삐걱대며 소리를 울렸다.

그 소리가 멈춘 순간, 상류에서 날아온 물총새가 다리 위를 지나쳤다. 기다란 부리, 등 쪽은 아름다운 비취색, 배 쪽은 주황색.

햇빛을 반사하고 있던 그 화려한 새를 미나토가 무심코 돌아보았다.

"방금 그거, 물총새지? 처음 봤는데 예쁘네. 역시 하늘을 나는 보석이라고 할 만도 하겠어."

"으음, 그렇군. 내 곁에는 꽤 많이 있다."

휘어진 강 너머로 날개를 퍼덕이며 날아가는 모습을 한 사람과 한 신이 지켜보았다.

"자, 다리는 이제 됐겠지. 슬슬 돌아가자꾸나."

미나토는 발걸음을 돌린 산신을 따라 다시 숲에 난 길을 올라갔다.

집으로 돌아오는 동안에도 다른 누군가와 마주치지는 않았다.

그에 비해 야생동물은 꽤 자주 만났다. 머리 위에서 새들이 끊임없이 지저귀었고, 가끔 나무들 사이에서 사슴이나 토끼가 고개를 내밀기도 했다.

다들 느긋하게 지내고 있다. 미나토를 보고도 도망치지 않은 것은 앞에서 산신이 걸어가고 있는데다 사령이 미나토에게 가호를 준 덕분이기도 했다.

한쪽 면을 가득 메운 쌍둥이바람꽃 군생지 옆을 지나쳤다.

화려하게 피어난 그 하얀 꽃들은 어디에도 짓밟힌 흔적이 없었다.

사람이 없기에 이 아름다운 광경이 유지되고 있다.

사람이 찾아오게 되면 눈 깜짝할 새에 바뀌어 버릴 것이다. 쓰레기를 가져오는 것도 피할 수 없다. 그리고 야생동물에게 손을 대는 자들도 있기에 생태계가 흐트러질 것이 틀림없다.

현재 상태를 유지하는 건 지극히 곤란하다는 건 굳이 생각해 볼 필요도 없는 일이다.

"산신 씨는 산에 사람이 들어오는 게 싫어?"

"아니, 딱히 아무런 생각도 없다. 마음대로 해도 된다."

산신은 아무것도 하지 않는다. 그저 있는 그대로 받아들일 뿐이다.

"가끔 에치고야 같은 녀석이 오는 건 유쾌하다만."

산신의 묵직한 웃음소리가 대기를 흔들었다.

"그 밖에도 재미있는 일족이 있었다만, 요즘은 통 소식이 없군."

"수십 년 정도?"

"그렇군, 그보다 조금 더 이전인가. 일단은 이곳의 소유자였다."

"어? 잠깐만. 산신 씨에게 주인이 있었어?"

처음 듣는 이야기다.

깜짝 놀란 미나토를 돌아보며 산신이 코웃음 쳤다. 시시하다는 듯한 태도였다.

"인간이 멋대로 만든 규칙 따위는 나에게 있어서 아무래도 좋을 일이다. 나는 나의 것이다. 인간 따위의 것이 아니지."

"———음. 뭐, 산신 씨가 보기에는 그렇겠지만……, 아얏."

미나토는 머리 위에 가벼운 충격을 느꼈다.

투욱, 땅바닥에 굴러떨어진 것은 빨간 열매———, 산수유. 버찌를 세로로 늘린 듯한 모습이었다.

주위에 수유나무는 보이지 않았다.

미나토가 올려다보니 나뭇가지 위에 새끼 원숭이가 있었고, 그 옆에는 어미 원숭이도 있었다.

새끼 원숭이가 산수유를 휙 던지자, 미나토가 한 손으로 받아냈다. 꺄악꺄악, 새끼 원숭이가 가볍게 뛰어올랐다.

마찬가지로 올려다보고 있던 산신이 미나토를 보았다.

“얼마 전에 구해준 보답이라는구나.”

나무에서 떨어진 새끼 원숭이를 바람으로 받아주었을 때 이야기인 모양이다.

“고마워.”

새끼 원숭이는 어미 원숭이 뒤에 슬쩍 숨어버렸다.

산수유를 주워들었다. 손바닥 위에 있는 것은 겨우 세 개. 하지만 미나토는 그것을 보며 기쁜 듯이 웃었다.

“정겹네. 이거, 맛있잖아. 예전에 집에 있던 수유나무에 열매가 맺히는 걸 해마다 기대하곤 했거든. 지금은 이제 없으니까 못 먹은 지도 오래 되었어.”

“지금 시기에는 얼마든지 열려 있다. 마음껏 따도 좋다.”

“산신 씨네 집이 다른 사람의 산이라는 걸 알아 버려서 따기가 껄끄러워.”

“신경 쓸 필요는 없다. 내가 좋다고 하면 좋은 게다.”

자리 잡고 있던 산신이 후광을 비추었다. 하지만 약간 소극적으로. 권속들의 쓴소리를 신경 쓰고 있는 것 같다.

“여기 있는 수유나무는 사람의 손으로 심어진 것이 아니다. 그 누구도 손을 대지 않았지. 야생 동물들의 먹이가 되고 있다.”

“———그럼 사양할까.”

더더욱 딸 수가 없다. 그들에게 있어서는 귀중한 식량일 테니까.

그때, 키익~, 키익~, 낯선 소리가 울렸다.

부스럭거리며 풀숲에서 나온 것은 멋지고 화려하게 생긴 새—

──, 꿩이었다. 전체적으로 녹색이면서 빨간 얼굴 주위와 금속 같은 광택을 띤 가슴이 눈길을 끌었다.

가볍게 뛰어오르면서 달려왔다. 뾰족하고 긴 꼬리깃을 좌우로 흔들었다. 의외로 크다는 인상이었다. 닭보다 클 것이다.

잘 살펴보니 뒤쪽에 작은 새가 따라오고 있었다. 앞쪽에 있는 화려한 수컷과 비교하면 수수한 적갈색, 긴 꼬리깃이 달려 있다. 아마 암컷일 테고, 이 수컷과 짝인 모양이다.

산신 옆에서 그 두 마리가 멈추고는 다시 울음소리를 냈다.

"'저쪽에 산수유 같은 게 잔뜩 있는데 말이야, 우리하고 같이 먹고 갈래?'라고 하는군."

"진짜로 그런 말투로 말하는 거야?"

그렇게 경박한 말을 산신의 입으로 듣고 싶진 않았다. 물론이다, 산신은 그렇게 새침하게 대답했다.

그건 그렇고, 머리 위에는 원숭이, 꿩, 그리고 옆에는 개. 아니, 늑대이긴 하지만, 개와 착각할 정도로 비슷한 생김새이니 거의 마찬가지일 것이다.

이 멤버가 한데 모이면 그 유명한 영웅 집단을 의식할 수밖에 없다.

그렇다면 내 역할은……, 그렇게 생각하던 미나토가 말로 표현하기 힘든 표정을 지었다.

허리 쪽을 힐끔 보았다. 거기에는 정작 중요한 쌈지가 없다.

"그러고 보니까 난 수수경단을 먹어본 적이 없네."

"뭐라고? 그게 참말인가?!"

산신이 갑자기 활기를 띠었다.

"그렇다면 사러 가자꾸나. 좋은 가게로 안내하마. 거기에는 특이한 수수 경단도 잔뜩 있다. 백도, 말차, 흑당, 머스캣도 말이다."

목소리에 기쁜 기색을 드러내는 걸 보니 산신은 역시 산신이다. 자신의 산에서 나는 것들보다 가공품을 더 좋아한다.

"잘 아네. 보아하니 또 인터넷으로 검색했구나?"

"아니, 정보지에서 보았다. 저번 달 호에 나와 있었을 텐데. 그래도 역시 오소독스한 것이 제일 좋겠지. 우선은 일반적인 수수경단부터 먹도록 하거라."

정보 수집에 여념이 없는 분께서 꼬리를 살랑살랑 흔들었다.

그 뒤에서 다시 풀숲이 흔들렸고, 이번에는 토리카가 쏘옥 나왔다.

"그러기 전에 산수유를 먹어야지."

싸늘한 목소리로 그렇게 말했다. 미나토를 올려다보고는 '이쪽이다'라며 길 앞쪽으로 고개를 돌렸다.

선두에 담비, 늑대, 꿩, 나뭇가지 사이를 넘어가는 원숭이. 제일 뒤에는 미나토. 그렇게 줄줄이 산속을 나아갔다.

토리카가 돌아보았다.

"미나토, 산마늘도 있다. 그것도 따 가도록 해."

"감사합니다."

미나토는 곧바로 대답했다. 여기가 다른 사람의 산이라는 이야기를 듣고 망설이긴 했지만, 지금까지 산에서 나는 것들을 잔뜩 먹었다. 이제 와서 따질 일은 아니다. 무엇보다 가게에 큰 보탬이 된다.

갑자기 바람이 불었다. 미나토는 귓가에 뭔가 들린 듯한 기분이 들었다.

멈춰 서서 고개를 돌리자 근처에 있던 나무———, 줄기에 다람쥐가 달라붙어 있었다.

자그마한 몸집. 전체적으로 회갈색. 배의 털은 흰색. 복슬복슬하고 긴 꼬리가 등을 따라 늘어져 있었다. 조금 눈에 띄는 특징———, 꼬리 끄트머리의 흰색 부분이 넓은 걸 보니 예전에 본 적이 있는 것 같았다.

쿠스노키 저택 근처에 자주 나타나는 일본 다람쥐다.

"뭐야, 다람쥐 씨였구나."

줄기를 타고 올라가던 와중에 슬쩍 보였다. 만날 때마다 나무 열매 같은 걸 주곤 했는데, 오늘은 안 줄 모양이다.

쌀쌀맞게 떠나가는 모습을 보며 미나토는 귓볼을 살짝 잡아당겼다.

낯선 사람의 목소리 같기도 했지만, 아마 착각했을 것이다. 다람쥐의 울음소리였을지도 모른다.

묘한 잔향이 계속 이어지는 감각이 신경 쓰이긴 했지만.

그렇게 신경을 쓰면서도 앞서 가던 무리를 따라갔다.

제 6 장 성수의 허물이 지닌 효과는 과연

아침 일찍부터 쿠스노키 저택의 대문 앞에 미나토가 서 있었다.

거의 몇 분 동안 거기에 있다. 상점가로 장을 보러 갈 생각이었지만, 좀처럼 나설 마음을 먹지 못하고 부지 안에 머물러 있었다.

약간 숙이고 있던 얼굴에 드리워진 것은 뭔가 결심한 듯한 표정이었다.

왜냐하면 메고 있던 보디백 안에 응룡에게 받은 허물이 통째로 들어있기 때문이다.

성수들이 준 선물은 아직 이곳——, 신역 밖으로 가지고 나가 본 적이 없다.

과연 어떤 효과가 있을까, 어떤 것을 끌어당길까. 아무것도 알 수가 없다. 예상조차 되지 않는다.

그 때문에 이상할 정도로 긴장하고 있었다.

아무튼, 계속 여기서 망설이고 있을 수는 없다.

모두에게 나갔다 오겠다고 인사를 했을 때, 응룡은 매우 기뻐하는 눈치였다.

고개를 든 미나토는 마치 전장으로 나서는 것처럼 뭔가 결의에 가득 찬 표정을 짓고 있었다.

그냥 잠깐 근처에 장을 보러 가는 것뿐인데도.

휴우, 미나토는 그렇게 숨을 크게 내쉬고는 창살문에 손을 가져다 댔다.

"———좋았어, 가자."

자, 간다! 그렇게 덜컹! 문을 열었다.

한 발짝, 그 운동화가 부지 밖으로 나섰다.

그러자 머리 위에 후둑후둑, 빗방울이 떨어졌다.

"응? 비……?"

날씨를 신경 쓸 만한 마음의 여유가 없었기에 알지 못했다.

그리고 하늘을 올려다보려 한 순간———.

"으엇."

콰아아! 돌풍이 불었다.

제대로 맞고는 한쪽 팔로 눈가를 가렸다. 머리카락부터 옷까지 펄럭펄럭, 큰 소리를 울릴 정도로 거센 바람이었기에 부지 밖에 있던 녹나무들도 크게 휘어졌다. 나뭇잎들도 잔뜩 공중으로 솟구쳤다.

그곳에서 훨씬 높은 상공, 두꺼운 비구름이 강풍에 휘말리고 밀려나서 소리를 내며 위협적인 속도로 사라져갔다.

좀 전까지 비를 잔뜩 내리고 있던 비구름은 눈 깜짝할 새에 쿠스노키 저택, 그리고 주위 일대에서 물러나게 되어버렸다.

이제 우산을 쓰지 않고 외출할 수 있게 되었다. 물론, 돌아올 때도 우산은 필요 없다.

출발은 순조롭다. 허물의 효과는 이미 발휘되고 있다, 미나토는 눈치채지 못했지만.

바람이 약해지자 미나토는 팔을 내렸다. 이제 빗방울은 전혀 떨어지지 않았다.

"어라, 비가 그쳤어……?"

푸른 하늘을 올려다보며 고개를 갸웃거렸다. 지면에 커다란 웅덩이가 있었기에 비가 내린 것 같다는 상황만큼은 짐작할 수 있었다.

"그래도 이제 우산은 필요가 없겠네."

돌아보며 창살문을 꽉 닫았다.

겨우 집을 출발했다. 많은 동물들과 인사를 나누며 논두렁길을 넘어 차도로 가자 버스 정류장에 도착하기 직전에 버스가 멈췄다.

평소와 마찬가지다. 기다릴 필요가 없다.

매번 마치 부르면 금방 달려와 주는 택시처럼 나이스한 타이밍에 와준다.

원래 이 버스 정류장은 자주 오는 시간대에도 한 시간에 버스가 세 대 정도밖에 안 오지만.

낡은 버스를 타고 15분 정도. 상점가 근처 버스 정류장에 멈췄다.

딱히 특별한 이벤트도 일어나지 않았기에 미나토는 안심하며 버스에서 내렸다. 몇 분 정도 걸어가면 한 줄로 늘어선 상점가가 있다.

쿠스노키 저택에서 가장 가까운 상점가는 자주 가는 곳이다. 큰 길을 따라 가게들이 늘어서 있고, 어지간한 일용품과 식재료를 다 살 수 있다.

여기에 오기만 하면 충분하기에 다른 곳을 새로 개척할 생각은 딱히 없었다. 모험심을 전혀 지니지 못한 남자였다.

기본적으로 외출하는 걸 좋아하지 않기에 정기적으로 여기에 와서 같은 코스로 다니고, 같은 가게에 들르고, 같은 코스로 귀가한다.

그렇기 때문에 다양한 동물들――, 특히 새들이 몰려드는 미나토는 당연히 이 근처에서 조금 유명하다.

상점가로 들어서기 전에 비교적 큰 가게 근처를 걸어가던 미나토 주위에 동물들――, 개, 고양이, 새들이 모여들었다.

그런 미나토 앞뒤를 오가던 사람들, 그리고 집과 건물 창문에서도 많은 사람들이 바라보고 있었다.

봉황을 데리고 오면 길 양쪽이나 전선이 새들로 가득 차기도 하지만, 오늘은 미나토가 혼자 왔기에 그 정도까지 많지는 않았다.

상점가에 거의 다 왔을 대, 뒤에서 타박타박 따라오던 고양이――, 자주 만나는 삼색 고양이가 옆에서 나란히 걸어가며 '야옹', 울었다. 목줄이 달린 그 집고양이는 오늘도 털에 윤기가 보였다.

"안녕."

평소처럼 말을 걸자 다시 울음소리를 냈다. 이럴 때는 '따라와'라는 신호다.

자주 있는 일이다. 삼색 고양이는 미나토가 잘 가지 않는 골목에 있는 가게에서 세일을 할 때 안내해주곤 한다.

옆으로 빠진 그 삼색 고양이는 상점가로 들어가지 않고 건물 사이로 난 좁은 골목으로 이어지는 곳 앞에서 돌아보았다.

미나토는 망설이지도 않고 따라갔다. 곁으로 다가가자 삼색 고양이가 골목 너머로 슬쩍 뛰어갔다. 물론, 미나토도 따라갔다.

사람 한명이 겨우 지나갈 만한 골목을 빠져나가자 가게가 하나 있었다.

규모가 작은 가게였고, 그 앞으로 난 길도 좁았다. 하지만 그 가게 앞에 척 보기에도 근처에서 온 것 같은 손님들이 다양한 그릇을 든 채 몰려 있었다.

그 가게에서 콩――――, 두부 향기가 풍기고 있었다. 두부를 할인해서 파는 것 같았다.

미나토가 발치를 보자 삼색 고양이가 올려다보고 있었다. 매우 의기양양한 표정이었다.

"고마워."

그렇게 인사를 하자 정강이에 목덜미와 몸통을 비비고는 왔던 골목으로 다시 돌아갔다. 미나토는 살짝 쓴웃음을 지으며 가게로 향했다.

이번처럼 목적지가 아닌 가게로 안내해주는 경우도 자주 있다. 하지만 호의를 무시할 수는 없기에 전부 구입하고 있다.

요즘은 미리 메뉴를 정하지 않고 흐름에 맡기는 경우도 많다.

사려던 것들을 전부 다 사면 버스 정류장으로 간다.

물론, 모여든 동물들과 함께.

옆에, 뒤쪽에 줄줄이 늘어선 들고양이, 그리고 목줄을 차고 있는 집고양이들도 함께 이동했다.

그런 미나토를 가끔 부러워하는 눈초리로 보는 사람도 있었다.

보통은 젊은 여자지만, 제일 많은 건 아이들이다.

멈춰 서서 움직이지 않게 되자 보호자가 곤란해 한다. 그 때문에 미나토는 약간 껄끄러운 기분을 맛보았다.

동경해도 말이지, 그런 복잡한 마음도 들었다.

그들이 보기에는 미나토가 많은 동물들에게 사랑을 받으며 잘 따르는 것으로 보일 것이다.

그렇게 생각하더라도 어쩔 수 없는 상황이지만, 실제로는 약간 다르다.

미나토에게 자신들의 우두머리가 내린 가호가 있기에 친절하게 대해주는 것일뿐, 미나토 자신을 좋아하며 따르는 게 아니기 때문이다.

약간 빠른 걸음으로 나아가다 문득 옆을 보니 전봇대 옆에 서 있던 비슷한 나이에 통통하고 몸집이 작은 남자와 눈이 마주쳤다.

묘하게 눈빛이 강했고, 게다가 진지한 표정까지 짓고 있다.

깊게 눌러쓴 사파리 모자. 주머니가 잔뜩 달린 조끼. 움직이기 편해 보이는 차림새를 보니 아웃도어파 스타일이다.

그 몸집이 작은 남자가 눈을 돌리고는 돌아섰다. 시선이 마주친 것은 잠깐뿐이었다.

미나토를 바라보는 사람들은 보통 감탄하는 표정을 짓거나 기뻐하는 듯한 표정을 짓는다. 대부분 호의적인 태도라고 할 수 있다.

하지만, 그 몸집이 작은 남자는 약간 달랐다.

그 때문에 조금 기묘한 인상이 느껴졌다.

하지만 크게 신경 쓸 필요는 없을 것이다.

딱히 무슨 짓을 당하거나 하지도 않았다. 전혀 알지 못하는 사람이었다.

곧바로 돌아가기 위해 버스 정류장으로 갔다.

그 몇 발짝 앞을 까만 물체가 샤샥, 가로질렀다. 평소처럼 고양이가 장난 친 건가 생각하며 보았다. 길가에 멈춘 그것은 땅딸막한 체형을 지니고 있었다.

한순간 너구리로 착각했는데, 줄무늬에 두꺼운 꼬리가 달려 있었다. 슬쩍 앉아서 동그란 눈으로 바라보고 있다.

"라쿤이다……."

설마 마을에서 보게 될 줄이야.

하지만 라쿤은 작물을 어지럽히는 등, 별로 좋은 소문을 듣지 못한 외래종이다. 다른 사람들 눈에 띄는 건 바람직하지 못할 것이다.

미나토가 라쿤을 쫓아가는 듯이 골목 안쪽으로 유도했다.

멀어져가는 그 뒤쪽에서 쿠웅, 시끄러운 충격음이 울렸다.

좀 전까지 미나토가 있던 곳에서 일방통행을 무시하고 역주행하던 경차와 오토바이가 접촉 사고를 일으켰다.

곧바로 그곳이 떠들썩해졌지만, 이미 그곳을 떠난 미나토가 눈치챌 리는 없었다.

여전히 위기를 잘 피한다. 사령의 가호가 완전히 자리잡은 쿠스노키 미나토에게 있어서는 허물 같은 게 없더라도 일상다반사였다.

라쿤과 헤어진 다음, 다시 버스 정류장으로 가던 도중에 앞쪽에 복권 판매점이 보였다.

재빨리 그 앞을 지나친 것은 굳이 말할 필요도 없을 것이다.

모퉁이를 한 번 더 돌면 버스 정류장이 금방 나온다.

미나토는 생각했다. 응룡의 허물을 가지고 왔지만, 딱히 달라진 게 없었고, 특이한 일은 전혀 일어나지 않았다. 분명히 이대로 아무 일 없이 집으로 돌아갈 수 있을 것이다.

하지만, 그렇게 일이 잘 풀리지만은 않는다.

버스가 길 너머에 보인 순간, 앞에서 가던 사람의 겉옷 주머니에서 무언가가 떨어진 것을 봐 버렸다.

그 사람——, 50대 남자는 눈치채지 못했다. 그대로 부피가 크고 무거워 보이는 상자를 떠안은 채 계속 걸어가고 있다.

물론, 보고도 못 본척할 수는 없다.

빠른 걸음으로 다가가 보니 아스팔트에 떨어진 그 물건은 접이식 지갑이었다.

주워들고 보니 손에 묵직한 무게가 느껴졌다. 끝까지 접지 못할 만큼 지폐가 가득 들어 있었다.

그 지폐로부터 눈을 돌린 다음, 몸을 약간 웅크리고 있던 남자의 뒷모습을 향해 말을 걸었다.

"실례합니다, 지갑을 떨어뜨리셨는데요."

돌아본 남자는 미나토가 들고 있던 지갑을 보고는 당황했다.

"미안하군, 형씨. 덕분에 살았어. 하마터면 길바닥에 나앉을 뻔했다고."

약간 호들갑을 떠는 것 같긴 하지만, 납득이 될 만큼 거금이 들어 있었다.

"아뇨."

지갑을 주려 해도 상대방은 상자———, 나무 상자 때문에 받을 수가 없었다. 남자가 주위를 둘러보다가 마침 비어 있던 버스 정류장 벤치에 그 나무 상자를 내려놓았다. 뚜껑을 열고는 병 하나를 꺼냈다.

와인이다. 시원스러운 디자인인 병에 자그마한 라벨이 붙어 있다. 거기에는 날개를 펼친 새의 그림이 그려져 있었다. 생김새는 매우 단순했다.

하지만 와인을 진심으로 사랑하는 응룡 덕분에 나름대로 고급 와인과 인연이 있던 미나토는 알아차렸다.

그거, 분명히 비싼 와인일 텐데……! 라고.

남자는 방긋 웃으며 척 보기에도 비싼 것 같은 그 와인병을 미나토에게 건넸다.

"보답으로 이걸 받아주겠나?"

"아뇨, 저기, 괜찮아요. 그냥 지갑을 주운 것뿐이니까……."

몸을 뒤로 빼면서 거절했다.

하지만 마음속으로는 거절해 봤자 소용이 없다는 걸 알고 있었다.

지금까지 꽤 자주 비슷한 상황을 겪었기에 아무리 거부하더라도 상대방이 물러나지 않는다는 걸 배웠다.

예상대로 이번에 만난 남자도 마구 밀어붙였다.

억지로 미나토에게 와인병을 들려준 남자는 만족스러운 눈치였다.

"받아주면 좋겠어. 짐이 무거워서 정말 힘들었거든. 그리고 그건 나도 받은 건데, 나는 와인을 잘 마시지 않아서. 이름이 '스크리밍 이글'인 모양이니까, 새를 거느리고 다니는 형씨에게는 딱이잖아?"

나를 알고 있었나? 그렇게 생각하면서도 감사히 받기로 했다. 응룡이 기뻐할 게 틀림없으니까.

참고로 그 와인은 컬트 와인의 최고봉으로 유명한 명품이었다.

그리고 나서 예상하지 못한 짐이 늘어난 미나토는 오후가 되어서야 겨우 귀가했다. 앞쪽 창살문을 열기 직전에 문득 생각났다.

"오늘은 어떤 신역에도 끌려들어가지 않았구나……."

꽤 자주 초대를 받아버리곤 하는데, 오늘은 한 번도 그러지 않았다. 위태로운 적도 없었다.

응룡의 허물 덕분일지도 모르겠다.

와인과 함께 응룡에게 보고해야겠다, 미나토는 그렇게 생각하며 창살문을 닫았다.

○

며칠 뒤. 어떤 은행 창구에서 유리 칸막이 너머로 미나토와 은행원이 마주보고 있었다.

"정말 축하드립니다."

"……감사합니다."

싹싹한 은행원에게 미나토가 인사를 건넸다. 약간 정색하며 어색한 미소를 드리운 채로.

그 어깨에서 거들먹거리고 있던 봉황은 매우 당연하다는 듯한 분위기를 풍겼다.

그리고 은행원이 슥, 내민 것은 두꺼운 만엔 다발 세 개.

그 금액은 300만엔.

미나토는 영귀의 허물이 든 보디백을 세게 눌렀다.

오전에 외출할 때 영귀의 허물을 가지고 나왔다는 것을 깜빡 잊고는 복권을 긁었더니 멋지게 당첨되어 버렸다.

미나토는 그 복권을 환금하기 위해 봉황과 함께 은행에 와 있었다.

그 복권은 친가에서 보내준 물건들 중에 들어 있었다.

잘못 넣은 건지 친가에 연락해 보니 신기하게도 형이 전화를 받았다.

'그건 내가 너에게 주는 생일 선물이다. 당장 긁어봐라'라고 강요했기에 어쩔 수 없이 긁게 되었다.

역시나 모두가 예상한 대로 당첨이었다.

진지한 목소리로 알려주자 형은 크게 소리 내어 웃고는 '당첨된

건 너니까 마음대로 써라. 조금 늦긴 했지만 생일 축하한다'며 일방적으로 말하고는 전화를 끊어 버렸다.

은행에서 두 팔로 가방을 감싸듯이 끌어안은 미나토가 나왔다. 몸은 움츠리고 있었고, 여기저기를 두리번거리고 있었다.

뭔가 나쁜 짓을 한 다음이거나, 지금부터 하려는 것 같아 보였다.

완전히 수상쩍은 사람이다.

미나토는 정신을 차릴 수가 없었다.

300만엔 지폐 다발은 상상했던 것보다 무거웠다. 스마트폰 어플로 결제하는 것이 당연해진 요즘, 현금을 많이 가지고 외출하는 경우가 드물었기에 더욱 긴장이 되었다.

쿵쿵, 시끄럽게 뛰는 심장은 온 힘을 다해 뛴 직후와 맞먹을 것이다. 숨도 찼다.

"괜찮아, 괜찮아……."

아무런 의미도 없이 작은 목소리로 자신을 타이르고 있었다.

그런 미나토와는 달리 어깨 위에 있던 봉황은 어리둥절하고 있었다. 미나토가 수상쩍은 행동을 하는 이유를 이해하지 못했다. 지폐의 가치를 알지 못했다.

거리 좌우의 벽과 전선에 다양한 새들이 줄지어 있었다. 미나토는 생각에 잠긴 채 그 사이를 지나가던 동안에 점점 차분해지기 시작했다.

공기든, 물이든, 돈이든, 정체되는 건 바람직하지 못할 것이다. 돈은 세상에 돌아야만 한다는 말도 있다.

미나토가 앞을 똑바로 보았다.

뭔가 결심한 듯이 굳은 표정을 짓고 있었다.

"——그래, 큰맘 먹고 전부 써버리자."

쿠스노키 미나토, 스물다섯 살 나이에 드디어 뻔뻔해졌다.

신들이 묘하게 고급스러운 것을 좋아하기에 비싼 것을 접할 기회가 늘어난 이후로도 미나토는 자신이 서민이라는 사실을 굳게 믿고 있었다.

하지만 이번에는 좋은 기회라고도 할 수 있을 것이다. 이런 거금을 손에 넣을 일은 별로 없다.

아마도, 분명히. 미나토는 그랬으면 좋겠다며 절실하게 기원했다.

그건 그렇고, 가끔은 부호의 기분을 맛보는 것도 괜찮을 것이다. 지금쯤 쿠스노키 저택의 마루에서 자고 있을 어떤 산의 신도 뭐든지 경험이라고 했었다.

"그래, 와인. 와인을 사야지."

단숨에 큰 돈이 날아갈 테니 안성맞춤이다.

쿠스노키 저택에서 술을 마시는 멤버들이 선호하는 술 중에서 돈이 가장 많이 드는 건 와인이다. 얼마 전에 받았던 컬트 와인도 인터넷으로 검색해 보니 시세가 6~80만엔이라는 걸 알고 화면에서 눈을 돌린 기억이 선명하다.

그리고 그 와인은 아직 응룡이 즐기고 있다.

“술집으로 가자. 새 씨도 좋아하는 소주를 골라도 돼.”

“삐!”

봉황은 기쁜 듯이 날개를 퍼덕였다.

봉황은 소주를 좋아한다. 소주 중에는 가격이 비싼 것들도 있지만, 눈이 튀어나올 정도로 고가의 와인과 비교하면 귀여운 수준이다.

제일 먼저 자기가 가지고 싶은 물건을 사자는 생각을 전혀 하지 않는 것이 미나토라는 사람이다.

많은 것을 원하지는 않는다. 필요 최소한이라는 생각이 몸에 배었다. 요즘은 가지고 싶은 게 딱히 없고, 곤란하지도 않았다.

미나토도 이제 스물다섯 살이기에 생각이나 성격이 좀처럼 바뀌지 않는다.

애초에 거금을 손에 넣은 순간, 완전히 바뀌어버리는 인간에게 신들은 가호를 주지 않고, 다가오지도 않는 법이다.

결론이 나왔고, 쇠뿔도 단김에 빼라고 했다.

성큼성큼 이동해서 도착한 곳은 자주 가는 탄바 술집이었다.

우연히도 마침 입하되었다고 하는 고급 와인 몇 병, 봉황이 마음에 들어하는 소주도 사자 300만엔이 가볍게 날아가버렸다. 정말 맥이 빠졌다.

이거하고 이걸 주세요, 그렇게 말했을 때 이상한 목소리를 내버린 건 어쩔 수 없을 것이다. 뼛속까지 서민이니까.

그 술의 가격이 무시무시하긴 했지만, 가방 안에서 지폐 다발이 깔끔하게 사라지자 어깨에 들어갔던 힘이 빠져나갔다.

“매번 애용하여 주셔서 감사합니다.”

항상 맞이해 주는 유능한 탄바 점원――――, 30대 중반 정도인 남자가 평소보다 더 밝게 웃고 있다. 방긋방긋.

매주 나타나는 미나토는 뽑기 이벤트를 할 때는 특상이나 1등을 뽑아버리는 특이한 손님이긴 하지만, 비싼 술을 통도 크게 팍팍 사주는 좋은 손님이기도 하다.

오늘도 멋지게 비싼 술을 사준 미나토에게 점원이 보인 미소에는 그늘 한 점도 없었다.

그렇게 웃으며 능숙하게 병들을 포장하고는 ‘집으로 보내드릴까요?’라며 미나토에게 물어보는 동안, 우연히 가게 안에 있던 손님들은 깜짝 놀라고 있었다.

그리고 탄바 점원은 쿠스노키 저택의 주소를 외우고 있었기에 알아서 전표에 재빨리 적어주게 되기도 했다.

가벼워진 보디백을 멘 미나토는 의기양양하게 거리를 걸어갔다.

짊어지고 있던 짐을 내려놓았다는 게 바로 이런 상황일 것이다. 사치를 부리는 기분은 광속으로 끝났고, 오히려 속이 시원했다.

“역시 사람은 익숙하지 않은 행동을 하면 안 되는 것 같아.”

어깨 위에 있던 봉황에게 조용히 말했다.

“삐?”

봉황은 어차피 술은 술이잖아, 그 정도 생각밖에 없다. 술의 종류에 따라 가격이 천지차이라는 사실을 알지 못한다.

그렇게 잡담을 몰래 나누는 미나토와 봉황 주위에서 푸드득, 날갯짓하는 소리가 끊임없이 울리고 있었다. 계속 사방에서 들새 무리가 날아오고 있었다.

봉황과 함께 외출한 게 오랜만이기에 다들 우두머리를 목이 빠져라 기다렸던 모양이다.

미나토가 주위를 둘러보다가 담장 위에 왕새매가 앉아 있던 것을 발견하고 조금 당황했다.

매우 드문 맹금류다. 매의 친척이고, 중형 정도 크기다. 적갈색 등, 목은 하얗고, 배에 줄무늬가 있다.

봉황을 빤히 들여다보다가 날카롭고 특이한 울음소리를 냈다.

우려한 대로 여기저기에서 견학하던 사람들———, 애조가로 보이는 사람들이 떠들어대고 있었다. 그중에는 DSLR 카메라를 든 사람까지 있었다. 희귀한 새에만 카메라를 들이대고 있는 게 그나마 다행일 것이다.

애조가들뿐만이 아니라 길 양쪽에 멈춰 선 많은 사람들이 미나토를 보고 있었다. 오늘은 이상하게 들새들이 많았고, 평소보다 더 주목받고 있었다.

공원으로 가기 위해 빠른 걸음으로 나아가던 미나토가 어떤 모자 앞을 지나쳤다.

“엄마, 저기. 새들은 저 형 어깨 위에 앉아 있는 반짝반짝한 병아리를 만나러 온 거야.”

천진난만한 어린애 목소리였다.

미나토가 그쪽을 보니 어머니와 손을 잡고 있던 일곱 살 정도 소년이었다.

가녀리고 자그마한 몸집. 곱슬기가 강한 머리카락이 특징인 소년이 봉황을 똑바로 보고 있었다.

어머니가 의아하다는 듯이 아이를 내려다보았다.

“무슨 이상한 소릴 하는 거니? 그런 병아리 같은 건 없는데.”

잡은 손을 흔들면서 작은 목소리로 나무랐다. 소년이 불만이라는 듯이 봉황을 손가락으로 가리켰다.

“있어! 봐, 저 형 어깨를 잘 보라고. 왼쪽 어깨에 분홍색 병아리가 있잖아!”

“그만해, 그런 건 없다니까! 부탁이니까 다른 사람들 앞에서 이상한 말은 하지 마. 그리고 다른 사람을 손가락으로 가리키면 안 된다고 저번에 말했잖니!”

소년이 손가락으로 가리키고 있던 손을 자신의 손으로 감싼 그 젊은 어머니는 미나토에게 둘러대는 듯이 미소를 보였다.

“미안해요. 우리 애가 이상한 소릴 해서…….”

“———이상한 소리 아니야! 왜 못 봐? 있어, 있다니까! 저기 진짜 있다니까.”

분하다는 듯이 발을 동동 구르는 그 소년은 당장에라도 울음을 터뜨려버릴 것 같았다.

“너, 정말 왜 그러니? 거짓말만 하니까 엄마가 항상 창피하잖아.”

미나토는 그 모자의 대화를 듣고 있을 수가 없었다.

자신의 눈에 보이는 세계를 전부 부정당하는 건 얼마나 괴로울까. 얼마나 상처를 입었을까.

상상하기만 해도 가슴이 아프다.

소년에게는 봉황이 보인다.

평범한 사람에게는 보이지 않는――――, 보이지 않게끔 모습을 감춘 봉황을 알아볼 수 있을 만큼 비범한 눈을 지니고 있다.

소년과는 약간 다르지만, 미나토도 어렸을 때부터 요괴를 볼 수 있었다.

희미하게만 보였지만, 그것을 본 순간부터 분명히 사람이 아닌 존재라고 인식했다.

그 사실을 처음 말해준 사람은 돌아가신 할아버지였다.

다행히도 할아버지는 미나토보다 사람이 아닌 존재를 더 또렷하게 볼 수 있는 눈을 지니고 있었기에 미나토는 자신이 본 세계를 부정당하지 않았다. 물론, 다른 가족들에게도.

하지만, 그때, 할아버지가 이렇게 말했다.

결코 가족 말고 다른 사람에게는 말하지 말라고.

머리가 이상한 사람 취급당하고 싶지 않다면, 이 세상에 요괴가 있다는 말을 다른 사람에게 입이 찢어지더라도 하지 말라고.

당시에 깨닫게 해주었으면 좋았을 거라고 나중에 몇 번이나 생각했다. 세상에는 자신의 시야에 들어오는 것만 믿는 사람이 태반

이기 때문이다.

그렇기에 미나토는 일부러 말했다.

"있어."

당당하고 힘찬 그 목소리는 주위에 크게 울렸다.

고개를 숙이고 있던 소년이 앞을 보았다. 눈물을 글썽이고 있던 그 눈과 눈이 마주치자, 미나토는 부드러운 미소를 지었다.

"있어. 내 어깨에 있다고. 귀여운 분홍색 병아리가 말이지."

그렇게 말해봤자 소년의 마음에 위로가 될지는 모른다.

하지만, 너와 같은 경치를 보고 있는 사람이 여기에 있다고 알려주고 싶었다.

봉황이 하늘을 향해 날카롭게, 가늘게, 길게, 울었다.

들새 무리가 하늘을 향해 날아올랐다. 그 새들을 따라 사람들이 고개를 들었다.

종류도, 크기도, 색도 각각 다른 새들이 커다란 무리를 지어 같은 방향으로 날아갔다. 오른쪽으로, 왼쪽으로, 앞으로, 뒤로.

선두에 서 있던 새가 방향을 바꾸자 일제히 다른 새들도 방향을 바꾸었다. 이번에는 몇 줄로 대열을 짜고 선 모양으로 날아가다가 나중에는 원까지 그렸다.

통솔이 잘 되는 그 움직임은 마치 비행기의 곡예 비행 같았다.

갑작스럽게 시작된 들새들의 천체 쇼로 인해 마을 사람들이 환호성을 질렀고, 시선을 빼앗겼다.

그 아래쪽, 미나토의 어깨에서 봉황이 모습을 드러냈다.

수없이 많은 깃털들이 공중을 떠다니는 와중에 가슴을 펴고 있는 그 모습은 소년이 말한 대로 분홍색 병아리였다.

그 모습을 똑똑히 본 어머니는 두 눈을 크게 떴다.

"……말도 안 돼. 정말로 있었어……?"

작은 목소리로 중얼거리고는 입가를 두 손으로 가렸다.

어머니가 그렇게 말한 목소리를 들은 소년이 활짝 웃었다.

미나토가 어깨를 보자 봉황이 날개를 펼치며 보여주었다. 어머니도 알아볼 수 있게끔 서비스를 해주었다는 사실을 눈치챘다.

사람들이 들새가 난무하는 하늘을 계속 올려다보고 있다.

그런 와중에 전봇대 그늘에 숨어서 사파리 모자를 깊게 눌러 쓰고 몸집이 작은 남자만이 어깨를 보며 웃는 미나토를 빤히 바라보고 있었다.

○

버스를 타고 이동하던 동안 잠들어버린 봉황을 가슴 주머니에 넣은 미나토가 귀가했다.

대문을 통과한 순간, 작은 늑대가 정원 쪽에서 타다닥, 경쾌한 발걸음으로 달려왔다. 신기하다, 항상 느릿느릿 걸어 다니는데.

"다녀왔어, 산신 씨."

"으음, 꽤 일찍 온 모양이로구나."

목소리는 평소와 마찬가지로 느긋했다.

하지만, 행동은 달랐다.

미나토의 발치를 빙글빙글 돌면서 들어 올린 코를 끊임없이 움찔거리고 있었다. 어슬렁거리며 미나토의 팔에 걸치고 있던 봉투에서 풍기는 달콤한 향기를 맡고 있다.

물론, 그 안에는 에치고야의 감주 만쥬가 들어 있다.

달려들진 않았지만, 그 모습은 완전히 천진난만한 새끼 늑대 같았다. 들뜬 모습은 우츠기 저리 가라 할 정도였다.

산신은 몸이 줄어들면 행동까지 어려지는 것 같다, 미나토는 그렇게 자그마한 늑대가 달라붙은 상태로 생각했다.

"산신 씨, 좀 앞에서 걸어."

곤란하다는 듯이 그렇게 말했다. 발로 찰 것만 같아서 움직이기가 힘들었다.

"으음."

그렇게 대답하긴 했지만, 조금 떨어진 위치에서 살짝 뛰어오르고 목을 뻗어서 냄새를 맡으며 먼저 가려 하지 않았다.

이건 어쩔 수가 없다.

포기한 미나토는 팔을 옆으로 뻗어서 그 끄트머리에 감주 만쥬가 든 봉투를 옮겼다. 코끝에 매달린 당근처럼 산신을 유도해서 정원으로 향했다.

봉황을 석등 안에 넣고, 사온 것들을 정리하고, 미나토가 그렇게 정신없이 돌아다니고 있었다.

그동안, 산신은 마루 좌탁 앞에 앉아 있었다.

굳이 말할 필요도 없이, 그 위에는 감주 만쥬가 있다. 달콤한 향

기로 인해 그 앞을 떠나기가 힘든지, 아니, 실제로 떠나지 못했다. 조금이라도 그 유혹의 근원에 다가가기 위해 앞발을 들고는 몸을 수직으로 세워서 앉아 있다.

말하자면 일어서 자세로 방석에 자리 잡고 있었다.

위엄은 요만큼도 없지만, 좌탁에 앞발을 딛지 않는 게 역시 대단하다고 해야 할까.

그 앞발이 가끔 참을 수 없다는 듯이 슬쩍슬쩍 움직이는 게 웃음을 불렀다.

미나토는 반쯤 어이없어하면서도 매우 신기하고 재미있기도 해서 서두르면서도 꼼꼼하게 차를 준비하고 있었다.

미나토가 쟁반을 들고 마루로 나왔다. 그 순간, 산신의 꼬리 잔상이 보이지 않게 되었다.

발생한 강풍으로 인해 찻잔에서 피어오르던 김이 흩어졌고, 미나토의 앞머리도 곤두섰다. 미나토가 두 눈을 흘겼다.

"산신 씨, 바람을 좀 억눌러 주시면 안 될까요?"

"미안하다. 주체가 안 되는구나."

안절부절못하고 있던 산신의 목소리도 조금 곤란한 듯한 느낌이었다. 작아진 탓인지 자아를 제대로 컨트롤하지 못하는 모양이었다.

얼른 먹게 해주는 게 나을 것 같다.

우선은 산신의 입 크기에 맞춰서 감주 만쥬를 반쪽으로 쪼갰다.

자, 그렇게 반쪽을 내밀자마자 물어뜯었다. 그 순간, 산신의 눈에 불덩이가 스쳐갔고, 그 뒤쪽에서 빅뱅이 터지는 환영을 미나토는 분명히 보았다.

그런 다음, 우물……, 우물……, 우물. 영귀가 걸어가는 것처럼 시간을 오래 들여 씹었다. 행동은 어려졌지만, 역시 산신은 산신이다. 먹는 속도가 매우 느리다.

그 모습은 그야말로 곱씹으며 먹는다는 표현이 어울릴 것이다.

"항상 생각하는 건데, 그렇게 정성껏 맛보면서 먹어주면 에치고야 씨도 기뻐하겠네."

대답은 들리지 않았다. 끊임없이 꼬리를 흔들며 맛보고 있다.

항상 그랬기에 미나토는 신경 쓰지도 않았고, 억지로 딱 좋게 식게 된 차를 쟁반과 함께 작은 늑대의 발치에 내려놓았다.

바닥에 내려놓는 게 조금 마음에 걸리긴 했지만, 산신의 몸이 작기에 어쩔 수가 없었다.

마지막 한 개를 다 먹은 산신은 그제야 차분해진 모양이었다. 새침한 태도로 찻잔을 앞발로 고정시키고는 목을 축이고 있다.

그 정면, 좌탁에 턱을 괴고 있던 미나토는 이번에 사온 정보지를 훑어보고 있었다.

쿠스노키 저택이 있는 마을――, 호죠쵸의 정보가 가득 담긴 정보지다. 산신이 애용하는 지역 정보 수집 수단이기도 하기에 돌아올 때마다 편의점에서 사오곤 했다.

그것을 팔랑팔랑 넘기다 보니 화과자집만 다룬 특집 기사가 보였다.

또 나왔네, 미나토는 그렇게 생각했다. 게다가 '장마에 전통 화과자는 어떠신가요?'라는 식으로 꽤 드물고 기묘한 특집이었다.

꽤 억지스러운 내용 아닌가? 정말 가져다 붙인 것에 가깝다.

"이 정보지는 매달 화과자 특집이 나오지? 이 마을에는 화과자 집이 묘하게 많긴 하지만, 그렇다 치더라도 너무 치우친 것 같은 느낌이 들어."

"나를 배려해주는 거겠지."

"그게 무슨 뜻이야……? 설마 이 잡지의 마크가 늑대인 거하고 무슨 관계가 있어?"

잡지의 눈에 띄는 곳에 반드시 그려져 있는 늑대 마크. 원으로 둘러싸인 채 얼굴만 실루엣으로 보이는 마크지만, 듬직한 늑대라는 걸 알아볼 수 있었다. 멋진 마크다.

아니, 솔직히 말하자면 개라고 해도 통할 것이다.

하지만, 마크 아래에 큼직하게 'WOLF'라고 적혀 있었고, 눈앞에 계신 분과 마찬가지로 '나는 늑대다'라며 주장하고 있었다.

출판사 자체의 로고이기도 하지만, 그 회사의 이름은 늑대와는 관련이 없다.

"물론이다. 그건 나다."

산신은 잡지를 힐끔 보고는 고개를 옆으로 돌렸다. 턱을 대각선 위쪽으로 들고는 눈을 감고 귀도 접은 채 입을 가볍게 벌렸다.

로고 마크와 마찬가지로 포효하는 포즈.

"똑같긴 하네……. 이거, 모델이 산신 씨였구나. 나는 그냥 늑대 마크가 달린 잡지라서 산신 씨가 좋아하는 줄 알았는데."

호죠쵸의 지역 정보지는 두 개 있다. 하지만 산신이 애독하는 것은 이 늑대 마크가 달린 정보지뿐이다.

예전에 다른 회사 잡지를 사온 적이 있었지만, 넘겨보기는커녕, 거들떠보지도 않았다.

"산신 씨는 꽤 편애가 심하지."

"누구나 자신에게 잘해주는 존재가 마음에 들 테고, 신경 써주는 것도 당연한 것 아닌가?"

"……뭐, 이해가 되긴 하는데. 그 출판사 사람을 안다는 거야?"

"그러하다. 허나 당대가 아니라 선조다. 그 녀석과 알고 지내던 시절에는 '찰흙판'이라고 했다만."

"찰흙판이라니……, 에도 시대쯤이지……? 엄청 옛날 아닌가……. 아니, 그래도 200년 정도 전이면 그렇게까지 옛날은 아닌가?"

평소에 함께 지내는 신들은 다들 시간 감각이 마비되어 있기 때문에 미나토도 그 영향을 받아서 조금 둔해졌다.

"으음, 옛날이라고 할 정도는 아닐 게다. 얼마 전이지."

산신도 당연하다는 듯이 고개를 끄덕였다.

그렇게 조금 이상한 대화가 들리지만 아무도 신경 쓰지 않았다.

애초에 듣고 있는 자가 거의 없다.

정원에는 귀가 편해지는 폭포 소리가 울리고 있다.

큰 바위에서 몸을 쭉 내민 영귀가 용소로 뛰어들었다. 다리 밑을 응룡이 몸을 회전시키며 헤엄쳤다. 기린은 여전히 외출 중이라 자리에 없다.

구석에 놓인 두 석등 근처는 조용하다.

다들 제각각 시간을 보내고 있는 그 정원 한가운데에서 쿠스노키가 세 떡잎을 바람에 나부끼며 열심히 광합성을 하고 있었다.

슬슬 물을 마시고 싶다는 생각이 들었지만, 기특하게도 참고 있었다.

문득 산신이 턱이 빠질 듯이 하품을 크게 한 번 했다. 그리고 눈을 꿈쩍꿈쩍 깜빡였다.

"———산신 씨, 많이 졸린가 보네."

"으음, 조금……, 잠이 부족, 한 모양……, 이라———."

말이 군데군데 끊겼다.

몸을 약간 웅크리고 앉은 자세로 눈을 가늘게 뜬 채 굳어버렸다. 꿈쩍도 하지 않는다.

"산신 씨."

몇 번 불러도 전혀 대답하지 않았다.

척 보기에는 범상치 않은 상태인 것 같지만, 걱정할 필요는 없다.

산신님께서 취침하셨다.

미나토는 쓴웃음을 지을 수밖에 없었다.

"적어도 눈은 감는 게 나을 것 같은데."

산신은 잠기운이 한계에 도달했을 때나 깊은 생각에 잠길 경우, 갑자기 굳어버리는 경우가 있다. 미나토는 지금까지 몇 번이나 그런 상황을 마주쳤다. 이번에는 눈을 약간 뜬 상태지만, 가끔은 눈을 크게 뜬 채로 굳어버리기도 했다.

그 모습은 그야말로 석상과도 같았다. 쿠스노키의 화려한 장식물이 되었다.

게다가 재기동될 때까지 걸리는 시간은 그때그때 다르고 몇 분에서 며칠까지 폭이 크다.

그동안 미나토는 산신을 내버려두고 평범하게 생활한다.

이번에는 언제쯤 움직일까. 오늘 안으로? 내일?

미나토가 그렇게 예상하며 좌탁 위를 정리하고 있자니 산신이 끙끙대는 소리가 들렸다. 그릉그릉, 목을 울리며 콧등에 주름까지 드러내고 있었다.

오, 이번에는 빠르네, 미나토가 그렇게 생각하고 있자니———.

"……애송이, 아직 이 정도 감주 만쥬밖에……, 못 만들다니……. 으음……, 참으로, 한심하구나. 그러한 실력으로는……, 아직 에치고야를……, 이어받게 할 수는……, 없다. 그대가 이어받는 건, 내가 용납하지 못한다!"

시끌벅적한 잠꼬대였다. 에치고야 13대가 될 12대의 손자——, 남자 중학생에게 퇴짜를 놓고 있다.

산신은 잠꼬대도 많이 한다. 깨어 있을 때와 거의 비슷한 성량을 자랑하기에 갑자기 그 잠꼬대를 들은 미나토가 놀라는 경우도 있다.

아무튼, 투덜투덜 불평하고 있긴 하지만, 좀 전에 시간을 오래 들여 다 먹은 참이다.

오늘 에치고야에 갔을 때 주방에 틀어박혀 있던 사람은 젊은 13대(예정) 주인이었다. 아마 오늘 사온 건 그가 만든 감주 만쥬였을 것이다.

참고로 미나토는 먹지 않았고, 먹어봐도 만든 사람이 다르다는 걸 알 수가 없다.

산신은 마음에 들지 않는 것을 거의 통째로 삼켜버린다. 오늘 사온 감주 만쥬는 시간을 오래 들여 먹은 걸 보니 말하는 것처럼 불만스럽지는 않았을 게 틀림없다.

산신의 마음속에서 허들이 너무 높아졌을 뿐이다. 좀 더 높은 경지에! 그런 기대가 있기 때문에.

"솔직하지 못하네……. 몸 크기가 바뀌어도 산신 씨는 정말 산신 씨구나."

산신의 분위기가 조금 이상했지만, 걱정할 필요는 없을 것이다.

살짝 웃은 미나토가 집안으로 들어갔다.

○

드디어 허물은 하나만 남았다.

아니, 정확하게 말하자면 허물이 아니라 비늘이다.

그렇다, 매우 특이한 그 기린의 비늘이다.

어떤 기적(골치 아픈 일)을 가져다 줄 것인지 제일 우려하던 물건이다.

영귀는 금전운. 응룡은 와인 특화. 어떤 의미로는 납득이 되는 결과이기도 했다.

미나토는 솔직히 그렇게까지 강한 효과는 없었다고 느꼈다. 기린이 '위정자로 만들어 드리겠습니다'라고 했을 때와 비교하면 별것 아니다.

그리고 뜻밖에도 이번 기린의 비늘도 그랬다.

식료품을 무난하게 구매한 미나토는 이미 집으로 가고 있다.

비늘 여러 개를 보디백 안에 넣고, 필사의 각오로 집을 나선 뒤에 항상 가던 상점가로 갔고, 항상 돌던 코스를 다니던 동안에도 간담이 서늘해지는 사태가 일어난 적은 한 번도 없었다.

실례가 되겠지만, 맥이 빠졌다.

하지만 심장에 부담이 되지 않는 게 제일일 것이다.

미나토는 그렇게 생각하고 있었지만, 사실은 눈치채지 못했을 뿐이었다.

미나토가 모르는 곳에서 비늘은 절대적인 효과를 발휘하고 있었다.

마음 편히 거리를 돌아다니던 미나토로부터 약간 떨어진 곳에서 여러 사건이 일어났고, 전부 빠르게 끝나버렸다.

최근에 미나토가 상점가에 나타나면 그 뒤를 집요하게 따라다니던 사람――, 사파리 모자를 깊게 눌러쓰고 몸집이 작은 남자가 험한 꼴을 당하고 있었다.

그 남자는 새를 매우 사랑하는 들새 애호가였다.

틈만 나면 아직 보지 못한 들새를 찾아 전국 방방곡곡을 돌아다니며 사진을 찍고, 콜렉션을 늘리는 것을 삶의 보람으로 삼고 있다.

하지만 그 몸집이 작은 남자는 성격에 문제가 있었다.

자신을 위해 미나토를 이용하려는 생각밖에 없고 파렴치한 남자였다. 게다가 슬쩍 들은 분홍색 병아리라는 존재도 신경이 쓰였다.

몸집이 작은 남자에게는 봉황이 보이지 않는다.

하지만, 어떠한 존재가 있다면 미나토와 친하게 지낸 다음에 그것을 빼앗으려는 음모를 꾸미고 있었다.

그런 악당은 미나토에게 다가가지도 못한다. 평소에도 그렇지만, 오늘은 더더욱 그랬다.

역시 인간을 싫어하는 기린의 비늘이다. 튕겨내는 방식에 자비심이 없다.

예를 들어 미나토 뒤에서 말을 걸려던 몸집이 작은 남자가 뛰어가기 시작한 직후, 그 앞을 들고양이 무리가 가로질러서 균형을 잃은 나머지 한쪽 발이 도랑에 빠져 진흙투성이가 되거나.

예를 들어 미나토의 옆에서 은근슬쩍 부딪혀서 계기를 만들려고 하던 몸집이 작은 남자가 갑자기 담장에서 뛰어내린 라쿤에게 몸통박치기를 당해서 아스팔트에 엉덩방아를 찧거나. 등등.

야생동물들이 그렇게 셀 수도 없을 만큼 잔뜩 방해하자 미나토에게 전혀 다가갈 수가 없었다. 그 반경 5미터 이내에 결코 다가설 수가 없었다.

하지만, 아무리 방해를 받더라도, 만신창이가 되더라도, 그 몸집이 작은 남자는 굴하지 않았다.

가게에서 나온 미나토에게 돌격해서 말을 걸려 했다.

하지만, 머리 위에서 새똥이 거의 호우에 가까울 정도로 쏟아졌기에 그것을 뒤집어 쓰게 되어버렸다.

아래쪽을 보고 있던 미나토는 그 사실을 전혀 눈치채지 못했고, 옆으로 지나쳐서 버스 정류장으로 가버렸다.

똥투성이 된 그 몸집이 작은 남자가 하늘을 노려보았다. 날개를 퍼덕이는 까마귀 무리가 까악까악, 마치 놀려대는 듯이 울고 있었다.

몸집이 작은 남자는 희귀한 들새를 좋아하긴 하지만, 까마귀에게는 전혀 흥미가 없었다.

돌멩이를 들고 들어올리자, 그 더러워진 얼굴에 다시 따끈따끈한 새똥이 마치 후려칠 듯한 기세로 떨어져 내렸다.

까마귀 무리가 상점가 상공을 날아다니며 큰 소리로 울어대고 있었다.

그 아래쪽 거리를 지나가던 미나토가 의아하다는 듯이 위쪽을 보았다.

"다들 오늘은 꽤 자주 우네……, 너희 우두머리는 잘 지내고 있는데……?"

옆으로 따라오며 날아가던 새끼 까마귀가 '까악!'이라며 마치 웃는 듯한 울음소리를 냈다.

왠지 오늘은 꽤 소란스럽다. 미나토는 처음부터 끝까지 차분하지 못한 분위기를 느끼고 있었다.

"기린 씨의 비늘 때문인가……?"

얼른 돌아가는 게 좋을 것 같다. 그런 생각이 들었지만, 묘하게 목이 마른 것 같은 느낌이 들었다.

주위를 둘러보니 길가에 자판기가 덩그러니 있었다. 얼른 사서 단숨에 마시면 될 것이다.

자판기 앞에서 미나토가 보디백 지퍼를 열었다.

그 순간, 앞쪽 길――, 100미터 이상 떨어진 곳에 끼이익, 새까만 고급 자동차가 멈췄다.

바로 뒷좌석 문이 열렸다. 차 안에서 내린 남자가 몸을 숙인 채 땅을 디디고는 이쪽을 향해 뛰어오기 시작했다.

장년 남자다. 키가 꽤 크다.

햇빛을 반사하는 그 짧은 실버 그레이색 머리카락. 중년이라는 나이와는 무관하게 탄탄한 그 몸으로 고급스러운 정장을 잘 소화하고 있다. 얇은 코트를 나부끼며 매섭게 다가오고 있다.

미나토는 가방에서 동전 지갑을 꺼낸 다음 고개를 들었을 때, 그 이상한 아저씨를 보고는 깜짝 놀라 입을 약간 벌렸다.

오던 중간에 붉은색과 흰색 가드레일을 마치 허들처럼 화려하게 뛰어넘으면서도 그 속도는 전혀 떨어지지 않았다. 그리고 반짝반짝 빛나는 가죽 구두를 신고 있었다.

그 나이스 미들의 전력 질주는 박력이 넘쳤다.

여기저기에 있던 야생동물들도 본능으로 위험하다는 걸 알아차렸는지, 순순히 길을 터주며 앞을 가로막지 않았다.

남자는 멋진 자세로 사람들 사이를 이리저리 뛰어다니며 그 날카로운 시선을 한 곳에만 두고 있었다.

미나토의 손 근처———, 보디백에.

그 모습을 보고 자신에게 달려오고 있는 것 같다고 예상한 미나토는 깜짝 놀라 반 발짝 물러났지만, 거기에는 자판기가 있었다. 게걸음으로 옆쪽을 향해 피하려 했더니 몇 발짝 앞에서 남자가 갑자기 멈췄다.

숨도 흐트러지지 않고, 땀도 한 방울 흘리지 않고, 상쾌한 미소를 지으며 흐트러진 머리카락과 옷을 가다듬고 있었다.

신체능력이 인간을 초월한 수준이다.

그건 일단 그렇다 치더라도 그 직전에 한 행동을 보지 않았다면 정말 느낌이 괜찮은 분이라고 생각했을 것이다.

다른 사람들의 시선이 집중될 정도로 재빠르게 달려온 모습을 보지 않았다면.

실제로 길을 가던 다른 사람들도 멍하니 고개를 갸웃거리며 그 남자를 보고 있었다.

그건 그렇고, 그 남자는 미나토를 보고 있는 것 같지만 그게 아니었다. 보디백만 보고 있다. 그게 신경 쓰여서 견딜 수 없는 듯한 분위기다.

나에게는 보이지 않는 무언가가 보이는 모양이다, 미나토는 머릿속 한구석으로 그렇게 생각했다.

시원스럽게 미나토와 마주 보고 선 남자가 미소를 지었다.

"처음 뵙겠습니다, 비취색 귀인."

'비취색 분'이 아니라 '비취색 귀인'이라고 부른다.

얼마 전에 하리마 가문 사람들이 불렀던 이름과는 조금 다르지만, 어떻게 그 호칭을 알고 있는지 경계할 필요도 없었다.

그 외모, 그 말투. 그리고 목소리까지, 어떤 남자를 연상하는 재료로는 충분했다.

하리마 사이가와 똑같다.

그 남자는 사이가가 스무 살 정도 나이를 더 먹으면 이렇게 될 것 같다는 외모였다.

하지만, 기본적으로 진지해 보이는 표정을 짓고 다니는 사이가와는 달리, 그 단정한 얼굴에 항상 미소를 드리우고 있어서 매우 싹싹해 보인다.

미나토도 인사를 하자 예상대로 하리마 사이가의 아버지라고 자기소개를 했다. 항상 당신의 호부에 신세를 지고 있다고도 했다.

'고마워', '아뇨, 아뇨', 그렇게 정석적인 대화를 마치자 하리마의 아버지가 겉옷 가슴 쪽에 손을 넣고는 무언가를 꺼냈다.

나온 것은 또다시 두꺼운 지갑이었다.

미나토는 먼 산을 보았다. 바깥 세상에는 아직 황금만능주의가 판치고 있는 건가? 그런 생각을 저 멀리 날렸다.

그리고 하리마의 아버지는 매우 진지한 말투로 말했다.

"당신이 지금 가지고 있는 건 사령 분의 물건이지? 부디 그 영험한 물건을 나에게 팔아주었으면 하는데."

비늘은 가방 안주머니――――, 지퍼를 닫아둔 곳 안에 있다. 그리고 쌈지에 넣어두기도 했다.

밖에서 보일 리가 없다.

그럼에도 불구하고 하리마의 아버지는 그걸 꿰뚫어보고는 사령의 물건이라며 확신까지 하고 있다. 그 목소리는 굳건한 자신감으로 가득 차 있었다.

뛰어난 능력을 지니고 있는 모양이다.

"부르는 값으로 사겠어."

굳은 표정으로 덧붙여 말했다.

그 행동력, 대사까지 사이가와 매우 비슷했다. 냉정하고 침착할 것 같은 외모와는 달리 일단 들이받고 보는 모양이다, 미나토는 그렇게 생각하며 쓴웃음을 지을 수밖에 없었다.

어찌 됐든, 기린에게 받은 물건을 멋대로 팔 수는 없다.

미나토는 보디백을 누르며 자신의 배에 가져다 댔다.

"죄송합니다만, 그럴 수는 없습니다. 이건, 다른 사람에게 팔 생각이 없어서요."

"그래도 부디 부탁하네! 어떻게 해서든, 부탁이야! 아니, 팔아주세요, 부탁드립니다!"

직각으로 허리를 굽히고는 고개를 크게 숙였다. 미나토가 깜짝 놀랐다.

"부디, 부디, 부탁드립니다!"

게다가 큰 목소리로 몇 번이나 애원했다.

이렇게 척 보기에도 사회적 지위가 높아보이는 사람이 고개를 숙이다니, 보기 안 좋은 것도 정도가 있지.

지나가던 사람들도 무슨 일인가 하며 멈춰 섰고, 사람들이 몰리기 시작했다.

"우와, 새를 거느리는 사람은 새나 고양이 말고도 인간까지 거느리는 거야?"

마을 사람들은 미나토를 '새를 거느리는 사람'이라 불리고 있다.

"장난 아닌데? 저번에 라쿤하고 쥐까지 거느린 모습을 보았다고. 그러고 보니까 저번에는 뱀도 봤는데."

"진짜로……? 새를 거느리는 사람, 영문을 알 수 없을 정도로 대단하네."

그런 목소리가 들리자 초조해진 미나토도 필사적으로 부탁했다.

"그만하세요! 고개를 드시라고요!"

"부탁을 들어줄 때까지 들 생각은 없어."

"왜 그렇게 고집이 센 건데! 하리마 씨하고 너무 닮았잖아!"

"그 반대야. 아들이 나를 닮은 거지."

"그렇구나?! 아무튼, 일단 고개를 드세요!"

"거절하겠어! 팔겠다는 말을 할 때까지 절대로 들지 않을 거야!"

다른 사람들의 눈길도 아랑곳하지 않고 시끌시끌 큰 소리로 허무한 대화를 주고받았다.

미나토는 알지 못했다.

하리마의 아버지는 온갖 것들을 내다보는 힘———, 천안통을 지니고 있고, 산신과 영귀의 발자국이 찍힌 호부를 액자에 넣어서 서재에 매우 소중히 장식해 두고 있다는 사실을.

아는 사람들은 알아보는 신에 관련된 것들을 모으는 수집가라는 사실을.

전혀 알 리가 없었다.

하지만, 미나토에게 쉽사리 다가온 걸 보니 악당도 아니고, 성격이 삐뚤어진 사람도 아닌 것 같았다.

신들을 너무 좋아하는 것뿐이다.

이거다 싶은 물건과 마주쳐 버리면 주위 상황이 전혀 시야에 들어오지 않는 것뿐이다.

참고로 날마다 아침저녁으로 금액자에 넣어둔 호부에 엎드려 절을 하고 있다.

그렇게 이상한 두 사람의 대화에 결판이 날 때까지 사람들의 호기심 어린 시선이 계속 쏠리고 있었다.

결국, 어쩔 수 없이 비늘을 하나만 판 미나토는 나중에 돌아온 기린에게 사과했다.

그러자 기린은 전혀 신경 쓰지 않으며 '당신 마음대로 하시라고 했잖아요?'라며 오히려 의아해했다.

———그렇게 성수의 허물 효과 검증은 끝을 맞이했다.

마지막에 전혀 예상하지 못했던 사람과 만나 버려서 조금 피곤하긴 했지만, 미나토는 그렇게까지 엄청난 일이 일어나지는 않았다며 가슴을 쓸어내렸다.

사람은 대단한 체험을 하고 나면 그 이하는 별것 아니라고 느끼게 되어버린다. 경험이 되었다고도 할 수 있을 것이다.

효과를 잘 모르더라도 아무런 문제는 없을 것이다.

거의 다 알고 있는 산신만은 마음속으로 그렇게 생각했다.

제 7 장 환영할 수 없는 선물

아침부터 계속 내리던 비가 갠 이후에도 하늘에는 얇은 회색 구름이 떠돌고 있었다.

원래는 약간 쌀쌀하게 느껴질 기온이지만, 신의 정원은 따스한 기운으로 가득 차 있다. 마루의 좌탁 앞에 앉아 붓을 잡고 있는 미나토는 반팔 차림이었다.

점심 식사를 한 뒤에 호부를 만들기 시작한 지 두 시간 정도 지났다.

정원은 매우 조용하다. 폭포수가 떨어지는 소리만 울렸고, 날마다 찾아오던 들새가 오늘은 한 마리도 없었다.

미나토가 호부를 만드는 동안에는 신역이 닫히기에 집중이 끊어지지 않았다.

좌탁에 봉황이 있는 덕분이기도 했다. 미나토 정면에 자리 잡고 그 째진 눈으로 호부가 그을릴 것 같을 정도로 뜨거운 시선을 보내고 있었다.

미나토가 일정한 속도로 선을 그었다. 그 선은 흔들리지도, 휘어지지도 않았고, 굵기나 길이도 일정했다. 물론 정화의 힘과 가두는 힘, 그 두 가지도 균등하게 담겼다.

거의 똑같은 비취색
창살 문양이 그려져 나갔다.

좌탁 근처는 왠지 엄숙한 느낌이 담긴 긴박한 분위기로 둘러싸여 있었다.

하지만, 그 옆에 있던 방석에 드러누워 있던 산신은 코를 골며 자고 있었다.

산의 신, 숙면 중. 정말 느긋하다. 몸이 크든 작든 마찬가지다. 그게 산신의 원래 모습이기에 아무도 신경 쓰지 않았다.

다른 멤버들도 평소처럼 지내고 있다. 천천히 흐르는 개울가에서 영귀가 느긋하게 산책하고 있었고, 용소에서 느릿느릿 나온 응룡은 폭포를 타고 올라갔다.

어디를 봐도 평화롭고 평온했다. 차분한 시간이 둥실둥실 흘러가고 있었다.

하지만, 그렇게 여유로운 시간은 갑작스럽게 끝을 맞이하게 되었다.

따악, 산신의 코끝에서 콧방울이 터졌다.

그것을 신호로 삼은 듯이 주위의 분위기가 완전히 바뀌었다.

산신이 몸을 훌쩍 일으켰다. 영귀가 눈을 크게 뜨며 땅을 디뎠다. 폭포에서 솟구친 응룡이 날개를 위협하듯이 펼쳤다. 봉황은 온몸의 솜털을 곤두세웠다.

다들 하나같이 살기를 뿜어내고 있다.

미나토도 고개를 들었다. 산신을 비롯하여 올려다보고 있던 세

성수가 바라본 곳은 하늘 저편의 어떤 곳이었다. 신의 본체인 산의 능선보다 약간 위쪽.

그것은 처음에 흐린 날씨에 찍힌 까만 점이었다.

점점 다가오면서 커지기 시작했다. 독기를 두르고 있는 까만 덩어리다. 그것이 꼬리를 길게 늘어뜨린 모습은 마치 까만 혜성 같았다.

쿠스노키 저택을 뒤덮고도 남을 정도로 독기가 넓게 퍼지며 다가왔다.

그 중심에 시선이 고정되어 있던 산신은 한숨을 크게 쉬었다.

"또 씌어온 모양이로군……."

한심해하면서도 말투는 진지했다.

"……저거, 기린 씨……, 지?"

미나토의 시야에는 거뭇거뭇한 안개를 두르면서도 달려오는 기린의 모습이 희미하게 보일 뿐.

똑바로 바라보기가 힘들 정도로 선명했던 그 몸은 지금 잘 살펴봐야만 보일 정도로 희미해진 상태다.

산신이 마루에서 뛰어내린 다음, 뒷문으로 향했다.

미나토는 주머니에서 메모장을 꺼내 봉황 발치에 내려놓았다. 그것에는 부지를 뒤덮을 정도의 비취색이 깃들어 있었다.

봉황이 뭔가 말하고 싶은 듯이 올려다보았지만, 미나토는 시선만으로 말리고는 일어섰다. 방금 만든 호부를 들고.

"잠깐, 다녀올게."

조용한 목소리로 말하고는 봉황에게 등을 돌렸다.
새 호부를 직접 시험해 볼 기회가 온 모양이다.

기린은 쿠스노키 저택에 눌러앉기 전에도 씌어서 돌아온 적이 있었고, 이번이 두 번째다.
저번에는 미나토의 메모장을 문 산신이 곁으로 다가가 쉽사리 정화했다. 그때, 정화하기 전이나 그 이후에도 미나토의 시야에는 아무것도 보이지 않았다.
하지만 이번 독기는 희미하게나마 보였다.
그만큼 강한 힘을 지닌 사악한 존재에게 씌었다는 뜻이다.

산신이 뒷문 앞에 도착했을 때, 미나토가 따라잡았다.
멀리서 덩어리가 점점 다가오고 있다.
그 모습을 바라본 작은 늑대가 불쾌하다는 듯이 콧등에 주름을 드러낸 순간, 미나토가 뒤에서 양쪽 겨드랑이를 잡고 안아들었다. 네 발로 공중을 할퀴고 있다.
'뭐냐?' 그렇게 작은 늑대가 눈을 동그랗게 뜨자 문 옆에 살며시 내려놓았다.
미나토가 작은 늑대의 어깨를 잡았다. 약간 억지로 앉히고는 그곳에 붙잡아두려는 듯이 세게 눌렀다.
"산신 씨는 나서지 않아도 돼. 여기 있어."
"……으음."
진지한 표정, 그리고 진지한 목소리로 그렇게 말하자 순순히 따를 수밖에 없었다. 마치 석상처럼 앉아서 창살문을 여는 미나토를 지켜볼 수밖에 없었다.

미나토가 부지 밖으로 한 발짝 나선 것과 뒷문 앞, 약간 트인 곳에 까만 덩어리가 떨어진 것은 거의 동시였다.

덩어리가 데굴데굴 굴러왔다. 흩뿌리고 있던 독기로 인해 주위가 급속도로 어두워졌다.

하지만, 미나토에게는 아무런 변화도 없었다. 부정함 내성이 극도로 높았기에 몸이 이상하다는 것을 느끼지도 않았다.

성큼성큼 걸어가서 윗몸을 굽히고 자세를 취했다. 덩어리가 탄력을 이용해 날아들자 호부를 든 두 손으로 잡고 받아냈다.

그 순간, 악령이 사라져 버렸다.

기린을 꾸물꾸물 휘감고 있던 긴 벌레처럼 생긴 악령은 흩어졌다. 실제로 그 끔찍한 존재를 볼 수 있었다면 망설임 없이 그런 행동을 취하지는 않았을지도 모르겠다.

어찌 됐든, 호부는 사악한 것에 직접 닿지 않는 한, 제령 효과를 발휘하지 않았다. 만족스러운 완성도다.

지금까지 만든 호부는 제령 효과를 항상 흘리고 다니는 상태였고, 마주친 악령을 무차별적으로 정화했다.

하지만 새로 얻은 힘으로 정화의 힘을 완벽하게 가두어 둘 수 있게 되었기에 쓸데없이 효과가 줄어들지도 않게 되었다.

하지만, 아직 지속 시간이 길진 않다. 몇 달, 몇 년 동안은 가두어 둘 수 있게끔 단련할 필요가 있다.

미나토가 품속에 있는 기린을 내려다보았다. 누워있는 그 몸은 비쳐보이며 조금씩 떨고 있었다.

"기린 씨……."

불러봐도 대답이 없었다. 눈의 초점이 맞지 않았다. 미나토의 표정이 어두워졌다.

"그냥 어지러워하고 있을 뿐이다. 이쪽으로 데리고 오거라. 이제 부정한 존재는 전혀 남아있지 않으니."

뒤쪽에 있던 산신이 재촉하자 기린을 끌어안고 일어섰다.

산신을 따라가서 도착한 곳은 노천탕이었다.

산신이 턱으로 따끈따끈한 온천을 가리켰다.

"자, 단숨에 던져 넣도록 하거라."

"아무리 그래도 그렇게 거친 짓은 못 해."

무릎을 꿇은 미나토가 기린을 살며시 탕에 담갔다. 몸을 절반 정도 담그자 퀭하던 눈에 생기가 돌아왔다. 미나토 쪽을 보고 눈을 깜빡이면서 멍하게 있었다.

자신의 상태를 제대로 이해하지 못하는 모양이었다.

"괜찮아?"

갑자기 폴짝 뛰어올랐다.

"으엇."

뜨거운 물이 튀었고, 미나토는 바위에 손을 짚었다.

여전히 잽싸다. 단숨에 뒤쪽 다리까지 도망쳐 버렸다. 다리의 힘은 남아 있는 것 같아 안심이다.

기린은 다리 아슬아슬한 곳까지 물러나서 겁을 먹고 있었고, 예전에 자주 보았던 미나토에게 망상을 늘어놓으며 두려워하던 모습과 비슷했다.

기린은 인간을 싫어한다.

아뮈 미나토가 은인이라 하더라도, 자신을 해치는 존재가 아니라고 머리로 이해하고 있더라도, 인간이라는 종인 것은 마찬가지다.

아무리 애를 써도 생리적 혐오감을 떨쳐낼 수가 없다. 긴급한 상황일 때는 자기가 건드릴 수는 있지만, 상대방이 건드리는 것은 참을 수가 없는 것이다.

미나토도 그 사실을 알고 있었기에 먼저 다가서려 하지는 않았다.

다리까지 날아갈 정도로 기운을 되찾았다면 이제 괜찮을 것이다.

그렇게 안심한 미나토가 옆을 보자 산신이 꼬리를 흔들었다.

"어떠냐, 눈 깜짝할 새에 원래대로 돌아왔지 않은가? 조금 기운이 넘치는 것 같기도 하다만."

"그래도 평소대로 돌아왔잖아. 기운을 차렸다면 다행이지."

미나토가 일어서면서 다리 쪽을 보았다.

거기에서는 영귀와 응룡 앞에서 기린이 축 늘어져 있었다.

"거북이 씨하고 용 씨에게 혼나고 있는 건가……."

"무작정 돌아다닌다든가, 생각이 없다든가, 이제 좀 차분해지라든가, 나이를 생각하라는 말을 듣고 있는 모양이로구나."

"……꽤 사정없네. 예전부터 알고 지내서 그런가? 그래도 부정한 것에 씌인 상황은 기린 씨 때문이 아니잖아."

"……그러하다."

기린은 여행을 좋아한다. 방랑벽이 있다고 해도 과언이 아니다.

쿠스노키 저택에서 오래 머무르다 보면 위치를 바꾸는 빈도가 높아진다. 한곳에 오래 머무르지 못하기 때문일 것이다. 틀어박히는 걸 좋아하는 영귀, 응룡과는 성질이 다르다.

기린이 이쪽을 힐끔 보았다.

"'선물을 가지고 오지 못해서 죄송합니다'라며 사과하고 있구나."

"항상 고마워, 기린 씨. 매번 신기한 과일을 기대하긴 했지만, 무리하면서까지 가져오지 않아도 돼."

목숨을 소중히. 안전 확보를 가장 우선시하면서 행동했으면 좋겠다.

곤란해하던 미나토는 은근히 그렇게 말하고 있었다.

산신이 숨을 살짝 내쉬고는 몸을 일으켰다.

"기린에게 가지 말라고 할 수도 없는 노릇이니."

그렇게 중얼거리며 마루로 향한 산신을 미나토도 따라갔다.

"이러쿵저러쿵해도 매번 즐겁게 나가니까……."

세 성수는 시끌벅적하게 말다툼을 벌이고 있었지만, 그 소리가 들리지 않는 미나토는 생각에 잠겼다.

"뭔가 좋은 방법이 없을까……, 정화의 힘만 담은 글자로 메모장을 잔뜩 채워서 들려보내는 건 어떨까? 기린 씨는 어디에서든 과일을 꺼내니까 챙겨갈 수도 있겠지?"

"아니, 거기에 넣어버리면 정화의 효과는 발휘되지 않을 게다."

"신역 같은 곳이야?"

"그러하다."

화려하게 뛰어오른 산신이 마루로 올라갔다. 그 뒤에서 샌들을 벗은 미나토가 마루 가장자리를 보았다.

거기에는 미나토의 시야에 보이지 않는 수납 장소 입구가 존재했다. 그 안에는 쿠스노키의 잎과 목재가 들어 있다.

꽤 많은 목재를 넣어두기 위해 산신이 새로 만든 공간이다. 미나토는 '보관고'라 부르고 있다. 영귀, 응룡, 기린에게 받은 허물도 거기로 옮겨두었다.

"맞다, 쿠스노키 목재에 새겨서 몸에 달고 다니는 건 어떨까?"

"호오?"

산신이 방석에 앉았다. 마루 가장자리 쪽을 향해 앞발을 움직이자 좌탁 위에 목재가 나타났다. 깔끔한 정사각형이었고, 명패를 다섯 개 정도는 만들 수 있는 크기였다.

미나토는 약간 인상을 찌푸리며 그 목재 앞에 앉았다.

"보관고 입구만 열어주면 내가 꺼냈을 텐데."

"뭐, 괜찮지 않느냐."

"우츠기도 말했지만, 산신 씨는 신력을 너무 낭비해."

"뭐, 이 정도는 힘을 쓰는 것도 아니다. 그건 그렇고, 쿠스노키에 새길 게지?"

느릿느릿, 자리가 남아도는 방석에 누웠다.

살짝 한숨을 쉰 미나토가 목재를 들었다. 한 면에만 대패로 민 것처럼 광택이 보였고, 다른 면은 윤기는커녕 꺼끌거렸다.

전자는 풍신이 자른 면, 후자는 미나토가 자른 면이다.

빛나며 매끄러운 표면과 다른 면을 만지면서 비교했다.

"새삼 생각한 건데, 풍신님이 자른 쪽은 전혀 다르구나……."

미나토가 자른 쪽은 손가락에 걸리는 부분도 많이 있다. 꽤 초조했다고는 해도 이제야 풍신과의 역량 차이를 느끼고는 주눅이 들었다.

"삐!"

좌탁에서 대기하고 있던 봉황이 메모장을 부리로 밀어붙였다.

"고마워."

메모장을 주머니에 넣는 동안, 봉황의 뜨거운 시선은 목재에 쏠려 있었다.

"봉황은 그게 신경 쓰여서 견딜 수 없는 모양이로구나."

"아, 나무에 새긴다고 해서?"

봉황이 고개를 크게 끄덕였다.

"그냥 이 쿠스노키 조각을 작게 잘라서 새기는 것뿐이야. 평소에 만드는 명패를 작게 만드는 방식으로만 할 예정인데."

"봉황은 그걸 새기는 모습을 아직 못 보았을 터인데."

"그러고 보니 명패를 만들 때는 항상 자고 있었지."

복슬복슬한 솜털을 곤두세우고 있는 걸 보니 매우 기대하고 있는 모양이다. 약간 긴장이 되기 시작했다.

"매우 수수한 작업이야. 작게 자른 나뭇조각에 새긴 다음에 끈 같은 걸로 목에 걸어주면———."

미나토는 뭔가 생각났다는 듯이 말을 끊었다.

"아니, 잠깐만. 괜찮을 것 같다고 생각했는데, 목줄 같아 보이겠네……. 새 씨, 기린 씨가 그런 걸 싫어할까?"

"'싫어하면 금줄이라도 묶어주면 된다'라고 하는구나."

"의외로 난폭하네……."

눈을 살짝 흘긴 봉황이 날개를 퍼덕이고 있다. 걱정되기 때문일 것이다. 아마도.

다리 쪽을 힐끔 보니 난간에 올라탄 기린과 응룡이 뿔을 맞대며 서로 들이받고 있었다. 뿔이 충돌할 때마다 비늘가루 같은 빛이 흩어지고 있다. 꽤 치열한 싸움인 모양이다.

"기운이 넘치는 것 같아 다행이네."

기린은 조금 지나칠 정도로 기운이 있는 게 딱 좋다.

영귀는 아랑곳하지 않는다는 듯이 큰 바위에서 이슬비처럼 쏟아져 내리는 폭포수를 맞고 있었다.

쿠스노키 저택의 일상 풍경을 본 미나토는 긴장이 풀린 듯이 웃었다.

정원 앞에서 마루에 걸터앉은 미나토가 나뭇조각을 공중에 던졌다.

서걱, 바람으로 두 동강 내자 펼쳐두었던 시트 위에 나뭇조각 두 개가 데굴데굴 굴러갔다.

똑같은 동작을 반복하며 나뭇조각을 작게 만들어 나갔다.

무언가를 '벨 때' 바람에 반드시 신위를 담게끔 하고 있지만, 아직 그 힘은 안정적이지 못했다.

미나토의 손가락 끝에서 자유자재로 뿜어낼 수 있는 그 비취색 빛을 띤 바람의 칼날. 초승달 모양인 끄트머리의 푸른색은 농도의 차이가 심했고, 파도까지 치면서 일본도의 칼날 문양의 일종——, 미다레바를 연상케하는 모습을 띠고 있었다.

길쭉하게 벤 나뭇조각을 미나토가 주워들었다.

"바람을 다룰 수 있는 건 정말 편리하네. 너무 고마워. 톱을 쓸 필요가 없으니까."

"허나, 예리함은 아직 애매하구나."

누운 채 바라보고 있던 산신이 놀렸다.

미나토가 나뭇조각을 바라보니 광택도 없었고, 표면이 거칠기도 했다.

"그렇긴 하네. 좀 더 잘할 수 있게 되면 대패나 끌을 쓸 필요도 없어지려나?"

"삐!"

미나토의 어깨에 앉은 봉황이 한쪽 날개로 공중에 원을 그렸다.

"'이번에는 동그란 막대기 모양으로 베어 보아라'라는 지시를 내린 모양이다."

"동그랗게……, 전혀 해본 적이 없는데. 갑자기 난이도가 올라갔네."

잠시 도전해 보았지만, 삐뚤어진 모양이 될뿐이었다. 그중 몇 개는 쪼개지고 부서져 버렸다.

"이제 그만둘게. 쿠스노키가 아까워."

시트 위에 흩어진 나뭇조각을 주워들었다.

적당히 자른 다음, 드디어 진짜 시작이다. 미나토가 정화하는 힘을 담아 나뭇조각을 조각도로 새기기 시작했다.

예리한 칼날이 나무에 미끄러질 때마다 동그랗게 말린 찌꺼기가 흩어졌다.

봉황이 그 모습을 정면에서 빤히 지켜보았다.

눈이 반짝이며 빛나고 있다. 물건을 만드는 장인을 좋아하는 피가 끓어서 견딜 수가 없는 모양이다.

기린을 위해 만들어 줄 나뭇조각은 독택과 비슷한 크기로 잡았다. 이 정도라면 목에 걸어도 그리 지장이 없을 것이다. 거기에 시간을 들여 선을 새겨나갔다.

일부러 글자를 새기지 않은 것은 만에 하나 잃어버렸을 때 만든 사람을 알아내지 못하게끔 하기 위해서였다.

쿠스노키 잎은 신력을 잃으면 무너져서 사라져 버리지만, 목재는 아직 어떻게 되는지 모른다.

"'꽤 익숙하군', 봉황이 그렇게 감탄하고 있구나."

"실제로 익숙하긴 하니까."

그렇게 말하면서도 섬유의 방향을 파악하고 나무의 방향을 바꾸는 동작은 멈추지 않았다. 한 손에 든 조각도도 꽤 오래된 물건이었다. 날이 무뎌지면 숫돌로 갈아서 손질해두는 것도 게을리하지 않았다.

"명패 말고도 온천 여관의 방 열쇠에 다는 나뭇조각도 새겼거든. 평소에는 방의 이름을 새겼는데."

"'방에 이름을 붙이는 건가?', 봉황이 그렇게 의아해 하는구나."

"드문 일은 아니야. 아니, 숙박 시설에서는 대부분 붙이는데. 그러지 않으면 손님이 어떤 방을 빌렸는지 알 수가 없으니까."

눈을 들어 봉황을 보니 납득했다는 듯이 '삐삐', 울었다.

"붙여도 헤매는 사람이 있긴 하지만."

그리고 열쇠고리를 잃어버리는 사람도, 그렇게 작은 목소리로 덧붙여 말했다. 곧바로 알아들은 산신이 고개를 갸웃거렸다.

"저번에도 말한 적이 있었지. 열쇠고리를 자주 잃어버리기에 많이 만들어 둔다고."

"왠지 모르겠지만 잃어버리는 손님이 많았거든. 물어봐도 미처 몰랐다고만 하고. 떨어지지 않게끔 와이어로 달아줘도 열쇠만 반납하더라고."

산신이 거만하게 코웃음쳤다.

"도둑이 참으로 뻔뻔하기도 하지."

손을 멈춘 미나토가 쓴웃음을 지었다.

"예전부터 그럴 것 같다고 생각하긴 했는데……. 산신 씨가 가르쳐 줘서 이유를 확실하게 알았어. 열쇠고리에도 정화하는 효과가 있어서 그 사실을 안 사람이 훔쳤다는 걸."

그렇게 말하면서 다시 나뭇조각을 깎아나갔다. 정화하는 힘만이라면 이야기를 나누면서도 담을 수 있다.

칼날이 미끄러질 때마다 비취색――, 정화의 힘이 스며드는 것처럼 나뭇조각으로 들어갔다. 봉황이 손 근처를 여기저기 옮겨다니며 그 모습을 빤히 보고 있었다.

"그런데 훔쳐가는 사람이 매번 같은 사람인 건 아니었어. 처음 온 사람이 훨씬 더 많았던 것 같아. 그리고 다들 열쇠고리의 힘을 눈치챈 걸까?"

"……글쎄다. 요즘은 그런 능력의 힘을 보거나 느낄 수 있는 자가 그리 많지 않을 터."

"그러게. 지금까지 명패나 열쇠고리에 대해 뭔가 말해준 사람은 전혀 없었고, 보인다고 하면 꽤 특수한 경우일 테니……. 그건 뭐, 함부로 다른 사람에게 그런 말을 하면 이상한 사람 취급당할지도 모르기 때문이려나……."

보통은 자신의 눈으로 본 것만 믿으려 하는 법이다. 큰 소리로 주장하면 머리가 이상한 것 아니냐며 걱정을 끼칠 수도 있다.

자칫하다가는 쌓아올린 인간 관계가 망가질 우려도 있다.

"하지만 그런 사람들을 도둑이라고 해도 되는지 고민이 되긴 해."

"어째서인가?"

"반드시 그런 건 아니지만……. 열쇠만 반납한 손님이 돌아간 뒤에 그 사람이 빌렸던 방에 가보면 바닥에 '사죄하는 마음'이라고 적힌 봉투가 놓여 있었거든. 안에는 꽤 많은 돈이 들어 있었고. 열쇠고리 대금하고 위자료를 지불하려 했던 것 같아."

"어찌하여 대금을 지불하고 사려 하지 않는 게지?"

"그걸 잘 모르겠단 말이지. 보통은 별채를 대절하곤 했는데……, 저기, 그런 사람들 피부에는 화려한 색으로 그림이 그려져 있어서……."

"으음."

말꼬리를 흐리는 미나토에게 산신이 끝까지 말할 필요 없다며 꼬리를 흔들었다.

봉황은 고개를 갸웃거리고 있었다. 이쪽은 세상 물정에 어둡기 때문에 이해하지 못한 모양이었다.

"그래도 우리 집에서 문제를 일으킨 사람은 아무도 없어. 묘하게 얌전히 며칠 지내다가 시원한 표정이 되어서 돌아가거든."

"……그러한가."

방석에 납작 엎드린 산신은 뭔가 생각하는 듯이 허공을 바라보고 있었다.

"아, 이런."

미나토는 자기도 모르게 버릇처럼 나뭇잎 마크를 새기고 있었다.

봉황이 움직이다 멈춘 조각도에서 눈을 들었다.

"'그게 정화의 힘이 가장 균등하게 담겨 있었다'고 하는구나."

"이걸 제일 많이 새겨서 익숙하기 때문이려나?"

미나토가 쓴웃음을 지었다.

"우리 온천 여관, '쿠스노키 여관'이라고 하는데."

"있는 그대로군."

"알아보기 쉬운 게 제일이잖아? 손님들도 금방 외우고. 그래서 여관 표식이 녹나무(쿠스노키) 잎, 이 마크거든."

약간 간략하게 그린 나뭇잎 한 장이다.

끄트머리가 뾰족한 타원형. 세 주맥———, 삼행맥이 그려진 녹나무 잎. 이 마크는 '쿠스노키 여관'에 항상 배치되어 있는 소품, 천, 편의 제품, 팸플릿 등에도 그려져 있다.

"친가 근처에도 녹나무가 잔뜩 있었는데, 어렸을 적에 그 나뭇잎을 보면서 내가 이걸 디자인———, 만들었어. 그래서 신목의 잎이 났을 때 금방 녹나무라는 걸 알았지."

미나토가 정원 중심을 보자 쿠스노키가 떡잎 세 개를 쫑긋 세웠다. 성장은 느리지만, 기운이 넘친다.

"슬슬 물을 줘야겠네."

쿠스노키는 하루에 물(밥)을 세 번 줘야 한다. 어느새 하늘이 밝아지긴 했지만, 해도 기울기 시작했다. 저녁에 물 줄 시간이 다 되었다.

"'그림을 새길 수 있다면 조각도 할 수 있는 것 아닌가', 봉황이 이렇게 말하고 있구나."

좌탁 쪽으로 돌아앉자 봉황이 기대로 가득 찬 기척을 풍기고 있었다.

미나토는 새 나뭇조각을 들고는 앞뒤를 돌려보았다.

"그건, 글쎄……. 그냥 글자나 간단한 마크를 새기는 거하고 형태를 잡아서 깎아내는 건 꽤 많이 다르니까. 나무 조각은 어렸을 때 학교 수업으로 한 번 해본 적이 있긴 한데……."

명패 장인이 새롭게 나무 조각 장인을 목표로 삼을 것인가.

"그러게. 모처럼 좋은 쿠스노키가 있으니까 도전해볼까?"

봉황이 거들먹거렸다.

"'우선 나를 조각해 보거라'라고 하는구나."

"아, 네."

특이한 볏이 꽤 까다로울 것 같지만, 전체적으로 통통한 병아리다. 그리 어렵진 않을 것이다.

"내일 해도 돼? 이제 곧 해가 질 테니까."

손 근처도 어두워지기 시작하고 있다. 봉황이 조금 아쉽다는 듯이 고개를 끄덕였다.

미나토는 정리하기 위해 네모난 목재를 들고 일어섰다. 좌탁 근처에서는 쿠스노키의 향기가 진하게 감돌았고, 움직여 보니 그 농도 차이가 더욱 잘 느껴졌다.

"이 쿠스노키를 써서 사당 같은 걸 지으면 엄청날 것 같네."

"매우 쾌적한 보금자리가 될 게다."

산신이 두 눈을 가늘게 뜨고는 뭔가 의미심장한 듯한 미소를 지었다.

제8장 부적 대모험

마루에 걸터앉은 미나토 앞으로 기린이 조심조심 다가왔다.

어제, 전혀 환영할 수 없는 선물을 가져온 죄책감 때문인지 기린은 묘하게 얌전했다.

"이거, 기린 씨용으로 만들었는데, 달고 다녀줄래?"

미나토의 손에 늘어져 있던 것은 긴 끈을 매단 나뭇조각——, 목패였다. 빙글, 회전한 그 목패 앞뒤에 바구니 눈 모양이 새겨져 있었다.

예전부터 육망성이 겹쳐져 있는 것처럼 보여서 퇴마의 힘이 있다고 하는 영험한 문양이다.

미나토가 새기자 실제로도 강력한 악령 퇴치 효과가 담겨졌다.

물론, 끈도 그냥 끈이 아니다.

쿠스노키의 금줄을 만들었을 때와 마찬가지로 마——, 삼베를 이용해서 미나토가 짠 것이다. 황금색으로 빛나는 그 끈도 산신이 추가로 한 번 어루만져서 파사의 힘을 강화시켰다.

"나뭇조각에 그냥 선만 새기면 멋이 안 날 것 같아서 바구니 눈 무늬를 넣어 봤는데."

기린은 미나토가 손을 뻗어도 결코 닿지 않을 위치에 서 있었다. 그곳에서 움직이려 하지 않고, 그저 목패를 빤히 바라보고 있을 뿐이었다.

역시 목줄 같아서 싫은가?

그렇게 생각한 순간, 목패가 기린 쪽으로 움직였다. 손에서 끈이 떨어져 나갔고, 공중에 떠오르더니 벌어져서 고리가 되었다. 기린의 머리를 지나 무사히 목에 걸렸다.

기린 자체가 노란색 느낌이 강하기 때문에 금빛 삼베끈, 연갈색 목패가 동화되어 거의 눈에 띄지 않았다.

"척 보기에도 달고 있다는 느낌은 안 드네."

미나토가 안심한 듯이 그렇게 말했다.

물론, 방석에 엎드려 있던 산신에게는 다른 광경으로 보였다.

순금 목걸이처럼 빛나는 끈에 달린 비취색 빛 덩어리로. 그 비취색 빛의 밝기는 눈을 물리적으로 뚫어버릴 것처럼 강했고, 산신과 사령들조차 똑바로 보기가 힘들었다.

그 목패――, 부적은 결코 기린의 몸 색깔과 한데 섞이지 않았다. 오히려 그 압도적인 빛으로 기린 자체를 감춰버릴 것이다.

그런 부적을 목에 건 기린이 턱을 살짝 들었다. 어떤가요? 그렇게 말하고 싶은 듯 했다.

미나토가 고개를 좌우로 갸웃거리며 빤히 보았다.

"나뭇조각 크기도, 끈 길이도 딱 좋은 것 같은데."

기린이 자세를 바로잡고는 미나토를 올려다보았다.

『정말, 정말 감사드립니다. 뭐라고 감사의 말씀을 드려야 할

지……. 한 번뿐만이 아니라 두 번, 세 번이나 구해주신데다 이렇게 엄청난 가치를 지닌 부적까지 저에게 주시다니…….』

얌전한 분위기로 고개를 살짝 숙이고 있다가 번쩍 들었다.

『이제 마음 편히 전 세계 어디든 여행을 떠날 수 있겠군요.』

큰 바위에서 상황을 지켜보고 있던 영귀와 응룡이 서로 얼굴을 마주보았다.

『저 녀석, 요만큼도 정신을 차리지 못하였군.』

『———짐은 저게 바로 기린이라는 생각이 들어서 안심해 버렸다…….』

어제, 기린은 말싸움을 벌이다가 응룡과 한 판 붙었지만, 그 이후로는 정원 구석에서 풀죽은 채 의기소침한 모습을 보이고 있었다. 응룡은 그 오래된 친구, 그리고 싸움 상대를 걱정하고 있었다.

미나토는 기린이 말한 내용을 알아듣지 못했지만, 외출할 의욕이 넘쳐난다는 걸 짐작했다. 기린답네, 그렇게 생각하며 유쾌하게 웃었다.

그때, 산쪽 담장을 타고 넘어 부지 안으로 들어온 자가 있었다.

일본 다람쥐다. 쿠스노키 저택 주변에 자주 나타나고, 나무 열매를 주곤 하던 익숙한 야생동물이었다.

시원스럽게 땅바닥을 달려간 다람쥐가 기린 옆에 멈췄다.

뒷다리로 일어서서 힐끔거리며 우두머리———, 기린을 보고 있는 그 동그란 눈은 약간 어이없어하는 듯한 눈치였다.

그 다람쥐는 입에 오디를 물고 있었다. 작은 알갱이가 한데 모여 하나의 과일을 이루고 있다. 검붉은색으로 잘 익은 걸 보니 제철인 것 같다.

그 오디 줄기를 잡고 있던 다람쥐가 미나토에게 내밀었다.

"고마워. 오늘은 과일이구나."

항상 준 다음에는 곧바로 떠났다. 하지만 오늘은 뭔가 하고 싶은 말이 있는 것처럼 올려다보았고, 마루 쪽도 한 번 돌아보았다.

좌탁에는 쿠스노키 목재가 잔뜩 얹혀 있었다.

좀 전까지 미나토가 나무 조각에 도전하고 있었기 때문이다.

거기에는 봉황의 모습이 없었다. 안타깝게도 잠기운을 이기지 못하고 석등 안에서 자고 있다.

"그 녀석은 네가 새긴 목패를 가지고 싶어하는 모양이다."

마루 가운데에서 마치 스핑크스 같은 자세로 앉아 있던 산신이 가르쳐 주었다.

"그래. 너에게는 항상 이런저런 것들을 받았으니까."

"'실패한 거라도 좋다'라고 하는구나. 기특한 녀석 같으니."

왠지 모르겠지만 기린이 우쭐댔다.

"잠깐만 기다려."

좌탁으로 돌아가서 적당한 크기를 찾아보았다. 하지만 전부 다람쥐의 몸에는 컸다.

산신이 툭툭, 바닥을 두드렸다. 거기에는 어제 무심코 버릇 때문에 녹나무 잎을 새겨버린 목패가 있었다. 딱히 특이할 게 없는

직사각형에 나뭇잎 마크만 새겨져 있다.

그것이 '쿠스노키 여관'의 트레이드 마크이긴 하지만, 딱히 특별할 건 없다. 그냥 나뭇잎에 불과하다. 만약에 다람쥐가 어딘가에 떨어뜨린다 하더라도 이 근처일 테고, 미나토가 새겼다는 걸 알아내지도 못할 것이다.

기린용 독택 사이즈보다 약간 작긴 하지만, 다람쥐도 힘들지 않게 옮길 수 있을 것이다.

몸을 숙인 미나토가 목패를 다람쥐에게 내밀었다.

그것을 받아든 다람쥐는 기린을 힐끔 보았다.

『우두머리, 이 분께 폐만 끼치지 마십시오.』

『당신에게 그런 말을 듣지 않아도 알고 있습니다. 자, 그걸 받은 거죠? 조심히 가세요.』

통명스러운 태도를 보이고 있던 기린이 고개를 돌리며 그렇게 말했다.

살짝 숨을 내쉰 다람쥐는 목패를 물고 뛰어가기 시작했다. 논밭과 가까운 쪽 담장을 기어올라간 다음, 쉽사리 넘어갔다. 그야말로 질풍처럼 떠나갔다.

그 모습을 바라보고 있던 미나토가 무릎을 폈다.

"다람쥐는 의외로 근육질이라 듬직하지."

척 보기에는 사랑스러운 것 같지만, 행동 또한 멋지고 늠름했다.

다람쥐가 논밭에 난 두렁길을 힘차게 달려갔다.

발치가 험한 것도 아랑곳하지 않고 흙먼지를 박차고는 논두렁길 옆에 서 있던 게, 새끼 거북이 앞을 지나쳤다. 논 한가운데를 걸어가고 있던 해오라기가 그 뒷모습을 바라보며 눈을 가늘게 떴다.

다람쥐의 입가에서 뿜어져 나오는 비취색 빛은 눈을 가늘게 떠야만 할 정도로 강렬했다. 다람쥐가 지나간 뒤에는 비취색 빛으로 진하게 선이 그려졌다.

다람쥐가 차도로 거의 다가갔을 때, 그 몸을 뒤덮는 듯이 그림자가 드리웠다. 위쪽을 가로지른 어떤 까마귀의 그림자였다.

일단 멀리 떨어졌던 까마귀가 날개를 펴고는 급강하했다.

다람쥐가 차도 앞에 멈췄다.

그리고 이얍, 까마귀를 향해 목패를 내던졌다.

포물선을 그리며 날아간 그것을 까마귀가 발톱으로 움켜쥐었다.

"까아악!"

탁한 그 울음소리는 '힘을 너무 줬잖아!'라고 불평하는 것 같았다.

아무튼, 큰 소리를 내며 날갯짓을 하고는 고도를 높였다. 드문드문 있는 민가 상공을 까마귀가 날아갔다.

그 모습을 뒷다리로 일어선 다람쥐가 바라보았다. 산을 넘어서 자그맣고 까만 점이 된 모습을 보고는 조용히 앞발을 땅바닥에 내려놓았다.

날갯짓하던 까마귀———, 송장 까마귀가 드넓은 하늘을 날아갔다. 그 발톱으로 목패를 꽉 쥔 채로.

그 아래쪽에는 농도의 차이가 눈에 띄는 논밭과 민가가 군데군데 있었다. 팽팽한 전선 위에서 쉬고 있던 찌르레기가 고개를 돌리고 논길을 따라 직선으로 날아가는 검은색 까마귀를 바라보았다.

까마귀가 한동안 계속 날아가자 서서히 인공 건물들이 늘어났다.

그리고 까만 안개도 나타났다.

까마귀 앞쪽, 주택가를 뒤덮을 정도로 넓은 범위에 퍼져 있다.

독기다.

까마귀가 날아오르며 고도를 높였다.

아득히 높은 하늘에서 내려다보자 어떤 민가를 기점으로 새까만 독기가 간헐천처럼 솟구치고 있었다.

그곳 바로 위를 선회하던 까마귀가 목패를 떨어뜨렸다.

곧바로 날개를 접고 활공했다. 앞서가는 목패를 그 얇은 부리로 꽉 물었다. 그대로 나선으로 회전하며 독기가 가장 진한 곳으로 강하했다.

비취색 막을 두른 까마귀가 안개 형태의 독기를 가리고는 없애나갔다.

민가의 지붕 근처까지 다가가자 집안에 자리 잡고 있던 악령이 단숨에 사라졌다.

까마귀는 U자를 그리며 공중으로 다시 돌아갔다. 그 뒤를 쫓아가려는 듯이 뒤쪽에 있던 집에서 진동파가 뿜어져 나왔다. 그 기세를 받은 까마귀가 날아가는 속도가 더욱 빨라졌다.

옆에서 다른 까마귀———, 큰부리 까마귀가 날아왔다.

멀어져가는 비취색 빛을 쫓아가던 도중에 크게 선회하며 뒤쪽을 보았다. 그 시야에는 민가———, 폐가가 또렷하게 비쳤다.

이제 불쾌하고 짜증나던 독기와 그것을 흩뿌리던 악령은 어디에도 없다.

전부 사라졌다. 완전히 없어져 버렸다.

"까악~, 까악~!"

한적한 주택가에 크게 울려 퍼진 그 울음소리. 두꺼운 부리에서 뿜어져 나간 그 소리는 마치 웃음소리 같았다. 말꼬리에 ㅋ자가 잔뜩 붙을 것만 같다.

두 까마귀가 저편으로 사라진 뒤, 시간을 조금 두고 바람에 담긴 신기가 주택가에 휘몰아쳤다.

악령은 사라졌고, 정화의 바람까지.

그것은 마치 하늘에 있는 신이 내려준 선물 같았다.

폐가 2층, 깨진 유리창 근처, 레일에서 거의 떨어져 나간 커튼이 슬쩍 흔들렸다.

날개를 자유자재로 다루는 까마귀 한 마리가 바람을 가르며 날아갔다.

밝기가 조금 떨어진 비취색 목패를 받아든 큰부리 까마귀다. 그것을 물고 화려하게 활공하며 어떤 집을 우회했다.

그 아래쪽, 골목길을 족제비가 뛰어가고 있었다.

까마귀가 부리를 벌리자 목패가 흘러내렸다. 올려다보고 있던 족제비가 가볍게 뛰어올라 입으로 받아냈다. 그대로 속도를 떨어뜨리지 않고 질주했다.

두 까마귀를 거쳐, 이번에는 족제비에게 목패가 넘어갔다.

그 상황을 하늘 위에서 처음부터 끝까지 본 존재가 있었다.

까만 여우다.

짊어진 보자기 꾸러미가 두터운 털에 파묻혀 있다. 그리고 그 보자기는 진한 녹색 바탕에 흰색 덩굴 무늬였다.

전통적인 도둑 스타일.

하지만 사실 그 여우——, 츠무기는 신의 사자다. 항상 그랬듯이 심부름 중이었다.

"……왠지 동물들이 바쁜 모양이네요."

작은 목소리로 혼잣말을 하고는 돌아섰다. 우아하게 두꺼운 꼬리를 흔들며 멀리 떨어져 있는 자그마한 삼각형 산——, 자신의 보금자리를 향해 후다닥, 뛰어갔다.

목패를 받아든 족제비는 바다 근처에 있는 높은 탑을 향해 가고 있었다.

그쪽으로 다가갈수록 까만 안개가 피어오르기 시작했다. 하지만 눈을 가늘게 뜬 족제비는 망설임 없이 그 안으로 돌진했다. 골목에서 배수구를 지나 공터로.

가늘고 긴 몸이 땅을 기어가듯이 재빠르게 이동했다. 그 입가에서 확산된 비취색 빛에 닿은 독기는 순식간에 정화되었다.

동물들은 인간에 비해 오감이 훨씬 뛰어나다.

그리고 제6감도 갖추고 있다.

인류가 잃어가고 있는 그 예민한 감각을 통해 동물들은 사악한 존재의 기척을 민감하게 알아차린다.

원래 그들은 본능에 충실하기에 부정함을 탄 곳에서 가장 먼저 도망치곤 한다. 결코 스스로 다가가진 않는다.

하지만 그곳 일대는 원래 그들에게 있어서 살기 좋은 곳이었다. 가능하다면 계속 머무르고 싶었다.

하지만, 어느새 악령들이 모여들었고, 서로 잡아먹으며 힘을 키우고는 눌러앉아 버렸다.

동물들만으로는 사악한 존재를 어떻게 해볼 수가 없다.

맞서 싸우는 건 당치도 않은 소리다. 결코 당해낼 수가 없고, 그 존재에 씌여서 쇠약사할 게 뻔하다.

그렇기에 꼬리를 말고 도망칠 수밖에 없었다.

하지만, 그들은 대항할 수 있는 힘이 있다는 사실을 알아 버렸다.

그렇다, 쿠스노키 미나토가 만드는 물건이다.

그것만 있으면 자신들의 보금자리를 되찾을 수 있다는 걸 알아

버렸다.

야생동물들에게는 독자적인 정보망이 존재한다.

모두가 사이좋게 지내는 건 아니지만, 자신들의 생존을 위협하는 위기에 처했을 때, 협력하는 게 불가능한 것도 아니다.

동물들은 종족의 담을 넘어 연계했고, 증오하는 악령들에게 빼앗긴 곳을 되찾기 위해 미나토에게 받은 목패를 운반하고 있었다.

그 이후에도 족제비에서 비둘기에게. 고양이, 제비, 쥐를 거쳐 다시 까마귀에게. 차례차례 악령들이 자리 잡은 곳으로 옮겨진 그 목패는 빛을 잃었다.

날개를 퍼덕이는 까마귀가 발톱으로 붙들고 있던 그 목패에는 쿠스노키의 희미한 파사의 힘만 남아 있었다.

저녁 시간. 잔잔한 해수면에 태양이 저물어가고 있고, 주황색 하늘에는 까마귀 무리가 여기저기 날아다녔다.

까악~, 까악~, 끄악~, 끄악~. 연달아 울려 퍼지는 환호성의 대합창은 바다 근처에서 서둘러 귀가하던 인간들에게 약간 싸늘함을 동반한 불안한 감정을 가져다주었다.

잠시 후, 한 마리, 한 마리, 바다를 등지고 그곳을 떠나기 시작했다. 까마귀 무리가 멀리 떨어져 있는 높은 산 쪽으로 날아갔다. 그 무리 끄트머리에서 날아가고 있던 까마귀와 넓적부리도요새가 부딪힐 뻔했다.

급하게 날개를 퍼덕인 까마귀의 발에서 목패가 떨어졌다.

달그락, 메마른 소리를 내며 도로로 굴러갔다.

그것을 마디가 굵은 손이 주워들었다.

길가에 서 있던 그 사람이 손바닥 위에 올려놓은 목패를 빤히 바라보았다.

긴 앞머리가 눈가에 그늘을 드리워서 생김새를 잘 알아볼 수가 없었다.

20대로 보이는 날씬한 남자. 진한 회색 정장을 입고 약간 가슴팍이 트인 곳으로 금목걸이가 보였다. 그렇지 않아도 반짝이던 그 목걸이가 저녁놀을 받아 빛을 냈다.

남자는 목패를 잡고 코에 가져다 댔다. 닿기 직전에 냄새를 맡았다.

손을 내린 남자의 입가가 치켜 올라갔다.

기뻐하는 감정이 담긴 그 미소는 마치 사냥감을 발견한 짐승과도 같았다.

희미하게 보일 정도로 멀리 떨어진 높은 산 쪽으로 날아간 까마귀 무리는 이제 콩알처럼 보였다.

남자는 그쪽으로 발을 내디뎠다. 그 가슴팍의 사슬에 달린 목제 열쇠고리가 흔들렸다.

거기에는 '쿠스노키 여관·금성 비너스'라는 글자와 녹나무 잎이 새겨져 있었다.

○

부우우웅……. 버스에서 내린 미나토가 걸어가기 시작하자 그 옆을 버스가 지나쳤다. 배기구에서 까만 연기를 뿜어내는 차체가 앞에서 달려갔다. 주위에는 시야를 가로막는 건물이 거의 없다. 신록의 향기가 담긴 바람이 까만 연기를 가로채갔다.

미나토는 구름 한 점 없이 맑은 하늘을 별 생각 없이 보면서 집으로 향했다. 한 손에 비닐 봉투를 들고서.

그 안에는 따끈따끈한 감주 만쥬가 들어 있다.

단골 가게인 에치고야에서 사온 것이다. 오랜만에 만난 12대 주인은 매우 건강해 보였고, 덤으로 하나를 더 주기까지 했다. 산신이 분명히 기뻐해줄 것이다.

그렇게 생각하고 비닐 봉투를 흔들며 편의점 앞에 도착했다.

"……오늘은 안 들러도 되려나?"

술은 아직 잔뜩 있으니 안 사도 된다.

편의점을 힐끔 보고 다시 앞쪽을 본 순간, 슈욱, 고양이 두 마리가 보도 옆에서 잽싸가 뛰쳐나왔다. 얼굴에 상처가 있는 들고양이들이 앞을 가로막았다.

만나면 무조건 그들의 우두머리――――, 기린에 대한 보답으로 먹을 것을 주려고 했기에 완전히 낯이 익어 버렸다.

매번 그들이 잔반을 '잔뜩 먹어!'라고 내주기에 '마음만으로도 충분해!'라고 하며 말이 통하지 않는 슬픈 공방을 반복하게 된다.

오늘도 잔반을 가지고 온 건가? 그렇게 생각하며 발걸음을 멈춘 미나토는 약간 긴장했다.

두 들고양이가 빈틈없는 몸놀림으로 다가왔다. 입가에는 아무것도 없었기에 안심했다.

하지만 이쪽을 노려보며 둘이서 포위하려는 모습은 마음에 들지 않았다. 마치 불량스러운 젊은이들 같다.

그런데 막상 발치까지 와서는 울음소리를 내며 몸을 기댔다.

놀랍다. 그들은 결코 인간 곁으로 다가오지 않았고, 미나토와 만나더라도 반드시 일정한 거리를 둔다. 경계심 덩어리라고 해도 과언이 아니다.

예전에 아이들이 달려가자 털을 곤두세우며 날카로운 목소리로 위협하다가 도망친 적도 있었다.

하지만, 그들의 울음소리는 어색했다.

"야옹~, 야옹~……."

정강이에 몸을 비벼대는 모습도 정말 머뭇거렸고, 척 보기에도 아양을 떠는 것이 아니었다.

"야옹~……?"

당황한 느낌만 드는 그 울음소리는 매우 애처로운 느낌이 들었다.

이러면 돼? 그런 느낌으로 올려다보는 두 고양이를 보니 껄끄러운 느낌이 들었다. 먹을 것(잔반)으로는 내가 기뻐하지 않는다는 걸 배운 모양이다.

"———무리하지 않아도 돼."

그렇게 말할 수밖에 없었다.

들고양이들에게 말 좀 해달라고 기린에게 부탁해야 할까?

그렇게 생각하면서 보도를 걸어가던 미나토가 큼직한 가로수 옆을 지났다. 그곳에 잔뜩 앉아 있던 제비들이 일제히 울음소리를 냈다.

"으엇."

고막이 아플 정도로 큰 소리였다.

자기도 모르게 멈춰 서서 나무를 올려다보니 가지가 휘어질 정도로 많은 제비들 무리가 있었다.

"이상하게 많네……."

제비는 쿠스노키 저택에 자주 오기 때문에 딱히 신기하진 않다. 하지만, 나무에 우거진 나뭇잎처럼 보일 정도로 많이 모인 모습을 본 것은 봉황과 관련된 경우 말고는 처음 보았다.

잘 살펴보니 그 나무뿐만이 아니라 앞쪽에 일정한 간격으로 늘어서 있는 가로수에도 제비들이 비슷한 만큼 있었다. 이유가 뭔지는 모르겠지만, 다들 울음소리를 내고 있다. 기뻐하고 있는 것 같았다.

왠지 모르겠지만, 환호성을 받으며 길을 걸어가게 되었다.

쿠스노키 저택으로 이어지는 논두렁길로 가다 보면 사당이 있다.

돌로 만들어진 그 사당 안에는 부드러운 미소를 드리우고 있는 지장이 안치되어 있다.

항상 선명한 붉은색 앞치마를 두르고 있고, 옆에는 싱싱한 생화도 바쳐져 있다. 날마다 꽃을 갈아주고 지장을 손봐주는 사람이 있다는 건 틀림 없었다.

대체 누구일까, 미나토는 그곳을 지나갈 때마다 항상 생각했다.
아직 이곳에서 다른 사람과 마주친 적은 없었다.

오늘 처음으로 사람과 마주쳤다.

노파가 잔에 꽂은 노란 꽃다발의 형태를 가다듬고 있었다.
허리가 굽었고 자그마한 몸집. 사당에 지팡이를 기대두었다. 다리가 불편한 건지도 모르겠다.
잠시 후, 노파는 만족스러운 듯이 고개를 살짝 끄덕이고는 지장을 향해 두 손을 모았다. 시간이 조금 지나자 고개를 들고는 먼 곳을 보았다.
그 시선 끝에는 신의 본체인 산이 솟아 있었다.
맑고 푸른 하늘을 배경으로 산의 녹색 능선이 드러나 있었다. 산은 아무것도 달라지지 않은 모습으로 당당하게 그곳에 있었다.
노파는 다시 산을 향해 합장했다.
그 시간은 좀 전보다 훨씬 길었다.
자세를 바로잡고는 기도를 바쳤다.
그저 그것뿐인 행동이었지만, 매우 고귀하게 느껴졌다.

기도를 마친 노파가 지팡이를 들었다. 그제야 몇 발짝 떨어진 곳에 서 있던 미나토를 보았다.
연륜이 깊게 새겨진 두 눈이 부드럽게 웃었다.
"지장님께 그걸 바칠 건가?"
노파의 시선은 미나토의 손———, 비닐 봉투에 쏠려 있었다.

"아, 아뇨, 이건……, 다, 다른 분께——."

감주 만쥬를 한 손으로 감싸듯이 들고는 신의 본체인 산을 돌아보았다.

미나토는 재빨리 거짓말을 늘어놓을 수가 없었다.

특히 상대방이 나이든 사람일 경우에는 적당히 둘러대지도 못한다. 세상을 떠난 할아버지에게 거짓말이나 둘러대는 말이 전혀 통하지 않았기 때문이기도 했다.

자기도 모르게 본심을 말해버린 미나토는 마음속으로 당황했다. 이상하게 여길 거라 생각했기 때문이다.

하지만, 그렇지 않았다.

노파는 눈을 살짝 크게 뜨고는 웃었다.

"늑대님께서 기뻐하시면 좋겠네."

마치 산신을 알고 있는 것 같았다.

산신 씨를 아시나요?

그렇게 물어보려고 입을 벌리려 했을 때——.

"어머님, 또 여기 혼자 오셨네."

갑자기 뒤에서 중년 여자의 목소리가 들렸다.

미나토가 돌아보니 천천히 다가오고 있던 승합차의 운전수였다.

열린 창문 너머로 보이는 그 표정은 정말 어쩔 수 없다는 듯이 어이없어하고 있었다.

"어머님, 돌아가요. 자, 얼른 타시고."

멈춘 차의 문이 옆으로 젖혀지며 열렸다.

노파는 '그래, 그래'라고 말하며 차에 올라탔다. 미나토와 눈이 마주친 운전수는 고개를 숙여 인사했다.

차가 달리기 시작했다. 잠시 나아가서는 논두렁길――, 쿠스노키 저택이 있는 곳과는 반대쪽으로 돌아들어갔다. 그 너머에는 집이 군데군데 작게 보였다.

그곳에서 이곳까지의 거리는 미나토에게 있어서 별것 아니지만, 한쪽 다리가 불편한 것 같은 그 노파에게는 긴 여정이었을 것이다.

"산신 씨를 알고 있는 것 같았는데……."

산신을 목격한 사람은 별로 없으니 이야기를 들어보고 싶었지만, 타이밍이 안 좋았다.

집으로 가려 하자 지장이 눈에 들어왔다.

이곳은 예전에 자기도 모르게 끌려들어가다가 기린이 이상한 소리를 질러서 무사했던 곳이다. 아마 신역으로 들어가는 입구가 존재하겠지만, 그 이후로는 끌려들어간 적이 없었다.

잠시 살펴보았지만, 왜곡도 보이지 않았다.

미나토도 노파를 따라 두 손을 모았다.

"감주 만주를 드리지 못해 죄송합니다."

지금 눈치챈 건데, 지장의 삿갓이 빨간 두건으로 바뀌었다.

새로 단장한 모양이다. 차림새가 바뀐 지장의 표정이 더욱 부드러워진 것처럼 느껴졌지만, 그냥 감정으로 인한 환상일 것이다.

그런 다음, 느긋하게 논두렁길을 걸어가다 보니 논 가장자리를 걸어가고 있던 커다란 새가 다가왔다.

"아마 저 새는, 왜가리……, 였을 텐데."

신기하다. 이 근처에는 서식하지 않는 종이다. 멀리서 여기까지 온 게 틀림없다.

목이 길고 푸른 빛을 띤 회색 털을 지닌 왜가리. 얇은 다리를 재주도 좋게 움직이며 느릿느릿 다가왔다. 논두렁길까지 다가온 다음, 빤히 올려다보았다.

"새 씨를 만나러 온 거지?"

고개를 갸웃거리고 있는데, 말이 통하는 걸까 아닐까. 판단이 잘 되지 않았지만, 걸어가자 뒤를 따라왔다.

"새 씨가 깨어나 있으면 좋겠다."

"구에엑~!"

우아한 생김새와는 달리 탁한 목소리다. 밤중에 들으면 소름이 돋을 게 분명하다.

예쁘게 생겼으니 울음소리도 황홀할 정도로 아름다울 것이다. 그렇게 멋대로 환상을 품고 기대해 버리는 것은 인간의 슬픈 본성이다.

반사적으로 어깨를 움츠려버린 미나토도 예외는 아니었다. 헛웃음을 지을 수밖에 없었다.

평소처럼 현관문을 지나 정원으로 향했다.

그렇게 마루 쪽이 눈에 들어오자 미나토가 멈춰 섰다.

가운데에 결코 무시할 수 없을 만큼 큰 늑대가 몸을 웅크린 채 자고 있었다. 그 몸에 맞게 특별 주문해서 만든 거대 방석은 빈틈이 거의 없을 정도였다.

"원래대로 돌아왔네……."

몸을 움직이지도, 눈을 뜨지도 않았지만, 천천히 오르내리는 몸을 보니 푹 쉬고 있다는 걸 알 수 있었다.

원래대로 돌아올 전조는 딱히 없었다.

계기가 뭐였을까.

혹시 아까 그 사람이 산을 향해 기도를 해준 덕분인가?

미나토는 그렇게 생각하며 발소리가 나지 않게끔 마루를 향해 다가갔다.

그 모습을 담장 위에 선 왜가리가 조용히 바라보고 있었다.

제 9 장 신이 내려주신 시련이니라

오늘도 신의 정원에는 폭포 소리가 기분 좋게 울린다.

신수가 콸콸 흘러내리는 용소에는 응룡이 몸을 말고 있다. 경치가 바뀐 이후로 그곳을 마음에 들어 했고, 지금도 기분 좋게 자고 있다.

바로 옆에서 물거품 때문에 흐려진 큰 바위 위에 드러누운 영귀도 졸고 있다. 다리 위에 엎드린 기린도 매우 졸린 듯이 하품을 크게 반복하고 있었다.

석등은 둘 다 불주머니가 닫혀 있고, 봉황도, 신령도 잠들어 있다.

다들 하나같이 제각각 시간을 보내고 있었다.

그런 정원 한가운데에서 쿠스노키가 바람에 떡잎을 나부꼈다. 그 어린 나무가 지켜보는 곳, 신의 정원의 주인인 산신도 지정석인 마루 가운데에서 나른하게 누워 있었다.

무사히 원래대로 돌아온 큰 몸집을 뽐내고 있었다.

그 옆에서는 미나토와 권속들이 좌탁에 둘러앉아 있었다.

다 같이 찾아온 권속들과 함께 점심 식사를 한 다음, 느긋하게 대화를 나누고 있었다.

미나토가 좌탁에 케이크 상자를 올려놓았다.

"오늘 간식으로 치즈 케이크를 사왔는데———."

정면에 늘어선 세 마리의 코가 연달아 움직이고 있다. 약간 안절부절못하고 있는 먹보들은 이미 치즈의 향기를 눈치채고 있었을 것이다.

"그런데 치즈와는 조금 다른 냄새가 나."

몸을 앞으로 내밀고 있던 우츠기의 코끝이 과자 상자에 닿을 것 같다. 그 어깨를 토리카가 붙잡고 원래 위치로 되돌려 놓았다.

"너무 가까이 다가갔잖아. 그리고 냄새가 아니라 향기라고 해야지."

"맞아요. 말투 하나만으로도 맛있을 것 같은 게 맛없게도 느껴지니까요."

토리카 옆에서 바른 자세로 있던 세리도 우츠기를 나무랐다.

살짝 웃은 미나토가 뚜껑을 열자, 단숨에 진한 치즈 향기가 퍼져나갔다.

꿀꺽. 세 마리의 목이 크게 오르내렸다.

"똑같은 게 세 개밖에 없어서 전부 다른 걸로 사봤어."

미나토가 그렇게 말하며 상자에서 꺼낸 것은 치즈 케이크 네 종류였다. 수플레 치즈 케이크, 바스크 치즈 케이크, 뉴욕 치즈 케이크, 레어 치즈 케이크. 전부 똑같은 모양———, 삼각형이면서도 색이 다양했다.

새하얀 접시에 하나씩 담기 시작했다.

"가끔 각자 다른 걸 먹어도 괜찮을 것 같아서……."

권속들이 태어난 직후, 각자 다른 음식을 줬더니 싸움이 난 적이 있다. 그 이후로는 반드시 같은 음식을 준비해 주었다.

하지만, 권속들의 성장은 눈부셨고, 지금은 그런 일이 있었다는 게 믿기지 않을 만큼 어른스러워졌다. 아마 괜찮을 것이다.

하지만 약간 불안해진 미나토가 권속들을 보자, 각자 다른 케이크를 바라보고 있었다.

그리고 우츠기와 토리카가 동시에 세리를 보았다.

"저는 푹신푹신한 치즈 케이크가 좋아요."

세리의 말투에는 망설임이 없었다. 세리가 선택한 것은 스펀지처럼 탄성이 풍부한 수플레 케이크. 표면에 드러난 주름 또한 부드러움을 느끼게 해주는 명품이다.

우츠기가 토리카의 팔을 건드리며 재촉했다.

"나는, 구워진 색이, 제대로 들어간 게, 좋다."

토리카는 매우 뜸을 들이면서 한 마디씩 천천히 말했다.

그 시선 끝에는 표면이 까매질 때까지 구운 바스크 치즈 케이크가 있었다. 구운 모습과 존재감이 다른 케이크와는 전혀 다른 명품이다.

"나는 하얀 게 좋아!"

기다리고 있었습니다! 그렇게 외친 우츠기가 손가락으로 가리킨 것은 레어 치즈 케이크. 네 종류 케이크 중에서 유일하게 굽지 않은 타입이다. 첫눈보다 하얀 그 생김새만 봐도 시원한 느낌이 드는 케이크다.

세 마리는 망설이는 낌새도 없이 연장자부터 선택하는 모습을 보여주었다. 무엇보다 응석을 잘 부리는 막내 우츠기가 당연하다

는 듯이 그렇게 하는 모습이 인상적이었다.

각자 앞에 원하는 치즈 케이크를 놓았다. 그리고 세리와 토리카에게는 포크도 주었다. 우츠기는 손으로 들고 먹기에 필요가 없다. 인간을 흉내내는 세리와 토리카가 특이한 것이고, 오히려 우츠기가 평범한 경우일 것이다.

미나토가 마지막으로 남은 접시를 끌어당겼다.

"그럼 나는 남은 뉴욕 치즈 케이크를 먹을게."

그렇게 아무렇지도 않은 듯한 목소리가 들린 순간, 셋이서 나란히 황홀해하고 있던 표정이 갑자기 굳어졌다.

"이제 와서 물어보는 건데, 미나토보다 저희가 먼저 골라도 되는 건가요? 혹시 제가 제일 먼저 골라버린 푹신푹신한 걸 더 좋아하는 건 아닌가요?"

"미나토는 그걸 좋아하나? 사실은 이 잘 구워진 걸 먹고 싶은 거 아니야?"

"내가 고른 하얀 걸 좋아하면 바꿀까?"

세 마리가 그렇게 배려해 주었다.

세상에 이런 일이. 완전히 어른이 다 되었어……!

예상하지 못한 그 성장에 미나토 형은 눈가가 뜨거워졌다.

하지만 신경 써줄 필요는 없다. 이 남자는 어지간한 음식은 전혀 불평하지 않고 먹어치우니까.

"나는 뭐든 상관없으니까 신경 안 써도 돼. 딱히 좋아하는 것도 없고."

"미나토는 정말 욕심이 없군요."

세리가 그렇게 말하자 다른 두 마리도 맞장구를 쳤다.

미나토는 쓴웃음을 지을 수밖에 없었다.

지금까지 만나온 사람들도 다들 그런 말을 했다.

미나토가 보기에는 이게 꼭 있어야만 한다는 강한 고집을 이해하기가 힘들었다. 미각이 둔한 것은 아니지만, 뭐든지 그렇게 큰 차이는 없다고 진심으로 그렇게 생각했다.

더 정확하게 말하자면 뱃속에 들어가면 다 똑같다고 생각할 정도다.

"전부 맛있잖아? 똑같은 걸 계속 먹어도 그때 몸 상태나 기분에 따라 다르게 느껴지는 것도 재미있고."

"그런 건가……?"

몸 상태에 대해서 이해하지 못한 토리카는 의아한 모양이었다.

"그건 그렇고, 얼른 먹자."

"응!"

미나토가 재촉하자 레어 치즈 케이크를 힐끔거리며 보고 있던 우츠기가 제일 먼저 대답했다.

잘 먹겠습니다, 그렇게 기운차게 외친 세 마리가 동시에 치즈 케이크를 입에 넣었다. 화악, 주위에 꽃 환영을 흩뿌렸다.

행복해 보이는 그들 뒤에서 산신이 하품을 연달아 하고 있었다. 눈도 금방 감아버릴 것 같다.

산신은 식사를 한 이후로 계속 졸린 눈치였다. 게다가 치즈는 좋아하지 않기에 마구 피어나는 환영에 묻혀버릴 것 같은 권속들에게 관심을 주지도 않았다.

그런 산신이 갑자기 벌리고 있던 입을 다물었다. 두 눈을 크게 뜨고는 꼬리를 크게 흔들었다.

그리고 잠시 후, 권속들도 뒤늦게나마 꽃을 집어넣고는 씹고 있던 턱을 멈췄다.

조용해진 상황에서 미나토만 매우 평범하게 계속 먹고 있었다.

산신 일가의 반응을 보니 손님이 온 것 같다고 생각하면서도 포크로 찍은 치즈 케이크를 입에 넣었다.

당황할 필요는 없다.

왜냐하면 산신 일행의 반응이 너무 빠르기 때문이다. 경험상, 손님이 대문 앞에 도착하려면 최소한 5분은 더 걸린다. 케이크 하나를 다 먹기에는 충분하고도 남을 정도로 여유가 있다.

그리고 음식을 빨리 먹는 편인 미나토의 케이크는 이미 절반도 남지 않았다.

세리와 토리카가 갈등하고 있었다. 그들의 케이크는 거의 원래 형태를 유지하고 있었다.

두 마리는 산신과 마찬가지로 꼼꼼하게 씹고 맛을 보며 먹기에 다 먹을 때까지는 시간이 나름대로 걸린다.

마지막 한 입을 먹은 미나토가 말했다.

"느긋하게 먹어. 손님은 하리마 씨지?"

"네, 그래도……."

"……방해가 될 텐데……."

세리와 토리카가 서로 눈을 마주보았다.

"상관없다. 평소처럼 마음대로 먹거라. 그 녀석이 여기에 도착할 때까지 시간이 얼마나 걸릴지 모르니."

산신의 불길한 말을 듣고 미나토가 눈을 깜빡였다.

"설마, 하리마 씨가 몸이라도 안 좋은 거야?"

"아니, 건강하다. 그 튼튼한 남자는 그리 쉽게 죽지 않을 게다."

세리와 토리카는 기쁜 듯이 포크로 케이크를 떠올렸다. 우츠기는 일어서려다가 다시 앉았다. 그 양쪽 볼은 부은 듯이 부풀어 올라 있었다. 여전히 입에 잔뜩 집어넣는 버릇은 고쳐지지 않았다.

소가 되새김질하는 것처럼 시간을 오래 들여서 먹는 우츠기는 아직 더 맛볼 수 있을 것 같다며 부드러운 눈빛을 보였다.

하리마가 도착했다는 것을 알리는 초인종이 울렸고, 미나토가 부엌에 있는 인터폰으로 대답했다.

"안녕하세요, 하리마 씨. 정원 쪽으로 오시죠."

『그래.』

소형 화면에 뜬 까만 정장을 입은 남자는 새침한 표정으로 종이 봉투를 든 채 서 있었다. 하리마가 그 위치에서 잠시 멈춰 서서 사지로 향하는 것처럼 마음의 준비를 하는 습관이 있다는 걸 미나토는 알지 못했다.

작은 화면으로는 범상치 않은 결의가 담긴 눈빛까지는 알아볼 수가 없다.

하리마가 찾아온 것은 저번에 혈족으로 보이는 여자들 무리에게 둘러싸여 있는 모습을 본 이후로 처음이다.

그때 축 늘어져 있던 모습과는 달리 건강한 것 같았다. 아마 바쁜 시기가 지나간 모양이다.

얼마 전에 충격적인 만남을 한 아버님과 역시 많이 닮았다.

하리마의 태도는 평소와 똑같았다. 아버님에게 미나토와 만났다는 이야기를 듣지 못했는지도 모르겠다.

일부러 그 이야기를 먼저 꺼내지는 말자고 결심했다.

미나토가 인터폰을 끊는 모습을 마루에서 권속들이 보고 있었다. 그 옆에서 산신이 교차시킨 앞발에 얹고 있던 턱을 약간 들었다.

그리고 앞쪽 창살문이 열렸다.

———부우우우우웅!

어디선가 고둥 피리 소리가 들렸고———, 전투 개시 신호가 울렸다.

우선은 세례를 받도록 하거라.

하리마가 부지 안으로 발을 내디딘 순간, 머리 위에서 신기가 쏟아져 내렸다.

쿠우웅, 머리, 어깨, 등, 다리에 수십 킬로그램이나 되는 부하가 걸렸다. 하지만 그 몸은 흔들리지 않았고, 완전히 부지 안으로 들어가는 데 성공했다.

곧바로 '신의 정원이 딸린 쿠스노키 저택에 오신 것을 환영합니다!'라는 뜻이 담긴 무게가 더해졌다.

하지만 하리마의 표정은 바뀌지 않았다.

매우 천천히 돌아보고는 두 손으로 창살문을 닫았다. 그 동작에는 자포자기하는 느낌이나 난폭한 느낌은 전혀 없었다. 조용히,

그러면서도 정중하게. 평소대로 행동하기 위해 세심한 주의를 기울이고 있다.

방석에 여전히 드러누워 있던 산신이 코웃음쳤다.

“호오……. 견디기 힘든 무게를 느끼면서도 안색 하나 바뀌지 않고 당당하게 행동하다니, 그리 쉬운 일은 아니다만.”

“정말이네요. 대단한 끈기입니다.”

“저번보다 무게를 늘렸는데 말이지~. 대단해, 대단해.”

산신, 세리, 우츠기가 감탄했다.

조용히 중얼거린 토리카는 마지막 케이크 조각을 포크로 찍었다.

그리고 미나토는 부엌에서 차를 내올 준비를 하고 있었다.

한 발짝, 다시 한 발짝, 확실하게 앞으로 나아간다.

하리마가 집 옆쪽 바닥에 깔린 징검다리를 건너갔다. 가끔 헛디뎌 버리는 건 어쩔 수 없을 것이다. 정원까지 절반 정도 이동한 하리마의 몸에는 그의 체중보다 3배 정도 되는 무게가 얹혀 있다.

‘얼마나 버틸 수 있을까’, 산신이 그렇게 생각하며 장난을 치고 있기 때문이다.

물론, 하리마는 지금까지 느꼈던 것보다 신압이 더 강하다고 생각했다.

마치 진흙 속을 헤치고 나가는 것처럼 팔다리가 무거웠다. 조금씩 조금씩 천천히 나아가고 있던 와중에 머릿속으로 이것저것 생각하기 시작했다.

내가 뭔가 잘못을 해버린 걸까.

아니, 호부에 적혀 있던 화과자를 손에 넣지 못해서 급하게 다른 걸 가져온 탓일까.

치열한 신위의 근원이 자리잡고 있는 마루까지는 아직 멀었다. 하지만 지금 단계에서 이미 선물(공물)이 무엇인지 눈치채고 마음에 들지 않는 의미를 담아 이렇게 짓누르고 있는 걸까.

신의 의향을 알 수가 없다. 대처할 수도 없다.

내심 그렇게 초조해하면서도 하리마는 결코 표정에는 드러내지 않았다. 그가 지닌 긍지 때문에.

감정에 몸을 맡기고 흐트러진 모습을 다른 사람에게 보여줄 거라면 차라리 할복을 하겠다는 마음가짐을 지닌 남자이기 때문에.

권속들은 마음껏 치즈 케이크를 즐기다가 다 먹었다.

마루에 있는 미나토 앞에 나란히 서 있는 그들은 매우 만족스러워 보였다.

뒷다리로 일어선 세리가 미나토를 올려다보았다.

“맛있는 과자를 대접해주셔서 감사합니다. 그럼 저희는 이만 실례할게요.”

“엄청나게 맛있었다. 내일 보답으로 산에서 나는 고비가 제철이니 가지고 오지. 아니면 미나토도 같이 따러 가겠나?”

“그럼 내일 갈까?”

“내가 아침에 데리러 올게~.”

한 손을 든 우츠기에게 ‘잘 부탁해’라고 말하자 세 마리가 뒷문으로 뛰어갔다.

배웅하던 미나토 뒤에서 산신이 두 눈을 가늘게 떴다.

"―――호오, 이번에도 버티는가."

미나토가 돌아보자 큰 늑대가 심술궂은 미소를 짓고 있었다. 하리마가 늦게 온다 싶었는데 산신이 시련을 내리고 있었던 모양이다.

산신은 처음에 하리마를 거들떠 보지도 않았지만, 요즘은 꽤 신경 쓰는 것처럼 보인다.

"산신 씨는 기개가 있는 사람을 마음에 들어하는구나."

"그렇지도 않다."

고개를 홱 돌리고 그렇게 대답하면서도 꼬리를 흔들고 있다.

하지만 그 움직임이 딱 멎었고, 콧등에 주름을 드러냈다.

"으음, 이 녀석, 비틀거리는군. 겨우 이 정도 압력에……, 참으로 한심하군. 아직 멀었구나."

"너무하잖아. 점점 엄해지고 있어……."

하지만 산신에게 예의를 차리는 것을 잊지 않은 하리마에게는 조만간 좋은 일이 생길 것이다.

매우 변덕스러운 신이긴 하지만, 인간의 진지한 마음에는 확실하게 답해주니까.

마루에 도착했을 때, 하리마는 매우 피곤해 보였다.

옷차림이 조금 흐트러졌고, 화면에 보이던 사람과는 마치 다른 사람처럼 변해 버렸다.

약간 비틀대며 좌탁 앞에 앉았고, 차를 내주자마자 단숨에 마셔버린 것도 이번이 처음이었다. 정말 엄청난 시련이었던 모양이다.

겨우 숨을 돌린 하리마를 보고 미나토는 동정할 수밖에 없었다. 산신 씨는 진짜, 그렇게 나무라는 듯한 의미가 담긴 시선을 옆에 있던 산신에게 보냈다.

하지만, 아무런 효과도 없었다.

드러누운 산신은 목을 한껏 뻗어 하리마 옆에 놓인 종이 봉투 향기를 맡고 있었다. 뭐라고 해도 소용이 없다는 건 잘 알고 있다.

그렇기에 그냥 내버려 두었다. 한참 기다려 보라지.

어찌 됐든, 일이 우선이다.

미나토가 호부 다발 두 개를 좌탁 위에 올려놓았다.

명함 크기 한지에 적혀 있던 것은 화과자의 이름과 창살 무늬. 하리마가 '치마키'라고 적힌 호부를 보고 눈을 가늘게 떴다.

우연히도 오늘 하리마가 가지고 온 선물이 치마키였다.

대나무 잎으로 포장된 길쭉한 막대기 모양 화과자다.

안에는 부드럽고 하얀 경단만 들어 있다. 그냥 식감이 좋고 달콤한 경단에 불과하다고도 할 수 있다. 하지만 희미하게 풍기는 대나무잎 향기를 통해 계절——, 제철을 즐길 수 있는 깊은 맛을 지닌 음식이다.

산신의 시선이 고정되어 있다는 것이 무엇보다 치마키의 맛을 잘 말해주고 있다고 할 수도 있을 것이다.

그리고 우연히도 종이 봉투에 적힌 가게의 이름과 호부 뒤에 적힌 가게의 이름이 일치했다.

얼마 전에 산신이 지역 정보지를 뚫어져라 보면서 한참 끙끙대던 그 가게의 치마키다.

"치마키여, 애타게 기다리고 있었다……! 참으로, 참으로 수고가 많았다."

산신이 억누르지 못하고 흘린 침으로 이루어진 물웅덩이가 서서히 범위를 넓혀나가고 있었다.

큰일이다, 서둘러야 한다. 종이 봉투까지 닿을지도 모른다.

미나토가 마음속으로 초조해하던 와중에 하리마는 왠지 모르겠지만 납득이 안 된다는 듯한 표정을 지었다.

"하리마 씨, 왜 그러시죠?"

"……아니, 아무것도 아니야."

조금 껄끄러운 모양이었다. 아마 자신의 심정을 상대방에게 들키는 것을 싫어하는 것 같다.

1년 가까이 알고 지낸 덕분에 성격을 알게 된 지금은 쉽게 알아볼 수 있지만.

미나토는 그렇게 생각하면서도 겉으로 드러내지 않았다.

그도 오랫동안 접객업에 종사했기에 상대방의 뜻에 따라 유연하게 대처하는 건 식은 죽 먹기였다. 한 번이라도 부정한다면 그 이상 발을 내디디지 않는다.

호부를 든 하리마는 한 장씩 확인하고 있었다.

"힘이 더 강해진 모양이군."

왠지 둘러대는 듯한 말투였지만, '그런가요?'라고 하며 무난하게 대답했다.

하지만 미나토는 내심 꽤 기뻤다.

호부의 효과를 자기 눈으로 볼 수 없는데다, 산신도 매번 자세하게 설명해주지는 않는다. 그렇기에 자신의 노력이 결실을 맺었다는 걸 제3자가 인정해주니 기쁠 수밖에 없다.

하리마가 창살 문양 호부를 보고 있었다. 좀 전보다 시간을 오래 들여서.

"정화의 힘을 거의 완전히 가두게 되었군."

"네, 그쪽은 말이죠."

잘 된 것들만 뽑아둔 호부였다.

미나토가 호부 다발을 하나 더 꺼냈다.

"이쪽은 실패해버린 건데요."

안경 너머로 진지한 눈빛이 미나토의 손 근처를 살피는 듯이 보았다.

"그렇군. 아래쪽은 힘이 더 새어 나오고 있어."

"가까이에서 안 보셔도 알아보시나 보네요."

무심코 손 근처를 내려다보았다. 하지만 아무리 자세히 살펴봐도 역시 보이지 않았다.

"———그런데, 이거 말인데요, 하리마 씨께서 쓰시기에는 딱히 문제가 없죠?"

"물론이지."

"그럼 덤으로 드리는 걸로 하죠. 이것도 가져가세요."

그렇게 말하며 곧바로 내밀었다. 그 두께는 다른 두 다발보다 두 배 이상은 두꺼웠다.

하리마가 굳은 표정을 짓고는 손을 들어 막았다.

"아니, 그냥 받을 수는 없어. 미리 정한 금액을 지불하도록 하지."

"돈은 됐어요. 실패작이니까요."

"안 돼. 공짜로 받을 수 있을 만한 물건이 아니야."

"아뇨, 받아 주세요. 항상 과자를 잔뜩 가져다 주시니까요."

산신의 변덕에 어울려주고 있는 것을 사과하는 의미이기도 했다. 꼭 받아줬으면 한다.

받아주세요, 아니, 못 받아. 예전에 펼쳤던 공방이 반대로 진행되었다. 하리마도 고집이 세다. 절대로 물러서려 하지 않았다.

그러자 산신이 두 눈을 흘겼고, 계속 흘리고 있던 침도 멈췄다.

"어서 받지 못할까."

갑작스럽게 신탁이 내려졌다.

약간 초조한 듯한 그 목소리는 대기조차 뒤흔들었다.

호부 다발을 밀어내고 있던 하리마만이 얼어붙었다. 그 얼굴은 경악에 물들어 있다. 처음으로 산신의 목소리를 들었기 때문일 것이다. 그것도 바로 앞에서.

심장에 부담이 심하게 갔을 것이 틀림없다. 정말 안 됐다.

그건 그렇고, '어서 받으라'니, 정말 곤란하다.

얼른 받고 돌아가라. 그런 본심이 잔뜩 담긴데다, 빠른 말투였다. 자신의 욕망에 너무 충실하다.

하지만, 이것이 바로 신의 목소리라는 사실을 알리는 위엄이 담긴 목소리이기도 했다.

아무튼, 하리마가 굳어 있는 지금이 기회다.

미나토가 곧바로 움직였다. 먼저 건넨 두 다발 사이에 실패작을 끼워서 하나로 뭉친 다음, 하리마 앞에 내려놓았다.

자세를 가다듬고 시원스러우면서도 왠지 수상쩍은 미소를 지었다.

"실패작은 덤이니까 신경 쓰지 마세요. 다음에도 애용해주시길 부탁드립니다."

신의 뜻이다. 더 이상 거부할 수는 없을 것이다.

예상했던 대로 하리마는 자세를 바로잡았다.

"고맙게, 받도록 하지."

모범적이면서도 아름답게 인사를 하며 순순히 받아들었다.

그 대신, 하리마에게서 새하얀 한지를 받았다.

"예전에 줬던 붓은 아직 쓸만한가?"

"네, 전혀 문제없이 잘 쓰고 있어요."

쓸 때마다 신수로 손질을 게을리하지 않은 붓은 여전히 처음 받았을 때 상태를 거의 그대로 유지하고 있다. 그 이야기는 차마 할 수가 없었다.

제 10 장 새로운 미아(?) 신

오늘도 관리인인 미나토는 아침부터 정원을 열심히 청소하고 있었다. 정원에는 낙엽이나 쓰레기가 거의 없지만, 날마다 청소를 하고 있다.

샤악, 샤악, 샤악. 정원에 대나무 빗자루가 스치는 소리가 울렸다.

개울을 따라 미나토가 이동했다.

크게 호를 그리는 곳——, 용궁문 근처에 도착하자 문득 그곳에 눈길이 갔고, 손과 발도 멈춰버렸다.

잔물결이 이는 수면 건너편, 흔들리는 수초 사이로 압도적인 존재감을 자랑하며 자리잡고 있다.

연녹색 기와지붕 한가운데——, 무지갯빛 보주는 빛을 내뿜지 않았다. 아치를 그리는 하얀 문에는 그 누구의 모습도 보이지 않았다.

그럼에도 불구하고 미나토는 자기도 모르는 사이에 몸을 앞으로 내밀며 들여다보고 있었다.

"뭐하고 있는 게냐."

"으엇."

갑자기 산신의 목소리가 들렸기에 미나토는 원래 자세로 돌아왔다.

고개를 들자 큰 늑대가 뒷문에서 걸어오고 있었다. 어제 저녁에 자기 집으로 돌아갔었는데, 벌써 온 모양이다.

"어서 와, 산신 씨."

"으음. 그런데 뭐하고 있었던 게지?"

"———요즘은 용궁문에서 아무도 안 온다 싶어서."

"그렇군, 저번에 도미와 신이 함께 길을 잃고 온 이후로는 아무도 오지 않았다."

"……그렇다면 상관 없긴 한데."

개울 건너편에서 멈춘 산신은 용궁문을 슬쩍 곁눈질할 뿐, 금방 고개를 돌리고는 하품을 했다. 흥미가 전혀 없는 모양이다.

가끔, 어딘가에서 길을 잃고 용궁문을 통해 들어오는 존재가 있다.

얼마 전에 그곳에서 에비스 신이 나온 것을 목격한 미나토는 처음으로 그 사실을 알게 되었다.

산신의 말에 따르면 용궁문을 통해 이곳, 쿠스노키 저택으로 올 수 있는 건 신들뿐이라고 한다.

하지만 만약에 고마운 존재라 하더라도 불법 침입자인 건 마찬가지다.

정원을 어지럽히는 짓을 하진 않겠지만, 관리인으로서 상대방에 대해 확실하게 파악해 두어야만 할 것이다.

그럴 때마다 가르쳐 달라고 산신에게 말했을 때는 대충 흘려들은 것 같았지만, 일단은 기억해두고 있었던 모양이다.

산신을 보고 있던 미나토의 시야 가장자리에서 무지개색 빛이 반짝였다.

그 사실을 눈치챈 미나토가 내려다보기 전에 산신이 반쯤 감고 있던 눈을 떴다.

"———설마……."

예상했던 대로 보주가 무지갯빛으로 빛났고, 개울 수면에 돔 형태의 빛이 생겨났다.

무릎을 편 미나토가 거리를 벌렸다.

상대가 어떤 존재인지 전혀 모른다. 조심하는 것이 좋을 것이다.

날뛰는 신일 가능성이 전혀 없다는 보장도 없다.

산신은 경계하지도 않고 그저 아래쪽만 보고 있었다. 인상을 약간 찌푸리고 있는 걸 보니 꽤 골치 아픈 모양이다.

그 반응을 보니 그렇게까지 위험한 상대가 아닐 거라 예상하고 있었다.

저번에 에비스 신이 나왔을 때, 미나토는 온천에 몸을 담그고 있었다.

그렇기에 초조했고, 멀리 있었던 탓에 에비스 신이 용궁문에서 어떻게 나왔는지 제대로 보지는 못했다.

이번에는 절호의 기회겠지만, 아쉽게도 지금 미나토가 있는 위치에서는 용궁문의 출입구가 보이지 않았다.

제대로 보려면 산신이 있는 쪽으로 가야만 한다. 개울을 뛰어넘을까, 다리를 건너갈까.

그렇게 고민하던 동안, 촤악, 개울에서 누군가가 올라와 버렸다.

사람, 젊은 남자였다.

미나토와 거의 비슷해 보이는 나이. 몸의 선이 드러나는 흑백의 현대 복장.

척 보기에 길을 가다가 마주치더라도 이상할 게 없는 인간으로만 보였다.

하지만, 인간이 아닌 존재, 남신이다.

젖어서 달라붙은 그 까만 머리카락을 쓸어올린 순간, 머리카락이 곧바로 말랐다. 긴 다리가 개울 가장자리에 있던 돌을 너머 풀밭으로 향했다.

그 몸에서는 물방울이 떨어지지 않았다.

젊은 남신이 미나토와 마주 보고 섰다. 시선이 마주치자 입가를 치켜올렸다. 그의 등뒤에 후광이 비쳤다.

그 눈부신 빛을 짊어지고 있는 얼굴은 개구장이 같았고, 장난을 치는 것을 좋아할 것 같았다. 그것도 귀여운 장난이 아니라 사람들이 싫어할 만큼 악질적인 장난을.

한순간 머릿속에 그런 생각이 떠올랐지만, 미나토의 관심은 다른 것에 쏠려 있었다.

남신의 몸통을 휘감고 있던 구렁이에게.

몸을 보니 한 마리인 것 같았지만, 남신의 얼굴 주위에 있는 뱀의 머리는 여덟 개였다. 각각 다른 방향으로 정원을 바라보고 있었다. 모든 눈이 반짝이고 있었고, 땅바닥 근처까지 늘어진 꼬리 여덟 개도 리드미컬하게 흔들리고 있었다.

호기심이 왕성한 모양이다. 무시무시하게 생기긴 했지만, 의외로 사랑스럽다.

당당하고 거리낌없는 그 젊은 남신, 그리고 머리와 꼬리가 여덟 개나 있는 구렁이.

삼귀신 중 하나인 스사노오노미코토, 그리고 야마타노오로치일 것이다.

일본 신화를 잘 알지 못하는 미나토도 알아보기 쉬운 특징을 통해 정체를 눈치챘다.

스사노오는 정원을 한 번 둘러보고는 다시 미나토를 보았다.

"실례한다."

그 말투, 태도를 보니 깜빡 길을 잃고 들어온 것 같지는 않았다.

"네에, 안녕하세요."

그렇기에 무난한 인사만 건넸다.

"어디로 이어져 있나 싶어서 그냥 와 봤는데, 설마 이런 곳으로 나올 줄이야……. 그리고, 너———."

스사노오가 미나토를 머리부터 발끝까지 보고는 씨익 웃었다. 불길한 느낌이 든 미나토가 반 발짝 물러섰다.

재빠르게 산신을 보니 하품을 크게 해대고 있었다.

졸려서 아무래도 상관없다. 그런 생각을 하고 있다는 사실을 뻔히 알아볼 수 있는 태도였고, 전혀 경계하지 않고 있다.

그리고 풍신과 뇌신이 왔을 때 보여주었던 예전부터 잘 알고 지낸 듯한 분위기는 전혀 없었다. 양쪽 모두 상대방에게 전혀 관심이 없는 모양이다.

"뭐, 멋대로 들어와서 미안해. 사과하는 의미로 이걸 주지."

스사노오가 한 손을 가볍게 휘두르자 발치에 술통이 나타났다.

어떤 설에 따르면 꽤 난폭했던 모양인데, 의외로 예의가 바를지도 모르겠다.

아무튼, 괜히 거절했다가는 상대방이 어떻게 나올지 모른다. 신들이 베푸는 것은 감사히 받는 게 좋다는 사실을 미나토는 경험으로 배웠다.

순순히 고맙다는 말을 건넸다.

"감사합니다."

그건 그렇고, 멋진 술통이다.

영귀, 풍신, 뇌신이 분명히 기뻐해 줄 것이다.

그렇게 생각하고 있자니 야마타노오로치가 스사노오에게서 내려왔다. 달려들 듯한 기세로 술통을 휘감았다. 들어올린 여덟 개의 머리가 술통을 둘러싸고는 두 갈래로 벌어진 그 붉은 혀를 낼름낼름 내밀고 있다.

정말 마시고 싶은 모양이었다.

야마타노오로치는 술 때문에 신세를 망치지 않았던가? 아직도 정신을 못 차린 건가?

미나토가 약간 어이없어하고 있자니———.

"이 술은 너에게 줄 게 아니야!"

성난 목소리가 정원에 울렸다. 고막이 따끔거릴 정도로 거센 목소리였다.

재빨리 양쪽 귀를 막은 미나토 앞에서 스사노오가 야마타노오로치의 꼬리를 붙잡고는 곧바로 있는 힘껏 끌어당겼다. 그러자 찌익, 소리가 들릴 것 같은 기세로 술통에서 떨어졌다.

그러자 술통이 쓰러질 뻔했다. 미나토가 곧바로 바람을 날려 다시 세웠다. 개울 속에서 안심한 영귀의 기척이 뿜어져 나왔다.

스사노오는 그런 모습을 보지도 않고 팔을 크게 휘둘러 구렁이를 푸른 하늘로 향해 내던졌다.

그 정도는 야마타노오로치에게 아무런 대미지도 입히지 못했다. 공중에서 몸을 빙글 돌린 뱀이 머리 여덟 개를 부채꼴로 펼쳤다. 공중에 뜬 그 여덟 쌍의 눈은 치켜올라갔고, 분노하고 있었다.

각각 목을 꿈틀대며 '야, 야, 야! 이몸하고 한 판 붙자는 거냐, 이 애송이!'라고 위협하고 있다. 불량스럽네.

멋지게 도발당한 스사노오가 분노하는 표정을 지었다.
이쪽도 오로치와 맞먹을 정도로 활기가 넘쳤다.
"어엉?! 누가 애송이야! 임마! 항상 그런 식으로 깔보기는! 오늘도 해볼 테냐! 이 자식!"
아니, 이쪽도 불량스럽다.

"———끓는점이 너무 낮네."
미나토가 조용히 중얼거렸다.
그럭저럭 오랫동안 존재해 왔을 텐데.
어이없어하는 미나토가 바라보고 있는 와중에 스사노오가 두 팔을 앞으로 뻗어서 손바닥으로 무언가를 받아내는 듯한 시늉을 했다.
거기에 금빛 입자가 터졌다.
점점 숫자가 늘어났고, 나중에는 빛나는 막대기 모양으로 바뀌었다. 스사노오가 한 손으로 그 막대기 끄트머리를 잡고는 가로로 휘둘러 잔향을 털어냈다.

그 손에 남은 것은 검이었다.

장식이 되어 있고 얇은 양날검.
그 칼끝이 야마타노오로치를 향했다. 햇빛을 난반사하는 그 칼날은 멋졌고, 정말 잘 들 것 같았다.
진짜 검을 처음 본 미나토가 멍하니 입을 벌렸다.
요즘 같은 세상에는 미술관 같은 곳에 가지 않는 한, 구경도 할 수 없는 희귀품이다.

게다가 신검이다.

이런 상황만 아니었다면 매우 기뻤을지도 모르겠다. 미나토도 남자니까.

검을 겨눈 스사노오 주위를 야마타노 오로치가 날아다니며 몸을 날렸다.

머리 여덟 개는 각각 입을 크게 벌리기도 했고, 혀를 내밀기도 했고, 움츠러들기도 했고, 놀리는 듯이 샤악, 샤악 소리를 내기도 했다.

마치 장난을 치는 것 같아서 사이가 좋은 건지 안 좋은 건지 판단하기가 힘든 콤비다.

여기로 올 때까지 달라붙어 있었으니 그리 나쁘진 않을 것이다. 야마타노오로치는 몸으로 스사노오를 졸라서 숨통을 끊어놓으려 하려는 것 같지도 않았다.

"다시 한 번, 그 목을 모조리 베어주마."

그런 줄 알았더니, 투기를 뿜어내고 있던 스사노오가 한 말은 살벌하기 짝이 없었다.

스사노오가 검을 위로 들어올렸다. 야마타노오로치가 이상한 소리를 지르며 꼬리를 채찍처럼 휘둘렀다.

이럴 수가. 전투가 시작되어 버렸다. 미나토가 머리를 감싸쥐었다.

이대로 가다가는 신의 정원이 피로 물들어 버릴지도 모른다. 관

리인으로서 결코 용납할 수 없다.

"이곳에서 칼부림을 하지 말아주세요!"

날카롭게 쓴소리를 했다. 스사노오가 검을 휘두르며 돌아보았다.

"어째서? 저 녀석을 베면 꼬리에서 검이 나온다고. 재미있거든? 보고 싶지 않아? 너도 남자라면 그런 걸 좋아할 텐데?"

"보고 싶지 않아요!"

진심으로 이해가 안 된다는 표정을 지어봤자 곤란하기만 하다.

그리고 그 검이라는 건, 그 유명한 쿠사나기노츠루기 아닌가?

———솔직히 흥미는 있다.

하지만, 스플래터 쇼를 반드시 봐야만 한다면 사양하겠다.

그냥 단숨에 바람을 이용해서 둘 다 부지 밖으로 날려버릴까? 그럴 수밖에 없나?

하지만 상대는 아마 매우 강한 신일 것이다. 이러쿵저러쿵해도 이 나라를 만든 신의 아들이다.

망설이던 미나토는 갑자기 생각났다. 스사노오는 폭풍의 신이라는 측면도 있을 텐데.

마침 그때, 스사노오가 돌아서며 미나토에게 검을 휘둘렀다.

둘 사이의 거리는 떨어져 있다. 미나토는 그 검의 간격 바깥에 있었다.

하지만, 그 검에서 바람이 뿜어져 나왔다.

그 거친 바람은 그야말로 폭풍이라는 이름이 어울렸다.

콰아아, 소리를 동반한 바람이 미나토에게 날아들었다. 근처에 있던 정원수가 쓰러질 것처럼 흔들렸다. 하지만 곧바로 다시 반대쪽———, 미나토가 뿜어낸 바람으로 인해 몸을 일으켰다.

순식간에 상쇄된 바람은 하늘 위로 빗나갔다.

굳은 표정으로 긴장한 자세를 취한 미나토를 보고 스사노오가 휘파람을 불었다. 좀 전까지 보여주던 살벌한 분위기는 사라졌고, 검 등쪽으로 자기 어깨를 가볍게 두드리고 있었다.

스사노오는 정말 기쁜 듯이 웃었다.

"호오. 풍신의 힘을 꽤 잘 다루는데."

"———아직, 멀었지만요."

미나토는 괴로운 기분이 들었다. 아마도, 시험했을 것이다.

좀 전에 미나토를 보고 기분 나쁜 미소를 지은 이유는 풍신의 힘을 눈치챘기 때문일 것이다.

미나토는 경계를 풀지 않았다.

마치 먹잇감을 어떻게 괴롭히면서 놀아줄까(죽여줄까) 생각하며 입술을 핥는 육식 동물 같았다.

"그래도 뭐, 그럭저럭 수준밖에 안 되는군. 그러니 내가 너를 단련시켜 주마."

"아뇨, 그러실 필요까지는———."

"그럼, 뭐, 여기서는 좀 그런 것 같으니까, 우리 집으로 갈까?"

"아뇨, 사양하겠습———."

거절하려던 말은 전부 중간에 끊겼다.

두 번째는 갑자기 눈앞에 스사노오가 나타났기 때문이다.

순간이동한 것 같은 그 속도는 너무나도 빨랐다. 미나토는 아무런 저항도 하지 못한 채 손목을 꽉 잡혀 버렸다.

그리고 함께 하늘을 향해 수직으로 뛰어올랐다. 스사노오가 한 팔로 끌어올렸다.

너무 갑작스러운 상황이었기에 미나토는 미처 이해하지 못했다. 그리고 무엇보다도 치켜올라간 팔이 아팠다.

"아야야야얏."

잡힌 손목에 몸무게가 전부 실려 있다. 뿌득뿌득, 기분 나쁜 소리가 들릴 것 같다.

"조금만 참으라고. 금방이니까."

"금방이라고요?! 그렇게 가까운 곳에 살고 계셨나요?!"

"아니. 그러니까 지금 연결할 거야. 공중 산책은 금방 끝날 거라고."

스사노오는 공중에 발판이 있는 것처럼 무언가를 연달아 밟으며 쭉쭉 올라갔다.

들뜬 목소리도, 뒷모습도, 정말 즐거워 보였기에 올려다보고 있던 미나토는 아무런 말도 할 수가 없었다.

물론, 지금 날뛸 수도 없는 노릇이다. 만약에 떨어지기라도 한다면 내일 떠오를 햇님을 못 보게 될지도 모른다. 너무 무서워서 아래쪽을 보지도 못했다.

쿠스노키가 너무 크게 자라버렸을 때 꼭대기 부근에 도달했을 때, 스사노오가 검을 가로로 휘둘렀다.

공간이 일자로 갈라졌다. 그리고, 왜곡이 나타났다.

신역으로 들어가는 입구다.

미나토도 자주 봤던 것이라 이제 와서 놀라진 않았다.

하지만, 그 범위는 놀라웠다. 아래쪽에 있는 정원과 폭이 거의 비슷할 정도로 넓었다.

그곳 중심으로 쏘옥. 스사노오와 미나토는 정말 쉽사리 빨려 들어갔다.

그 아래쪽에서 올려다보고 있던 산신이 한숨을 크게 쉬었다.

"저 녀석……, 멋대로 하기는……."

옆에 나란히 서서 마찬가지로 올려다보고 있던 야마타노오로치───, 입 여덟 개로 혀를 내밀며 샤악, 샤악, 소리를 울렸다.

『우리 애송이 때문에 미안하군. 풍신과 만나면 항상 도전하는데, 항상 대충 흘려 넘기면서 전혀 상대해주질 않거든. 그래서 그 풍신의 힘을 빌린 자와 마주쳤으니 참을 수 없게 된 모양이야. 오랫동안 싸움(놀이) 상대도 없었고…….』

미안하다, 그렇게 다시 사과했다.

마치 개구쟁이 때문에 고생하고 있는 부모 같은 말투였다. 신기하게도 말하고 있는 건 끄트머리 쪽 머리 하나뿐이었다.

"───어쩔 수 없겠지."

약간 피곤하다는 듯이 그렇게 중얼거린 산신이 야마타노오로치를 힐끔 보았다.

그것을 신호로 동시에 하늘로 뛰어올랐다.

아무런 예비 동작도 없이 단숨에 왜곡에 도달했고, 곧바로 뛰어들자 모습이 사라졌다.

부드러운 바람이 불었다. 하늘 위에는 이제 왜곡이 없다. 아무도 없다.

방금 그렇게까지 떠들썩했던 것이 마치 거짓말이었던 것처럼 정원에는 기분 좋게 들리는 폭포 소리만 울렸다. 첨벙, 첨벙. 조용히 개울 수면 위로 고개를 내민 영귀와 응룡이 서로 얼굴을 마주보았다.

위쪽으로 끌려가던 몸이 왠지 모르겠지만 이번에는 떨어졌다.

내장이 올라갔다 내려갔다, 정신이 없고 소름이 끼치는 감각. 미나토가 살짝 비명을 지른 것과 동시에 스사노오, 미나토 순서로 땅에 내려섰다.

고개를 숙인 미나토는 식은땀을 줄줄 흘렸다.

신고 있던 운동화가 밟은 것은 포장되지 않은 길. 울퉁불퉁해서 안정감이 좀 부족했지만, 제대로 발을 내딛고 있다. 그것만으로도 더할 나위없이 안심했다. 이제야 다리가 후들거렸다.

약간 다리 힘이 풀린 미나토의 손목을 스사노오가 슬쩍 놓았다.

"자, 도착했다."

활기찬 목소리가 들리자 손목을 문지르고 있던 미나토는 시선을 들었다.

단숨에 시야에 날아든 것은 완만한 산의 풍경이었다.

쿠스노키 저택 근처와는 많이 달랐다. 기복이 있는 땅에 집들이 모여 있고, 그 너머에 있는 계단식 논으로 이어져 있었다. 다른 세 방향도 마찬가지였다.

그렇게 계단식으로 만들어진 논이 여기가 다른 곳이라는 사실을 알려주기도 했지만, 그보다 집의 형태가 결정적이었다.

맞배지붕 형식이다.

경사가 가파른 지붕이 있고, 왠지 귀여워 보이는 집들이 군데군데 있었다. 녹색과 갈색으로 구성된 그 경치는 일본의 전통 풍경이라고도 할 만했다.

미나토도 처음 봤지만 왠지 정겨운 감정이 들었다. 자세를 바로 잡자 바람이 볼을 쓰다듬었고, 내리쬐는 햇빛이 머리와 피부를 달구었다.

마치 이곳이 실제로 존재하고 있는 것 같은 현실감이 들었다.

하지만, 이곳은 스사노오의 신역이다. 스사노오가 만들어낸 가짜 영역이다.

바람에는 나무와 물, 흙의 향기가 담겨 있었다. 그 안에 인공적인 배기가스나 삶의 냄새는 전혀 나지 않았다. 한없이 천연적으로 다듬은 향기라고 할 만큼 깨끗한 느낌만 들었다.

이곳은 신의 영역이다.

미나토는 새삼 그렇게 생각하면서 옆에 서 있던 스사노오를 보았다.

"그건 그렇고, 저를 너무 막 대하시는 거 아닌가요"

정말 제멋대로 구는 신이다.

물론 신이란 원래 그런 존재라는 것을 경험으로 알고 있긴 하다. 어떤 이웃 신 덕분에.

아무튼, 스사노오의 방식은 너무 난폭한 것 같다.

완전히 납치다.

스사노오는 겉으로만 보면 미나토와 나이가 거의 비슷하게 보인다. 그렇기에 자기도 모르게 생각하는대로 쓴소리를 했다.

스사노오는 약간 거만하게 코웃음쳤다.

"네가 젊은 여자였다면 안아들고 왔겠지만……. 남자 녀석 상대로 그런 짓을 할 생각은 없다고."

"그건 저도 싫네요."

양쪽 다 인상을 한껏 찌푸리고 있다. 그 상황을 상상해버렸기에 사이 좋게 소름이 끼쳤다.

그때, 미나토 뒤쪽에서 소리가 작게 들렸다.

타닥, 산신과 야마타노오로치도 땅에 내려섰다. 돌아본 미나토는 그 모습을 보고 숨을 살짝 내쉬었다.

전혀 알지 못하는 곳에서 잘 알지 못하는 신과 단둘이 있는 건 역시 껄끄러웠다. 아무리 혼자서도 신역을 베고 탈출할 수 있다고 하지만, 스사노오의 눈앞에서 그렇게 하긴 꺼려졌다. 방해할지도 모른다.

산신은 주위를 둘러보았다.

"호오, 이거 참 정겹군. 꽤나 좋은 경치로다."

『그런가? 여기는 예전에 개장하고 나서 내버려두었던 곳인데. 그러고 보니 요즘은 저렇게 생긴 집을 못 본 것 같기도 하고.』

"지금은 저런 집이 희귀할 게다."

『그런가……. 애송이는 인간들이 잔뜩 있는 곳에만 가니까 우연히 못 본 줄로만 알았다만…….』

"인간 세상은 정신없이 바뀌니, 유행도 금방 지나가는 법이지."

『정말 그렇다니까.』

둘 다 긴장감이 전혀 없다. 한쪽은 앉아서, 한쪽은 또아리를 튼 채로 수다를 떨고 있다. 주위 경치와 비슷할 정도로 훈훈한 분위기가 흐르고 있었다.

하지만, 흐아암, 하품을 크게 한 산신의 털이 여기저기서 연달아 부자연스럽게 불어온 바람으로 인해 마구 흐트러졌다. 전혀 동요하진 않았지만.

야마타노오로치는 털이 없기에 아무렇지도 않았다. 하지만, 눈 여덟 쌍을 가늘게 뜨고는 눈이 건조해진다는 말을 하고 싶은 듯한 표정을 짓고 있었다.

바로 옆에서 스사노오와 미나토가 바람 대결을 이미 시작하고 있었다.

쿠스노키 저택의 부지만큼 거리를 두고 바람을 서로 쏘아대고 있다.

스사노오가 검을 휘두를 때마다 주위에 있던 나무들이 휩쓸려서 쓰러졌다. 차례차례 뿌리가 드러났고, 공중으로 날아갔다.

그야말로 뿌리째라는 말이 어울린다, 미나토는 그렇게 생각했다.

그동안에도 정면으로 날아든 바람을 위쪽으로 계속 흘렸다.

스사노오는 검으로만 바람을 날릴 수 있는 것 같았고. 그 바람은 뜻밖에도 날카롭지 않게, 면으로 불어오고 있었다.

풍신의 예리한 날붙이 같은 바람과는 성질이 달랐다.

맹위를 떨치는 태풍이라고 해야 할까. 약간이라도 긴장이 풀리면 몸 전체가 날아가 버릴 것 같다. 발이 몇 번이나 떠올라서 식은 땀을 흘렸다.

그건 그렇고, 미나토는 주위가 신경 쓰였다.

강풍 때문에 나무도, 맞배지붕의 기와도 날아가며 멋지게 무너지고 있었다. 나무도 물론 그렇지만, 민가가 부서지는 모습은 정말 안쓰러웠다.

"너무 심한 거 아닌가요?! 여기에 있는 것들이 전부 부서져 버릴 텐데요."

"신경 쓰지 마, 마음껏 부숴도 된다고. 집은 전부 장식이야. 아무도 안 살고, 나도 여기에는 거의 안 오거든."

스사노오는 아랑곳하지 않았다.

스사노오는 가만히 있을 수가 없다는 듯이 미나토를 중심으로 계속 움직이며 검으로 바람을 날리고 있었다.

미나토는 그저 그 바람을 흘릴 뿐. 먼저 공격을 가하지는 않았다.

바람의 힘은 팽팽했고, 양쪽 모두에게 닿지 않았다. 미나토 쪽은 싸울 생각이 없기 때문이다. 슬쩍 피하고만 있는 분위기였다.

잠시 후, 스사노오가 땅을 박차고 높게 뛰어올랐다. 미나토 위쪽에서 검을 내리쳤다. 미나토는 옆으로 뛰어서 피했다. 원래 있던 곳에 검이 박히기 전에 바람이 쏟아져 내렸고, 지면이 함몰되었다.

자세를 바로잡은 미나토는 식은땀을 흘리고 있었다. 몇 초만 늦었다면 정수리가 두 동강 났을 것이다.

서 있던 스사노오는 검을 어깨에 기댄 채 입술을 삐죽대고 있었다. 매우 따분한 눈치였다.

그런 스사노오를 미나토가 정면으로 노려보았다.

"무기를 들지 않은 상대에게 검을 들고 달려드는 건 비겁하잖아."

"네 바람이 너무 미지근해서 나도 모르게 짜증이 났거든."

말투가 조금 거칠어진 미나토가 주먹을 꽉 쥐었다.

스사노오는 장난을 치는 듯이 검을 돌리고 있었다. 익숙한 동작인지 가볍게 다루고 있지만, 그 검은 척 보기에도 묵직한 느낌이

들었다. 실제로도 무거울 것이다.

검―――, 무기는 그냥 구경하는 건 좋지만, 가지고 싶다는 생각은 전혀 들지 않았다.

무기는 가지고 있기만 해도 자기가 강해졌다는 착각을 하게 만드는 힘을 지니고 있기에 무시무시한 물건이다.

“너도 무기를 쓰면 되잖아.”

“안 가지고 있고, 가질 생각도 없어.”

“뭐야, 재미없는 녀석이네. 그리고―――.”

스사노오는 검을 땅바닥에 꽂았다. 자루에 두 손을 올려놓은 다음, 턱을 살짝 들고 바라보았다.

“너 말이야, 그 정도 바람으로 괜찮을 거라 생각하는 거냐고.”

“나와 주위를 지킬 수 있을 정도면 충분해. 일부러 나서서 싸울 생각은 없어.”

“뭐어? 그런 산들바람으로 주위에 있는 자들을 지킬 수 있다고? 애초에 말이야, 그 풍신이 처음으로 힘을 빌려준 인간인 네가 약하면 풍신의 체면이 구겨지잖아.”

미나토가 처음 들은 정보로 인해 약간 멍해졌다.

“―――내가 처음이라고……?”

“뭐야, 몰랐나? 나는 그럭저럭 오랫동안 존재했지만, 풍신이 힘을 빌려준 인간은 너 말고 본 적이 없다고.”

미나토는 문득 떠올렸다.

그러고 보니 이분은 신격이 엄청나게 높은 데다 신 중의 신이라는 사실을. 생김새가 너무 인간 같고 말과 행동이 경박해서 깜빡

잊고 있었다.

미나토가 두 손을 내리고 고개를 가볍게 숙였다.

"정말 죄송합니다. 건방진 말씀을 드려서……"

안색이 바뀐 스사노오가 검을 뽑아들고는 칼끝으로 미나토를 가리켰다.

"이봐, 왜 갑자기 그렇게 굽신거리는 건데! 아, 그거 때문인가? 오랫동안 존재했다고 해서 그래?! 보아하니 내가 나이를 엄청 먹은 노인이라고 생각했구나?! 아니, 아니, 아니, 아니, 나는 아직 젊어! 아직 아저씨도, 영감도 아니야! 착각하지 말라고!"

"그렇지. 얼마 전에는 어머니를 보고 싶다고 엉엉 울었을 정도니."

『진짜로 그렇다니까. 그때는 정말 시끄러워서…….』

"시끄럽다고! 외야!"

예전부터 알고 지내던 존재들이 흑역사를 폭로하자 스사노오가 검을 휘두르며 소리를 질렀다.

약간 거리가 떨어져 있는데도 불구하고 산신과 야마타노오로치가 중얼거린 목소리가 마치 당연하다는 듯이 들렸고, 스사노오에게도 똑똑히 들렸다.

"아니, 영감들, 또 술판을 벌이는 거냐고!"

그렇다, 산신과 야마타노오로치는 어느새 땅바닥에서 술잔을 기울이고 있었다.

한 귀로 흘린 야마타노오로치가 입 하나에 됫병을 물고는 산신의 큰 잔에 따랐다. 왠지 모르겠지만 됫병 부피보다 더 많은 술이 나왔다.

산신이 앞발을 들었다.

“어이쿠, 이제 되었다.”

『벌써? 자네, 주량이 줄었군.』

“으음, 요즘 술은 핥아마시는 정도야. 하지만 단것은 아직 잘 먹지.”

『그런 구석은 여전하군.』

여전히 술고래인 야마타노오로치는 끄트머리쪽 머리를 제외한 나머지 머리들이 잔뜩 취한 상태였다.

———전투 재개. 좁은 강을 사이에 두고 한 사람과 한 신이 질주했다.

스사노오가 검을 휘둘렀다. 강물이 해일로 바뀌었고, 물레방아와 방앗간이 무너지며 미나토를 덮쳤다. 바람으로 막아내고 뒤쪽으로 흘렸다. 목재가 민가에 제대로 맞아 통째로 부서졌다.

그것을 신경 쓸 여유는 없었다. 피하는 것만으로도 벅찼다.

스사노오는 거리를 일정하게 유지하고 있었다. 집이나 나무 잔해가 끊임없이 날아오는 모습은 폭풍 속으로 돌진하는 거나 마찬가지였다.

마을은 예상보다 넓었다. 스사노오와 미나토가 나아간 뒤에는 집, 나무들이 있던 곳이 헤집어졌고, 강은 말라 버렸고, 지형의 형태조차 바뀌었다.

마을 가운데에 3층 건물이 보였다.

다른 민가와는 구조가 달랐고, 튼튼해 보였다. 그곳을 사이에 두면 한동안 바람을 막아줄지도 모르겠다.

실낱같은 희망을 품은 미나토가 그 건물 그늘로 뛰어들었다.

발걸음을 멈춘 것도 잠시, 위쪽에서 그림자가 드리웠다. 하늘에서 폭풍이 날아들었다.

스사노오가 지붕 위――, 하늘을 날고 있다. 아니, 달리고 있다.

미나토는 곧바로 뛰어서 물러난 다음, 달려갈 수밖에 없었다. 이미 지쳤고, 숨도 찼다.

"하늘에서, 공격하는 건, 치사하잖아."

"너도 날지 그래? 못 할 리가 없을 텐데, 풍신이 할 수 있는 건 너도 할 수 있을 거라고. 힘은 거의 다루게 되었으니까. ――약하긴 하지만."

발끈한 미나토는 팔을 휘둘러 작은 바람 칼날을 날렸다. 초승달 모양의 끄트머리는 푸른색이었다. 풍신의 신위가 담긴 바람의 칼날.

그것을 연달아 검으로 두 동강 낸 스사노오는 매우 기뻐하고 있었다.

"이제야 의욕을 보이는구나!"

신위를 담은 건 실수였을지도 모르겠다.

자신의 실수를 깨달은 미나토 뒤쪽에 진한 먹구름이 피어올랐다. 예상대로 스사노오의 공격이 더욱 거세졌다.

그 이후로 한 시간 정도가 지났다.

후욱후욱, 허억허억. 무릎에 손을 대고 있던 미나토의 숨소리만 신역에 메아리쳤다.

"뭐, 이 정도겠지."

그런 한편, 허리에 손을 댄 채 검을 어깨에 기대고 서 있던 스사노오는 아무렇지도 않았다.

신과 인간의 엄청난 차이를 느낀 미나토는 새삼 전율하고 있었다.

"바람이 꽤 괜찮아졌는데. 풍신스러워지기 시작했어."

스사노오는 만족스러운 눈치였다. 방식이 억지스럽기 짝이 없긴 했지만, 스사노오도 나름대로 미나토를 단련시켜준 모양이었다.

주위는 완전히 잔해 더미로 바뀌었다.

이제 제대로 서 있는 집이나 나무는 없고, 계단식 논도 원래 형태를 유지하지 못한 데다, 군데군데 터널까지 생겨났다. 황량해진 그곳에 어울리지 않게 부드러운 바람이 불었다.

스사노오가 검을 없애자 금빛 입자가 어디론가 흘러갔다. 앞머리를 쓸어올리며 몸을 웅크리고 있던 미나토의 뒷모습을 보았다.

"뭐, 이런저런 말을 하긴 했지만, 평범한 인간이 맨몸으로 신의 힘을 다룰 수 있다는 것만으로도 충분히 대단한 것 같은데."

꽤 부드러운 말투였다. 인정하고 있긴 한 것 같았다.

미나토가 느릿느릿 고개를 들자 '아직 풍신에게는 못 미치지만 말이지'라고 덧붙여 말했다.

"……그 말은, 할 필요 없어……."

불만스러워 보이는 미나토를 보고 깔깔 웃어댄 스사노오가 배를 문질렀다.

"가볍게 운동을 한 뒤에는 배가 고파진단 말이지. 너도 고프지 않아?"

"———배 보다는, 목이……, 말라. 신은 배가 고파지지 않는다고 하던데……."

신들에게 있어서 인간의 영양소———, 음식은 기호품에 불과하다.

"그래, 실제로 인간 같은 허기는 없지만, 날마다 먹으면 배가 고파지는 것 같은 느낌은 든다고. 그럼, 너희 집으로 돌아갈까? 뭐 좀 먹여달라고."

이럴 수가, 이번에는 밥까지 뜯어내려 하고 있다.

스사노오는 미안해하는 기색도 없이 쾌활하게 웃었다.

"대접은 일본인의 특기잖아?"

미나토에게는 대꾸할 기력조차 남아있지 않았다.

그때, 쿠오오오오~. 땅울림 같은 소리가 연달아 울렸다.

천천히 돌아본 미나토가 본 것은 엎드린 산신의 등에 머리 여덟 개를 얹고———, 산을 베개 삼아 잠든 야마타노오로치의 모습이었다.

"저 녀석, 또 자다가 당하고 싶은 건가……?"

뒤쪽에서 들린 그 살벌한 목소리는 못 들은 척하기로 했다.

○

무사히 쿠스노키 저택으로 돌아온 미나토는 안도한 나머지 땅바닥에 쓰러질 뻔했다.

친숙한 정원이다. 어느 정도 딱딱한 건 문제가 되지 않는다.

비틀대던 미나토 옆을 지나친 스사노오는 마루에 자리를 잡고는 책상다리를 하고 앉았다.

산신은 등에 올라타 있던 야마타노오로치를 마루에 굴리듯이 내려놓았다. 머리 여덟 개가 가끔 꿈틀대며 코를 시끄럽게 골고 있었다.

거만한 스사노오도 상석———, 산신의 지정석에는 앉지 않았다. 살짝 뛰어오른 큰 늑대가 느긋하게 바닥을 걸어가 방석에 누웠다.

혹시 상석에 강대한 방석이 있었기 때문일까?

미나토는 멍하니 그렇게 생각하며 마루로 올라갔다. 배가 고프긴 하지만, 그냥 이대로 잠들어버리고 싶다.

하지만 슬프게도 배가 고파진 신이 그걸 용납해주지 않았다.

"이봐, 내 밥은?"

"———잠시만, 기다리시길."

미나토가 몸을 웅크린 채 거친 태도로 실내로 돌아가며 그렇게 중얼거렸다.

"예전에 이웃집 아주머니가 피곤할 때 '내 밥은?'이라고 재촉하면 살의가 솟구친다고 불평하던데, 정말이었네. 처음으로 실감했어."

"잘 됐네."

스사노오가 무릎을 두드리며 껄껄 웃었다. 미나토가 스사노오를 힐끔 보았다.

"부인에게는 절대로 말하지 않는 게 좋을 거야."

"그런 말을 내 부인들에게 할 리가 없잖아."

갑자기 진지한 표정을 지으며 진지한 목소리로 그렇게 말했다.

애처가인 면도 있는 건가? 부인을 복수형으로 말했다는 건 굳이 따지지 않기로 했다.

최대한 빠르게 점심 식사 준비를 마친 미나토는 좌탁 앞에 주저앉듯이 앉았다. 그 정면에 있던 스사노오는 그냥 앉아서 정원을 바라보기만 할 뿐이었다. 나서서 도와줄 낌새는 전혀 없었다.

팔자도 좋으시네. 어머니의 말버릇이 미나토의 머릿속을 스쳐갔다.

그건 그렇고, 좌탁에는 접시가 빽빽하게 놓였다.

전부 큰 접시뿐이다. 전통식 중심이긴 하지만, 마치 뷔페 같았고, 각자에게 따로 마련해줄 기력이나 체력은 남아 있지 않았다.

얘들아, 좋아하는 걸 마음껏 알아서 챙겨 먹어라! 라는 식으로 호쾌하게 큰 접시에 담아서 내놓았다.

인원이 많을 때는 이게 제일이다. 아니, 지금도 그렇게 많은 건 아니지만.

한 사람과 세 신이라고 해야 할까.

마루에 몸을 길게 늘어뜨린 채 잠든 야마타노오로치를 곁눈질하던 미나토는 그런 의문을 품었다.

아무튼, 푹 자고 있었기에 야마타노오로치는 방치하기로 결정했다. 좌탁에 미나토, 스사노오, 산신이 둘러 앉았다.

스사노오가 김이 피어오르는 음식들을 둘러보고는 감탄한 듯이 말했다.

“호오, 이 집에 식재료가 이렇게 많았구나.”

“왜 그런 걸 물어보는데.”

미나토도 완전히 원래 모습이 드러났다. 존댓말은 저 멀리 날아갔다. 스사노오도 별로 신경 쓰지 않았다.

미나토는 태클을 걸면서 건너편으로 젓가락을 내밀었다. 물론, 하늘———, 머리를 향해서. 의외로 순순히 그것을 받아든 스사노오는 그와 동시에 앞접시도 받았다.

그리고 따끈따끈한 오곡밥이 담긴 밥그릇을 내민 순간, 무시무시한 표정을 지었다.

어린애가 보면 울부짖을 만큼 험상궂은 표정이었다. 불구대천의 원수에게 쏟아낸 것 같은 살기를 느낀 미나토는 윗몸을 뒤로 뺐다.

“이봐, 이 식재료들은 어디서 꺼낸 거야? 설마, 네 몸에 뚫린 구멍에서 나온 건 아니겠지?”

피까지 얼어붙을 것처럼 낮게 깔린 목소리였고, 당황스럽기만 했다.

"왜 그런 생각을 하는 건데……. 그런 게 나올 리가 없잖아. 나는 평범한 인간이거든?"

미나토는 알지 못하는 일화———, 과거에 있었던 일에 대해 알고 있는 산신은 앞접시에 담긴 닭튀김을 물어뜯었다. 육즙이 입안에 쫙 퍼지자, 꼬리를 흔들었다.

"마음에 들지 않는다면 먹지 않아도 된다."

"먹을 거야, 먹는다고! 나는 배가 고프단 말이지!"

산신이 퉁명스럽게 말하자 스사노오는 멀어진 밥그릇을 낚아채고는 밥에 젓가락을 찔러넣었다.

그런데 의외로 깔끔한 동작으로 오곡밥과 반찬을 먹어 나갔다.

"이 치구젠은 간을 잘 했는데? 아삭아삭한 연근에도 맛이 잘 배어서 맛있군. 마음에 들었어."

"칭찬해주시니 영광이네. 어제 저녁 식사 때 먹다 남긴 거긴 한데."

"……하지만, 이 가지 절임은 영 마음에 안 들어. 하지만 맛이 없다는 뜻은 아니라고. 내 취향이 아닌 것뿐이지."

"귀찮길래 대충 간장으로 했어."

"왜 대충 하는 건데"

"얼른 먹고 싶어할 것 같아서."

"———그렇긴 하지만 말이야."

미나토는 스사노오가 사정없이, 끊임없이 맛에 대해 품평을 늘어놓는 것도 대충 흘려들으며 배를 채워나갔다. 피곤하긴 했지만, 아니, 피곤했기에 식욕도 강했다.

그건 그렇고, 스사노오를 너무 막 대하고 있다.

고향 친구를 대하는 태도와 거의 비슷했다.

마주 보고 앉아서 손과 입을 계속 움직이고 있는 남자들 사이에서 큰 늑대는 평소처럼 느긋하게 닭튀김을 즐기고 있었다. 아침부터 마늘 간장 양념———, 산신의 취향에 맞게 재워두었다가 방금 튀긴 것이다. 행복한 듯이 먹고 있는 그 신의 주위만 분위기가 달랐다.

그리고 야마타노오로치는 마루를 데굴데굴 굴러다니고 있었다. 잠버릇이 꽤 안 좋은 모양이다.

스사노오의 허리에 부딪히자 그가 뒤로 손을 돌려서 떨쳐냈고, 데굴데굴데굴~, 마루 끄트머리까지 굴러갔다.

"그런데 너, 날씬하면서도 정말 잘 먹는구나. 그것도 빠르게. 꼭꼭 씹어서 먹으라고."

"피차 마찬가지인 것 같은데."

"뭐, 그렇긴 하지. 잔뜩 먹고 크……지는 않으려나."

"나이도 이제 꽤 먹은 어른이라서."

"내가 보기에는 갓난아이인데……. 아니, 나하고 별 차이가 없구나!"

"외모만 놓고 보면 말이지."

"그러니까, 영감 취급하지 말라고! 아직 젊다니까!"

그것만큼은 양보할 수 없는 모양이다.

"그래도 뭐, 잘 먹고 풍신에게 빌린 힘을 좀 더 잘 다루게 되라고."

결국에는 그게 중요한 것 같다.

아삭, 미나토는 소리를 크게 내며 단무지를 씹었다.

"뭐. 그런데 예전부터 의문이 들었거든. 왜 신은 '힘을 빌려 준다'고 하는 걸까? 조만간 다시 회수하겠다는 뜻이야?"

"아니, 그게 아니야. 살아있는 동안에 회수하는 경우는 없거든. 네가 이 세상을 떠날 때 그 힘들은 각각 신에게 돌아가게 될 거야. 그리고 너에게만 빌려준다는 뜻이지. 나중에 너에게 아이가 생긴다 하더라도 신의 힘을 물려받진 않아."

"그런 의미였구나……."

아무런 말도 하지 않았는데도 불구하고 스사노오는 미나토가 두 신의 힘을 지니고 있다는 걸 눈치채고 있다.

신은 보기만 해도 알아 버리는구나, 미나토는 새삼 그렇게 생각했다.

"그래, 신들은 너와 직접 만나서 대화를 나누어 보고 자기가 힘을 빌려줘도 괜찮겠다고 생각했기에 준 거야. 너에게 있어서 아이는 특별한 존재겠지만———."

푸욱, 닭튀김에 젓가락을 꽂고는 미나토를 올려다보았다.

"신에게 있어서는 그렇지 않지. 선택받은 건 너뿐이고, 자손은 그렇지 않아. 신은 속이 좁으니 말이지. 자신의 힘을 멋대로 쓰는 건 마음에 안 들어 하거든."

유쾌하다는 듯이 한쪽 입꼬리를 치켜올렸다.

그 턱에 밥풀이 묻어 있지만 않았다면 정말 멋진 모습이었을 것이다.

어찌 됐든, 미나토는 항상 마음에 걸렸던 것이 해소되었기에 속이 시원해졌다.

결혼이나 자식에 대해서 아직 깊게 생각해본 적은 없지만, 신의 힘을 물려받지 않는다는 건 다행 아닐까?

만약에 몇 세대 뒤에 격세 유전으로 나타나 버리게 될 경우, 미나토는 이미 세상을 떠난 뒤일 것이다. 아무것도 해줄 수가 없다.

그리고 이 세상에 태어났을 때부터 신의 힘을 지니고 있다면 어떻게 될까.

상상만 해도 겁이 난다.

본능 그대로 살아가는 아기가 힘을 조절할 수 있을 리가 없다.

주위 사람들도 매우 곤란해질 것이다. 제대로 키우는 것조차 힘들 우려도 있다.

미나토가 힘을 빌린 건 어른이 된 이후다. 인생 경험이나 분별이 어느 정도 있기에 다행이라고 할 수 있다.

그런 미나토조차 제대로 다루게 될 때까지 시간이 조금 걸렸다. 권속들이 만들어낸 신역에서 힘을 어느 정도 쓸 수 있게 될 때까지 힘껏 휘두른 덕분이기도 했다.

그동안, 몇 번이나 쓰러졌다.

그럴 수 있었던 것은 산신이 항상 함께 있어주었기 때문이다.

미나토는 환경 덕분을 보았다고도 할 수 있다.

자손도 그럴 거라고 낙관적으로 생각할 수는 없다. 산신이 자손들까지 돌봐줄 이유는 없으니까.

제일 먼저 그런 생각이 든 미나토는 '나는 신에게 선택받은 자구나!'라고 들떠하는 기색을 보이지 않았다.

"산신 씨, 닭튀김에 마요네즈나 레몬을 뿌려줄까?"

"레몬이 좋겠구나."

아무렇지도 않게 산신을 돌봐주고 있었다.

스사노오가 건더기가 잔뜩 든 된장국을 마시며 그 모습을 올려다보고 있었다.

"아니, 너, 풍신에게 못 들었어?"

"딱히 들은 건 없는데?"

"누나에게도?"

"———누나……?"

스사노오의 누나라는 존재를 떠올린 미나토는 짜던 레몬을 떨어뜨릴 뻔했다.

"누나라면, 아마테라스 오미카미……. 설마, 그럴 리가……."

"동생인 내가 하는 말이니까 틀림없다고. 어디선가 만났지? 그러지 않으면 누나가 힘을 빌려 줄 리가 없으니까 말이야."

터무니없이 고위인 신에게 힘을 빌렸다는 사실을 알게 되자, 충격을 받았다.

하지만, 놀라운 건 그뿐만이 아니었다.

"그 게으른 여신님이……? 태양신이라고도 불리는 분이 그렇게 축축한 집에 사신다고……?"

"아……, 누나네 집(신역)에서 만났구나……. 누나는 밖에서는 멀쩡한데 자기 집에서는 축 늘어지니까……."

스사노오의 헛웃음이 마루에 울렸다.

"그건 그렇고——."

젓가락까지 멈추고는 천진난만하게 방긋 웃었다.

"다음에는 언제 할래? 내일? 모레? 아니면 점심 식사를 하고 난 다음에 바로?"

"또 맞붙을 셈이야?!"

너무 부조리한 말이었기에 온화한 미나토도 결국 화를 냈다.

스사노오도 배를 부여잡고 입을 크게 벌리고는 껄껄 웃어댔다.

제 11 장 자, 정정당당하게 승부를 내자꾸나

쿠스노키 저택의 옷장에는 다리가 달린 장기판이 보관되어 있다.

두께나 무게가 꽤 나가고, 무늬도 아름답다. 꽤 멋지게 생겨서 아무리 봐도 고급스러운 물건이었다.

계속 넣어두기만 하는 건 정말 아깝다.

미나토는 그 장기판을 가볍게 닦으며 생각했다.

할아버지를 상대해주기도 했기에 장기는 일단 둘 수 있긴 하다. 청소도 일단락되었고, 한가한 신도 있다.

한 판 상대해달라고 부탁해야지.

마루 가운데에 자리 잡은 산신 앞으로 장기판을 옮겼다.

드러누워 있던 산신이 눈을 깜빡이며 일어났다.

"갑자기 뭐냐?"

"가끔은 노는 것도 괜찮겠다 싶어서. 영차."

장기판을 내려놓자, 산신이 앉은 채로 장기판을 위쪽에서 들여다보았다.

그 맞은편에 앉은 미나토가 위에 올려놓았던 장기말이 든 나무 상자를 들었다.

"산신 씨, 장기 룰은 알아?"

"루울……?"

"규칙. 게임……, 놀이의 승패를 정하는 약속 말이야."

산신은 외래어에 약하기 때문에 일본어로 다시 말해줘야만 한다. 그 때문에 일상생활을 하면서 외래어를 얼마나 많이 쓰는지도 새삼 느끼게 되었다.

산신은 '물론'이라며 자신만만하게 가슴을 펴고는 '모른다'라며 딱 잘라 말했다.

"그렇겠지. 알고 있었다면 오히려 놀랐을 거야. 아마 장기말 무너뜨리기는 할 수 있겠지. 같이 좀 해보자."

"———호오?"

흥미가 생긴 모양이었다.

미나토가 나무 상자를 장기판 위에 재빠르게 놓았다. 살며시 들어올리자 장기말이 쌓였고, 몇 개는 떨어져내렸다.

"그럼, 지금부터 해볼게."

"으음."

미나토가 장기판 위에 놓인 장기말을 손가락으로 누르고는 자기 쪽으로 끌어당겼다.

"장기말을 이런 식으로 장기판을 따라 바깥으로 옮기기만 하면 돼. 하지만 소리를 절대로 내면 안 돼. 소리를 내면 교대하는 거야."

"으음."

받치고 있던 다른 쪽 손으로 장기말을 받아낸 미나토는 그것을 산신 쪽으로 들어올렸다.

"이 장기말을 많이 따낸 쪽이 이기는 놀이지."

"간단하군."

"척 보기에는 그렇지? 그런데 의외로 어렵거든, 이거. 꽤 빠져든다고."

"으음. 그럼 시작해보자꾸나."

지금, 조용한 싸움의 막이 올라갔다.

미나토가 장기말 더미를 손가락으로 가리키며 말했다.

"산신 씨부터 시작해."

"뭐라고? 그렇다면 내 차례에 끝나버릴 터인데."

"그 자신감은 어디서 나오는 거야? 우선 해보라고."

약간 동그란 느낌이 드는 산신의 발톱이 말 위에 얹혔다. 스으윽, 장기말을 매끄럽게 끌어당겼다. 지극히 순조롭다.

산신은 이 정도는 식은 죽 먹기라는 듯이 눈을 가늘게 떴다.

하지만, 중간에 장기판 무늬에 걸렸다. 그곳에서 딱 멈춰서 움직이지 않게 되었다.

"끄응……."

힘을 약간 주자 한쪽이 쭉 올라갔다. 이대로 가다가는 소리가 울리는 것을 피하지 못하게 된다. 앞발이 부들부들 떨리기 시작했다.

따악. 역시나 장기말이 장기판에 닿았다. 곧바로 교대하게 되었다.

"꽤 어렵지?"

"으음……. 다음은 그대 차례로군. 어서 하거라."

"그래."

이미 푹 빠지셨네.

미나토는 슬쩍 웃으며 장기말 더미 쪽으로 손을 뻗었다. 산신은 눈을 반짝이며 일거수일투족을 지긋이 관찰했다.

잠시 후, 불룩 솟아 있던 장기말 더미는 평지가 되었다.

산신이 따낸 장기말은 두 개뿐.

불쾌하다는 듯이 꼬리로 방석을 두드리며 장기말이 잔뜩 든 미나토의 상자를 짜증난다는 눈치로 노려보았다.

“끄응, 이상하군. 어찌하여 내가 지는 것인지. 내가 지는 일 따위는……, 결코 있어서는 아니 된다, 있을 수 없는 일이야. 결코 인정할 수 없구나. 다시 한 번 승부를 내자.”

“네, 네.”

다시 한 번. 그 말은 이미 다섯 번째였다.

지금 시점에서 산신은 전패 중이다. 초보를 상대하면서도 미나토 또한 봐주지 않았다.

“다음에야말로, 다음에야말로 반드시 설욕을 해주마.”

콧등에 깊디 깊은 주름을 드러내고는 정면으로 노려보며 그렇게 맹세했다.

그리고, 정원에 불던 바람까지 멎었다. 미나토는 산신의 뒤쪽에서 투기의 불꽃이 활활 타오르는 환상을 보았다. 뜨겁게 불타고 계신다.

“그 정도로 빠져들었어……?”

엄청난 집중력을 발휘하는 산신의 귀에는 미나토가 어이없어하는 목소리가 들리지 않았다.

이번에는 산신이 아무런 문제도 없이 장기말을 자기 쪽으로 끌어당겼지만, 몇 센티미터 남은 곳에서 다시 막혔다.

짜증나는 장기판 무늬 때문에 앞으로도, 뒤로도 움직일 수가 없었다.

"끄응, 이놈……, 장기말 주제에 나를 거역하려는 게냐?"

꾸우욱, 발톱 끝에 힘이 담겼다. 천천히 움직이기 시작하긴 했지만, 아슬아슬하게 기울어 있던 장기말이 투욱, 쓰러져 버렸다.

거의 다, 거의 다 왔는데도 불구하고. 원통하도다.

"네놈! 누구 허락을 받고 소리를 내는 게냐!"

뒤집어진 장기말에게 호통을 치고 있다. 게다가 그 날카로운 눈빛을 보니 장기말이 산산조각 나서 날아가버릴 것 같았다.

"장기판이 안쓰럽네. 산신 씨, 부수진 마."

"나도 알고 있다."

미나토가 나무라자 고개를 홱 돌렸다.

그럼, 선수 교대.

미나토가 장기말 더미 중 일부를 무너뜨렸다. 위쪽이 뾰족한 한쪽 측면을 아래로 둔 채 장기판을 미끄러져 나갔다. 접지면이 작아서 위태로운 각도였지만, 무난하게 장기판 위를 움직였다.

하지만 그때, 바람이 불었다.

왠지 모르겠지만 미나토의 손 쪽 부분에만.

"아얏."

게다가 공기총급으로 위력이 센 돌풍이었다.

푸숙, 튕겨져 나간 그 손가락 끝에서 말이 쓰러졌다.

아니, 가볍게 날아갔다. 달그락달그락, 소리를 크게 내며 장기판 위에 굴러떨어졌다.

미나토가 눈을 흘기며 맞은편을 보았다.

"산신 씨, 부정행위는 하면 안 돼."

"무슨 말이냐. 참으로 활기찬 말이었거늘. 시끌벅적하게 소리를 내더구나. 버릇없는 녀석 같으니. 허나, 루울은 루울이지. 어쩔 수 없겠구나. 어디, 다음은 나의 차례일 터."

산신은 아무것도 모르는 척하면서 둘러대고 있었다.

그 이후로 미나토도 오기가 생겨서 바람을 뿜어내게 되었고, 장기말 무너뜨리기인지 바람 대결인지 잘 알 수 없는 승부가 해질 무렵까지 계속되었다.

○

점심 시간이 거의 다 되어갈 무렵, 친가에서 정기 택배가 왔다.

현관 앞에서 배달부에게 골판지 상자를 받았다. 냉기를 두르고 있던 그 상자는 팔이 빠질 것처럼 무거웠다.

택배가 오가는 횟수에 비례해서 무게가 늘어나는 것 같은 느낌이 들었다.

그렇게 생각하면서 한 아름이나 되는 골판지 상자를 거실로 옮겼다.

"……이번에는 한층 더 무거운데."

아마 저번에 어버이날을 맞이해서 평소에 감사하는 마음을 담아 물건을 잔뜩 보낸 보답이기도 한 것 같다.

다이닝 테이블 근처 바닥에 내려놓았다. 마루에 뿌리를 내린 듯이 자리 잡고 있던 산신에게도 잘 보이게끔 배려해 준 것이다.

지금도 마루 가운데, 방석에 엎드려 있는 하얗고 큰 늑대가 창틀에 턱을 기댄 채 눈을 감고 있다.

하지만, 산신은 보고 있다.

산신은 미나토를 안 보는 것 같으면서도 은근슬쩍 보고 있을 때가 많다.

실제로 지금도 그 눈가에서는 금빛이 희미하게 새어나왔고, 이쪽을 주목하고 있다는 게 분명했다.

그냥 보면 될 것 같은데, 노골적으로 흥미를 보인다는 것을 알리고 싶지 않은 모양이다. 산신의 고집인 건지, 폼을 잡고 싶어 하는 시기인 건지.

진실은 알 수가 없지만, 미나토는 눈치채지 못한 척했다.

아무것도 모르는 척하며 골판자 상자의 테이프를 뜯어냈다.

뚜껑을 열자, 완충재 대신 넣은 수건과 스펀지가 보였다. 매번 넣어주는 물건들이다. 쓰레기도 되지 않고, 도움이 되긴 하지만, 너무 많다. 슬쩍 웃으며 빼냈다.

그러자 보인 내용물은 간장을 비롯한 병에 든 조미료, 된장, 식료품이었다.

"……무거울 만도 하네."

가장 커다란 간장 됫병을 꺼냈다.

어렸을 때부터 자주 봐서 익숙한 라벨이 붙어 있었다. 친가의 단골 간장 공장 제품이고, 이 근처에서는 구할 수가 없는데다 인터넷으로도 팔지 않는 물건이다.

일본인의 위장을 휘어잡은 간장. 하지만 간장이라고 통틀어서 말하기는 조금 힘들 정도로 맛이 다양하다. 지역 특색이 진하게 나타나는 법이다.

극단적으로, 다른 지역의 주요 간장은 다른 조미료인가 하는 생각이 들 정도다. 물론, 된장도 마찬가지, 아니, 그 이상일 것이다. 따로 된장이라는 단어가 그 사실을 잘 나타내주고 있다.

"된장은 슬슬 다 먹어가니까 다행이네."

투명한 용기에 든 그 된장은 친가를 비롯한 온천 지역 사람들이 만든 물건이다.

미나토에게 있어서는 이 된장을 써서 낸 맛이 바로 진짜 된장국이다. 친가뿐만이 아니라 근처에 사는 이웃집에 가도 똑같은 된장국이 나오니까.

당연하게도 이 된장 또한 팔지는 않는다.

맛에 고집이 별로 없는 미나토도 역시 많이 먹어서 익숙해진 맛은 특별하다. 고를 수 있다면 일부러 다른 것을 고르진 않는다.

조미료를 제외하고는 거의 지역 특산품이었다.

쿠스노키 저택 근처 상점가는 결코 규모가 크다고 할 수가 없었고, 다른 지역의 물건들까지 갖추고 있는 점포는 당연히 존재하지 않는다. 어머니도 그 사실을 알고 있기에 이쪽에서는 구하기가 힘든 물건들을 보내준다.

마지막으로 골판지 상자 구석에 살며시 놓여 있던 물건——, 약간 낡은 쌈지를 들어올렸다.

주둥이를 묶고 있던 끈을 풀자 그 안에서 나온 것은 천연석이었다.

각이 져 있고 녹색인 그 돌은 손바닥 정도 크기였다. 그것을 햇빛에 비쳐보았다. 투명도가 그리 높지 않았고, 형태도 일그러져 있다. 연마되어 빛나는 보석과는 거리가 먼 생김새다.

하지만, 자연 그대로인 모습이라고 해도 충분히 깊은 맛이 있고, 아름답다.

"이번에 보내준 건 꽤 크네. 아직 이런 크기가 나오는구나."

이것은 친가에 살고 있는 사랑방 동자가 보내준 선물이다.

미나토가 사랑방 동자에게 과자와 술을 자주 선물로 보내주고 있기에 그 보답으로 보내준 물건이다. 보통은 계절마다 다른 천연물——, 나무 열매 등이지만, 이번처럼 천연석을 보내줄 경우도 있다.

친가가 있는 온천 지역 한가운데에는 강이 흐르고 있는데 거기에서 가져온 모양이다. 미나토도 어렸을 때부터 강가에서 천연석이나 이상하게 생긴 돌을 자주 찾곤 했다.

그리고 이 선물은 어머니가 골판지 상자에 물건들을 채워 넣다 보면 어느새 은근슬쩍 들어있다고 한다.

미나토가 일어섰다. 그가 향한 곳은 TV 받침대 옆에 둔 이 집의 유일한 인테리어——, 등롱이 있는 곳이었다. 배 형태의 그 등롱에는 자그마한 천연석이 몇 개 들어있다.

물론, 사랑방 동자에게 받은 것들이다.

거기에 새로 받은 녹색 천연석을 추가했다. 흰색, 적자색, 황토색, 그렇게 잡다한 색들이 모여 있고, 크기도 제각각 달랐다. 하지만 신기하게도 조화를 이루는 것처럼 보였기에 미나토는 슬쩍 웃었다.

마침 친가용 명패 같은 것을 만들어 둔 참이었다.

그것들을 빈 골판지 상자에 채워 넣기 시작했다.

"친가용 명패, 여관용 간판, 각 방용 명패."

예전에는 두꺼운 명패용 나무를 쓰곤 했지만, 효과가 사라지면 교환해야 하기에 얇은 나무로 바꾸었다.

신목 쿠스노키로 만든 것이 아니라 예전부터 구입하고 있는 가게의 목재다. 쿠스노키가 아직 많이 남아있긴 하지만 한도가 있으니 친가용으로는 사용하지 않는다.

빈틈없이 채워 넣은 그 목재는 전부 편백나무였다.

"좋은 향기가 나네."

많이 맡아서 익숙해진 향기라 해도 결코 질리지 않는다. 이 향기가 온천을 떠올리게 해주기에 의도적으로 골랐다.

창틀에서 몸을 내밀고 있던 산신의 까만 코도 움찔거리고 있었다.

그다음은 열쇠고리다. 객실의 숫자보다 훨씬 많이 담아나갔다.

꽉 차버렸다.

"너무 많이 넣었나……, 그래도 없어지니까……. 이제 와서 생각하는 건데, 이렇게 많은 걸 보니 우리 여관이 그렇게 큰 곳이었나 하고 착각할 것 같네."

'쿠스노키 여관'의 규모는 본채에 객실이 세 군데, 별채가 두 동. 매우 자그마한 가족경영 온천 여관이다.

명패를 다 채워넣은 다음, 이번에는 두 번째 골판지에 예상치 못하게 손에 넣은 물건들을 넣었다.

그리고 마지막에 넣은 것은 나무를 조각해서 만든 장식물이었다.

동그란 받침대 위에 올려진 골프공 크기의 새. 물론, 봉황을 조각한 것이지만, 마무리를 하다가 섬세한 볏이 부러져 버려서 통통한 병아리가 되어버린 물건이다.

그 결정적인 순간을 목격해 버린 봉황은 유명한 그림, '절규' 같은 표정을 지었다. 그 이후로 한동안 아쉬운 듯이 부러진 볏 부분을 부리로 쿡쿡 쪼아대는 모습을 보고 미나토는 미안한 마음에 할복을 하고 싶어졌다.

그건 그렇고, 이 병아리만은 신목 쿠스노키로 만들었다.

미나토가 그것을 들고 빤히 바라보았다.

"이상하게 만들지는……, 않았겠지. 동자님이 기뻐해주면 좋겠는데."

미나토의 조각 솜씨는 연습을 거듭한 지금, 다른 사람에게 보여줘도 부끄럽지 않을 정도가 되었다.

하지만, 정작 동자님에게 보내는 선물은 볏이 부러져서 머리가 매끈해져 버렸다. 상대방이 봉황을 알지 못한다면 그냥 병아리라고 생각할 것이다.

"그걸 이쪽으로."

갑자기 목소리가 들리자 쌈지에 조각을 넣으려던 미나토가 멈췄다.

산신이 방석에 앉아 이쪽을 보고 있었다.

"이거, 제대로 못 만든 거야?"

"나쁘진 않다만, 좋지도 않다."

산신이 손짓했기에 미나토가 진지한 표정을 지으며 산신에게 가져갔다. 아직 나무를 조각하는 건 익숙하지 않아서 정화의 힘이 충분히 담기지 못한 모양이었다.

산신은 발치에 놓인 나무 조각상을 내려다보았다.

"이건 동자라는 자에게 줄 선물이겠지?"

"그럴 생각인데……."

산신은 등롱에 들어있는 천연석을 힐끔 본 다음, 앞발로 나무 조각상을 슬쩍 건드렸다. 금가루가 파앗, 흩어졌고, 실눈을 뜬 채 그 모습을 바라보고 있던 미나토가 두 눈을 감았다.

"눈이 부실 것은 알고 있었을 터인데."

"……그렇긴 하지만, 최대한 봐두고 싶어."

하지만, 마음만으로는 어떻게 해볼 수가 없다. 꽤 눈이 부셨는지, 눈가를 누르며 살짝 끙끙대고 있었다.

손을 내렸을 때는 산신이 이미 방석에 누워 있었다. 옆으로 몸을 눕힌 채 다리를 쭉 펴고 릴랙스 모드에 들어가 있다.

미나토는 나무 조각상을 지긋이 관찰했다. 딱히 변한 것은 없는 것처럼 보였다.

“산신님, 어떠한 힘을 써주신 겁니까?”

“뭐, 정화의 힘을 조금 강화해주었을 뿐이다.”

“네엣, 황송하옵니다.”

약간 까불대면서도 고마워하며 쌈지에 넣었다.

그리고 골판지에 동자에게 줄 과자를 채워 넣기 시작했다. 그 과자들은 진한 색일 뿐만이 아니라 매우 화려했다.

동자는 뭐든지 좋아하긴 하지만, 색이 화려한 것이나 희귀한—, 처음 보는 것들은 제단에 올려두면 곧바로 가져가는 경우가 많았다. 천진난만한 아이 그 자체 같은 성격이다.

“호기심이 왕성하기 때문이겠지.”

그동안 선물로 받았던 것들을 있는 대로 채워 넣었다. 중간에 봉투 하나를 든 미나토가 멈췄다.

잊고 있었다, 언젠가 당첨되었다는 것을.

그 포장지에는 ‘대형견용 껌, ~씹는 맛이 뛰어나기에 멍멍이가 틀림없이 포로가 될 겁니다!~’라고 적혀 있다.

미나토는 두 손으로 봉투를 들고 생각했다.

산신에게 개……, 늑대용 물건을 바친 적은 없다. 한 번도 없다.

산신은 으깬 팥소를 사랑하고, 쌀, 면류를 제외하면 대부분 맛있게 먹는다. 인간과 기호가 거의 다르지 않다.

하지만 틈만 나면 '나는 늑대다'라고 주장한다.

그렇다면 늑대가 선호하는 물건도 좋아할지 모른다. 개용이라고 적혀 있으니 아마 늑대도 괜찮을 것이다. 아마도, 분명히.

"산신 씨, 씹는 맛이 있는 걸 좋아하지?"

"으음. 때로는 단단하고 씹는 보람이 있는 것도 참으로 좋지."

좋아하는 모양이다. 물론 알고 있습니다. 뼈에 붙은 고기를 내주면 뼈까지 남김없이 드시니.

"그럼 이 씹는 맛이 좋다는 껌 줄까?"

보기 편하게끔 들어올렸다. 제일 먼저 그 금빛 눈에 들어올 '개용'이라고 적힌 쪽은 안 보이게끔. 미나토의 손목보다 약간 얇은 그 껌은 딱딱해서 이빨이 잘 단련될 게 분명하다.

말없이 시간이 흘렀다.

두두두두두. 침묵을 경쾌한 폭포 소리가 메꾸었다. 산신은 그저 이쪽을 보고 있기만 했다.

실수한 건가? 미나토는 그렇게 생각하며 마음속으로 식은땀을 흘렸다.

큰 늑대가 몸을 벌떡 일으켰다. 천천히, 느릿느릿, 매우 완만하게.

하지만, 그 시선은 껌에 고정되어 있었다.

"그것을 이쪽으로."

가슴을 펴고 앉은 모습은 오래된 신으로서의 위엄으로 가득 차 있었다.

하지만, 살랑살랑 멈추지 않고 흔들리는 그 꼬리는 기대감을 나타내주고 있을 것이다.

미나토는 가슴을 쓸어내리며 봉투를 뜯었다.

집하를 의뢰한 배달부가 와서 초인종을 누를 때까지. 으득으득, 뿌득뿌득, 뼛속까지 싸늘해지는 그 씹는 소리가 우아한 신의 정원에 메아리쳤다.

○

어떤 높은 산의 기슭에 있는 온천 지역. 약간 가파르게 흐르는 강 양쪽에 목조 여관이 군데군데 있고, 곳곳에서 김이 피어오르고 있다.

그 마을 변두리———, 강의 상류에 있는 '쿠스노키 여관'. 출퇴근하는 요리사가 있긴 하지만, 기본적으로는 가족들끼리 경영하는 그 여관은 결코 크지 않다. 목조 건물인 본채에 객실 세 군데, 그리고 별채 두 곳뿐으로 조촐한 규모였다.

그곳에 딸려 있는 전통 단독 주택이 미나토의 친가였다.

1층 거실에서 날씬한 중년 여자———, 미나토의 어머니가 차남에게 받은 택배를 뜯었다.

쌈지를 꺼냈다. 이건 사랑방 동자에게 보낸 물건이다. 물론 알고 있긴 했지만, 혹시나 하는 마음에 안을 확인했다.

꺼낸 나무 조각상을 들어 올리고는 미나토와 닮은 얼굴로 부드러운 표정을 지었다.

"어머, 귀엽네. 이거……, 올빼미지……?"

병아리인데. 그래도 뭐, 올빼미라 해도 통할 것 같다. 보통은 그런 법일 것이다.

빤히 바라보고 있던 어머니가 감탄하며 숨을 내쉬었다.

"돈을 받고 팔아도 될 수준이네. 내 아들이지만 재주가 좋아. 호부? 인가 뭔가를 그려서 돈을 버는 모양이던데, 이번에는 나무를 조각하기 시작했나? 미나토도 참, 목표가 대체 뭐니?"

의아해하며 다시 쌈지에 원래대로 돌려놓고는 제단에 바쳤다.

항상 사랑방 동자들———, 인간이 아닌 존재에게 바치는 공물은 제단에 바치고 있다.

그때, 장지문이 열리고 남편———, 미나토의 아버지가 고개를 내밀었다. 평범한 몸매에 얌전한 인상을 풍기는 사람이었다.

"여보, 별채 손님 말인데———."

그 말이 부자연스럽게 끊겼다.

어머니가 돌아보자 남편은 아래쪽을 보며 고개를 돌리고 있었다. 무언가를 좇아가고 있는 것 같지만, 거기에는 아무것도 없었고, 아무도 없었다.

어깨를 약간 움츠린 남편이 그런 행동을 할 때는 인간이 아닌 존재의 기척을 느낄 때다. 오랫동안 함께 산 어머니는 익숙했기에 놀라지도 않았다.

어머니가 제단을 보자 좀 전에 바쳤던 쌈지가 사라졌다.

아마 사랑방 동자가 들고 방에서 나갔을 것이다. 보통은 늦은 밤에 몰래 가져가는데. 남편은 말없이 아무도 없는 복도를 바라보고 있었다.

볼에 손을 댄 어머니가 어쩔 수 없다는 듯이 미소를 지었다.

"어머, 어머, 동자님도 참, 기다릴 수가 없었나 보네."

"뭘 가지고 간 거야?"

"미나토가 나무로 조각한 올빼미야. 동글동글해서 귀엽던데."

어머니도 미나토 이상으로 인간이 아닌 존재를 보기는커녕, 기척도 느끼지 못했다.

하지만 남편과 죽은 시아버지 덕분에 자신의 눈에는 보이지 않는 존재가 있다는 사실은 의심하지 않았다.

실제로 방금도 잠깐 눈을 돌린 사이에 쌈지가 홀연히 사라져 버렸다. 방의 출입구는 남편이 좀 전에 연 장지문뿐이고, 다른 창문과 문은 완전히 닫혀 있다.

인간이라면 결코 해낼 수 없는 일일 것이다.

"동자님이 꽤 기뻐하는 것 같던데."

남편은 볼 수가 없지만, 기척은 느낄 수 있다. 예전부터 함께 지낸 사랑방 동자의 희로애락 정도는 겨우 이해할 수 있었다.

"그렇구나. 그럼 미나토에게 가르쳐줘야겠네."

어머니는 신이 난 듯이 스마트폰을 꺼내서 메일을 보냈다.

"'아들아, 기뻐하거라. 동자님이 나무로 조각한 올빼미를 매우 마음에 들어 하는 모양이다. 다음에는 부디 어머니에게도 보내주길 바란다', 됐다. ——송신."

화면을 힐끗 본 남편이 살짝 한숨을 쉬었다.

“그 내용, 어떻게 좀 해봐.”

“어머, 왜? 뭐가 이상해?”

어머니는 시치미를 떼며 고개를 갸웃거렸다.

제 12 장 정화하소서, 깨끗게 하소서

신의 정원에는 음량이 약간 줄어든 폭포 소리만이 울렸다. 그곳 한가운데에서 쿠스노키가 오후 일광욕을 즐기고 있었다.

마루에 있던 미나토는 한지에 붓을 놀리고 있었다.

호부를 만드는 건 거의 일과가 되었다. 감각을 잊어버리지 않게끔, 그리고 조금이나마 능력을 키우고 싶기 때문이다.

미나토는 담담하게 창살 문양을 그려나갔다. 붓끝에서 한지에 정화의 힘———, 비취색이 스며들기 시작했다. 순식간에 자그마한 육각형들이 빛을 쫓아가며 겹쳐졌고, 강렬한 빛을 한지에 가두어 나갔다.

마지막 선을 그리던 도중에 한 육각형 모양이 일그러졌다.

그러자 단숨에 모든 육각형이 무너졌고, 빛을 완전히 가두지 못하게 되었다.

그 모습을 좌탁 맞은편에 앉아 있던 산신이 보고 있었다.

"비취색이 새어나오고 있다. 그대도 알고 있겠지만."

미나토가 눈살을 약간 찌푸렸다.

"그럴 것 같긴 했어. 마지막에는 집중이 끊겨서……. 고마워, 가르쳐 줘서."

으음, 산신이 그렇게 말하며 고개를 끄덕였다.

"오늘은 여기까지만 할게."

"그러는 게 현명할 게다."

가두는 힘은 한 번 흐트러져 버리면 다시 담기가 매우 힘들다. 초조해 해봤자 바람직한 결과를 낸 적이 없다. 그저 실패작만 양산하게 되어버린다.

그렇기에 가두는 힘이 흐트러지면 곧바로 알려달라고 산신에게 부탁했다.

좌탁 위에는 엄한 악귀 교관――, 봉황이 보이지 않았다. 아직 깨어나지 않았고, 미나토는 그동안에 조금이나마 실력을 키우기 위해 노력하고 있었다.

미나토가 손 근처에 있던 스마트폰을 조작했다. 타이머를 켜두고 육각형이 흐트러질 때까지 시간을 재고 있었다.

그리고 결과는――.

"딱 30분."

"저번보다 조금 늘어나지 않았나?"

"……3분 정도지만 말이지. 뭐, 늘어났으니 된 걸로 하자."

"눈에 띄는 성과는 중요한 법이다."

"그러게. 겨우 3분이라 해도 말이야."

"그까짓 3분, 그래도 3분이니라."

미나토에게는 보이지 않았지만, 산신에게는 보였다.

시간이 별로 늘어나지는 않았지만, 가두는 힘의 두께가 예전보다 더욱 강해졌다. 그리고 정화의 힘을 가둘 수 있는 시간도 훨씬 늘어났다.

지금 단계에서는 지속 시간이 한 달 정도에 불과하다.

물론, 하리마에게도 설명해 주었다. 그 정도뿐이더라도 호부의 사용 빈도가 높기에 전혀 문제가 없다고 했다.

하지만, 이대로 힘을 키워나가면 나중에는 연단위로 가둘 수 있게 될 것이다.

미나토가 스마트폰으로 시간을 확인한 다음, 하늘을 올려다보았다.

“아직 저녁이 될 때까지는 시간이 남았으니까 나무라도 조각할까?”

의외로 즐거워서 시간 가는지도 모르고 몰두하는 경우도 많다. 그 덕분에 실력이 점점 늘었고, 봉황의 볏을 부러뜨리지도 않게 되었다. 그렇게 될 때까지 병아리 조각상을 양산하게 되어버렸지만.

그리고 뜻밖에도 영귀와 응룡도 반응을 보였다.

자신도 조각해 보라고.

이유가 뭐지……, 미나토는 그렇게 깜짝 놀랐다. 이제 조각을 시작한 초보에게는 너무 부담되는 요구다. 솔직히 몸이 통통한 봉황은 간단한 축에 들기 때문이다.

영귀는 그나마 어떻게 될지도 모른다. 하지만 자잘한 부위가 너무 많은 응룡을 조각하려면 숙련된 기술이 필요할 것이다.

하지만, 모델을 해준다면 더할 나위 없는 기회일 것이다. 상상으로 만드는 것이 아니라 실물을 보고 조각할 수 있으니까. 더욱 강한 영험을 기대할 수도 있는 멋진 나무 조각상이 될 것이 틀림

없다.

완성시킬 수 있다면 말이지만.

"아직 실력이 부족하니까."

"괜찮지 않은가? 마침 '모데엘'도 일어난 모양이구나."

고개를 돌린 미나토가 석등을 보았다. 불주머니의 유리창이 열리고 있었다.

통, 통, 봉황이 경쾌하게 뛰어서 다가왔다. 마루 근처에서 멈추고는 몸을 한 번 젖혔다. 아마 허리를 펴고 있는 것 같다. 사령도 산신과 거의 비슷할 정도로 나이가 많으니까.

쿠스노키 저택 멤버의 최연소, 혼자서 평균치를 낮추고 있는 미나토는 그 모습을 바라보며 생각했다.

파닥파닥 날아온 봉황의 눈은 빛나고 있었다.

좌탁 위에 투욱, 착지하고는 늘어서 있던 호부 주위를 한 바퀴 돌며 확인했다. 고개를 끄덕이다가 마지막 한 장——, 실패한 것을 보았을 때만 날개를 화악, 펼쳤다.

눈썰미가 좋은 교관이 놓칠 리가 없다는 건 당연했다.

봉황은 등을 펴고 있던 미나토를 올려다보았다.

'나무를 조각할 건가? 지금부터 나무를 조각할 건가?' 온몸으로 그렇게 물어보고 있었다.

"잠깐만 기다려. 붓하고 벼루를 개울에서 좀 씻고 올게."

개울물——, 신수로 간 먹은 수돗물로는 지워지지 않는다.

그건 그렇고, 개울에서 씻는다는 게 무슨 말일까. 일반 가정에서는 그런 말을 할 일이 없겠다고 생각한 미나토는 쓴웃음을 지었다.

느릿느릿 몸을 일으킨 큰 늑대가 방석 위에 누웠다.

영차, 그렇게 편한 자세를 잡고는 숨을 크게 내쉬었다. 그렇게 이어진 동작은 정말 완만했고, 그야말로 산이 움직인 것 같았다.

자리를 매우 많이 차지하는 그 큰 몸집은 확고한 존재감을 뿜어내고 있었다. 얼마 전, 그 몸이 덧없이 사라져버릴 것 같았다는 것이 도저히 믿기지 않았다. 하늘에서 비스듬히 내리쬔 빛을 받고 있는 부분이 그 빛을 반사하며 힘차게 빛나고 있었다.

"산신 씨는 정말 눈에 부담이 심하다니까."

비난하는 듯한 말과는 달리, 붓과 벼루를 들고 일어선 미나토는 슬쩍 웃고 있었다.

목만 움직여 웃은 산신이 방석에 턱을 얹었다.

미나토가 샛길을 지나갔다. 그럴 때는 반드시 쿠스노키와 그 주변 흙의 상태를 확인한다. 떡잎이 세 개밖에 없는 쿠스노키는 나무라기보다는 풀의 일종으로 보일 만큼 작았다.

떡잎의 숫자도 전혀 늘지 않았고, 세로로든 가로로든 성장하지 않았다.

하지만 성장 속도가 느리긴 해도 활기찬 모습이었다.

미나토가 멈춰 서자 가장 커다란 잎을 마치 깃발처럼 좌우로 흔들어 주었다. 쿠스노키가 나름대로 인사를 할 겸, 건강하다는 어필을 하고 있었다.

건강한 건 기쁘지만, 너무 힘차게 움직여서 매번 잎이 떨어지지 않을까 걱정되었다.

“흙이 꽤 말랐네. 저녁 전에 물을 줄까?”

쿠스노키는 잠시 나뭇잎을 멈추고는 몸을 약간 앞으로 숙였다. 그리고 가장 작은 떡잎을 수직으로 세웠다. 매우 미안해하는 것 같다. 날마다 물을 잔뜩 섭취하는 걸 신경 쓰는 모양이다.

신경 쓰지 말라고 해도 쿠스노키에게는 닿지 않았다. 아무리 다른 나무와는 다르다고 해도 자신이 직접 물가까지 갈 수 있는 동물과는 경우가 다른데.

미나토가 붓과 벼루를 들어올렸다.

“잠깐만 기다려. 이걸 씻은 다음에 줄게.”

시야 가장자리에서 촤악, 물이 높게 솟구쳤다.

물이 커브를 그리는 부분, 용궁문이 있는 곳이다. 그곳 바위 가장자리에 응룡이 턱을 기대고 있다. 평소처럼 꼬리로 수면을 두드린 모양이다. 반짝이며 빛나는 눈이 미나토를 빤히 바라보고 있었다.

‘물을 주는 거라면 짐에게 맡기거라.’

그렇게 말하고 있다는 걸 태도로 알아볼 수 있었다. 응룡은 틈만 나면 쿠스노키를 성장시키려 하고 있다.

맡겨도 되려나, 고민하던 미나토는 쿠스노키를 보았다. 큰 잎과 중간 정도 잎을 교차시키며 가위표를 그리고 있었다.

힘껏 거부하고 있다. 응룡도 그 모습을 보고는 긴 수염을 축 늘어뜨렸다.

응룡이 만들어낸 구름에서 떨어지는 비에는 식물의 성장을 촉진시키는 효과가 있다. 힘을 어느 정도 되찾은 지금 응룡이라면 그 비를 내리면 다시 곧바로 쿠스노키를 거목으로 성장시켜 버릴 것이다.

쿠스노키는 미나토가 천천히 성장해줬으면 좋겠다고 원했기에 갑자기 성장하지 않게끔 매우 신경 쓰고 있었다.

"용 씨, 고마워."

일단 고맙다는 인사를 해두었다.

미나토가 개울 앞에서 멈춰섰다.

"아차. 통을 가져오는 걸 깜빡했네."

그렇게 중얼거린 순간, 뒤에서 덜컹, 소리가 울렸다.

어깨 너머로 보니 나무통이 달그락거리며 회전하고 있었다.

갑자기 나무통만 나타났다.

하지만, 세면기 정도 크기의 그 통을 누가 가져다주었는지는 굳이 생각해 볼 필요도 없다.

"고마워, 기린 씨."

둘러보지도 않고 나무통을 주워들었다. 기린의 몸은 너무 빨라서 알아볼 수가 없기에 일부러 주위를 향해 고개를 돌리지도 않았다.

마루 위쪽 지붕에 엎드린 자세로 있던 기린은 만족스러운 듯이 고개를 끄덕였다.

다리 가장자리에서 미나토가 나무통을 개울에 담갔다.

물의 흐름을 거슬러 가던 영귀가 그 앞을 가로질렀다. 산 모양의 등껍질과 머리가 개울 수면 위로 나와 있었고, 느릿느릿 다리 아래로 나아갔다.

미나토는 그 모습을 시야 가장자리로 보면서 신수를 가득 담은 나무통을 평평한 바위 위에 올려놓았다.

"영차."

파도치는 물은 한없이 맑고 투명했다. 탁하기는커녕, 부유물 하나도 보이지 않았다.

붓을 그 신수에 담갔다.

끄트머리가 수면에 닿은 순간, 먹이 원형으로 퍼져나갔다. 하지만 곧바로 검은색이 사라지고 투명해졌다. 털 부분을 전부 신수에 담근 무렵에는 먹의 흔적조차 없었다.

무색투명한 물에 하얀 털이 담겨 있을 뿐이다.

"몇 번을 해봐도 신기하네."

흔들어봐도 먹이 스며 나오지 않았다.

원래 붓을 사용한 뒤에 세척할 때는 물이 꽤 많이 필요할 것이다. 하지만 신수로 간 먹물은 투명한 신수에 담그기만 해도 먹의 성분이 사라져 버린다.

하지만 개울———, 예전에는 표주박 형태의 연못에 붓이나 벼루를 담그는 건 꺼려졌기에 항상 나무통을 이용하고 있다.

미나토가 나무통에서 붓을 들어올린 순간, 그림자가 드리웠다.

올려다보니 큰 새 한 마리가 신의 본체인 산 쪽으로 날아갔다. 멀리 떨어져 있기에 알아보기 힘들긴 했지만, 이 근처에서는 본

적이 없는 맹금류 같았다.

“어디서 온 거지? 여기에 들르지 않은 걸 보니 새 씨를 만나러 온 게 아닌가?”

들새들은 보통 봉황에게 다가오려 하는데.

미나토는 의아하다는 듯이 하늘을 계속 올려다보고 있었다.

옆쪽 머리카락———, 한쪽 머리카락만 약간 흔들렸다. 간지러운 느낌과 기묘한 느낌이 들어서 한쪽 귀를 눌렀다.

“……방금, 뭔가……, 들린 것 같은데……?”

한순간이었다. 바람과 함께 희미한 소리가 울린 것 같은 기분이 들었다.

마치 누군가가 귓가에 속삭인 것처럼.

몸을 숙이고 있던 미나토가 일어서려던 순간, 산신, 영귀, 응룡, 기린, 봉황이 일제히 같은 방향으로 고개를 돌렸다.

논밭쪽 하늘. 탁 트인 밭 너머, 작달막한 산꼭대기 근처.

푸른 하늘에 까만 점이 떠 있었다.

조금씩, 조금씩 다가오고 있다. 그 동그란 점이 확대되자 어두운 안개가 까만 점 여러 개를 뒤덮고 있다는 걸 알 수 있었다.

또다시, 독기를 두른 덩어리가 다가왔다.

하지만 그 속도는 얼마 전에 기린이 보여준 것에 한참 못 미쳤고, 훨씬 느렸다.

영차, 그렇게 소리를 내며 개울에서 영귀와 응룡이 올라왔다.

영귀가 지붕에 있던 기린을 보았다.

『일반적인 동물은 저 녀석처럼 빠르게 움직이지 못하니까.』

『그것이 유일한 장점이지. 허나 사악한 존재에게 사로잡힌 꼴이라니.』

『응룡 님, 시끄럽습니다.』

기린이 아래쪽에서 둥실둥실 떠 있던 응룡을 치켜뜬 눈으로 내려다보았다.

그 아래쪽 마루. 좌탁 가운데에 있던 봉황이 천천히 걸어가기 시작했다.

누워있던 산신이 하늘을 올려다보고 있던 봉황을 돌아보았다.

『거기 가만히 있거라. 미나토가 염려할 게다.』

봉황이 멈췄다.

하지만 발은 앞으로 나가고 싶어 하는 것 같았고, 날개도 살짝 펼치고 있었다. 가만히 있지 못하는 것 같다.

왜냐하면 다가오고 있는 그 까만 무리는 잔뜩 모인 새들이었기 때문이다. 큰 새부터 작은 새까지, 다양한 들새들——, 봉황의 아이들이었다.

일반적으로는 화려하고 다양한 색을 띠고 있을 새들이 모두 부정함을 두르고 지저분한 검은색으로 물들어 있다.

미나토의 시야에는 들새 무리가 날카로운 울음소리를 내며 날아오고 있는 것으로만 보였다.

하지만 하늘을 바라보고 있는 다른 자들의 분위기를 통해 미나토도 짐작하고 있었다. 저번과 마찬가지로 부정함을 탄 존재가 다가오고 있다는 것을.

미나토가 발치를 보았다. 아직 씻지 않은 벼루에는 먹이 남아 있다.

거기에 새하얀 붓을 담가서 뿌리쪽까지 까맣게 물들였다.

붓을 든 미나토가 대문을 나서자 제일 먼저 날아온 것은 뻐꾸기였다.

자갈길에 내려온 다음, 날개를 연달아 퍼덕이고 있었다. 몸에 달라붙은 부정함을 필사적으로 떨쳐내려 하고 있었다.

겨우 그 정도 움직임으로 몸에 달라붙은 부정함을 떨쳐낼 수는 없을 것이다.

미나토가 다가가자 날개를 접었다. 하지만 고개를 계속 흔들고 있었기에 괴로워하고 있다는 걸 알아볼 수 있었다.

붓을 겨누자 얌전해졌다. 그 이마에 정화의 힘을 담아 세로로 선을 그었다. 그 붓끝이 이마에서 떨어지기도 전에 부정함이 터져서 날아갔다.

곧바로 고통이 사라졌는지, 하얀 뻐꾸기가 눈을 여러 번 깜빡였다.

들새들이 차례차례 날아왔다. 문 앞에 도착한 새는 각자 버티기 힘들다는 듯이 울음소리를 내며 날뛰었다.

미나토는 깃털이 수없이 떠다니는 와중에 한 마리씩 머리와 날개에 먹칠을 해나갔다.

서른 마리째——, 제비 이마에 그린 선은 이미 희미해진 상태였다. 하지만 붓을 떼자 부정함 따위는 전혀 남아있지 않았다.

들새들에게 둘러싸인 미나토가 하늘을 올려다보았다.

이미 새들은 흔적도 없었다. 울음소리나 날갯짓하는 소리도 들리지 않았다. 부지 밖에 있던 녹나무들이 바람을 맞아 웅성대고 있었다.

"그 제비가 마지막이다."

창살문 너머로 부지 안에 앉아 있던 산신이 말했다.

그 까만 코는 경계에 아슬아슬한 위치에 있었다. 아무리 큰 몸집이 돌아왔다고 해도 부정함 덩어리에 다가가려 하면 미나토가 예민한 반응을 보일 것을 쉽게 예상할 수 있었다. 바쁜 미나토가 쓸데없이 신경 쓰지 않게끔 해주려는 배려였다.

실제로 산신을 돌아본 미나토는 안심하고 있었다.

"다들 새 씨를 만나러 왔지?"

미나토를 올려다보는 들새들은 전부 처음 보는 종류들뿐이었다. 멀리 떨어진 곳에서 일부러 찾아왔을 것이다.

"이제 안으로 들어가도 돼. 새 씨를 만나고 가."

"그러기 전에 탕에 들어가도록 하거라. 꽤 지쳤구나."

이야기를 듣고 보니 눈에 생기도 없고, 깃털도 거칠어진 것 같았다.

미나토가 창살문을 활짝 열자 날아서, 뛰어서, 느릿느릿 걸어서, 들새 무리가 우르르, 대문을 지나쳤다.

첨벙, 첨벙. 들새들이 연달아 노천탕에 뛰어들었다. 서른 마리가 전부 들어가자 약간 좁아 보이긴 했지만, 아직 여유는 있다.

한동안 탕에 몸을 담그고 있을 뿐이었지만, 나중에는 헤엄을 치거나 날개를 퍼덕이기도 했다. 겨우 몇 분 만에 활력을 되찾은 모양이다. 효과가 나타나는 시간이 정말 무시무시하게 빠르다.

미나토는 그 모습을 온천 가장자리 바위 밖에 서서 바라보고 있었다. 그 옆에 앉은 산신이 고개를 크게 끄덕였다.

"으음. 되살아났군."

"그 말이 딱 맞을 정도로 완전히 바뀌었네. 효과가 그야말로 극적이었어. 새들에게 활기가 넘치고 있고, 깃털의 윤기도 강해졌네. 피로를 풀 수 있다는 건 나도 몸소 체험해서 알고 있지만, 솔직히 이 정도까지 확 바뀔 줄은 상상도 못했거든. 새들은 몸집이 작아서 효과가 더 큰 건가?"

"지금은 특별히 피로 회복 효과를 늘렸기 때문이다."

"혹시 저번에 기린 씨가 들어갔을 때도?"

"그러하다."

어느새 산신이 온천을 조작한 모양이었다.

미나토가 온천을 들여다보았다. 수면에 깃털이 떠 있다는 것 말고는 아무런 차이도 없었다.

"――아니, 평소보다 김이 적게 피어오르는 것 같은데."

"미지근할 정도로 온도를 낮추었기 때문이지."

"오오, 산신님, 자상하시네."

거들먹거리고 있던 큰 늑대 옆에서 들새들이 한 마리, 또 한 마리, 그렇게 온천에서 뛰쳐나갔다. 떨어대는 그 몸에서 여기저기 물방울이 튀었다.

어쩔 수 없을 것이다. 그들은 평범한 동물이고, 신들처럼 나온 순간에 마를 리가 없으니까.

미나토가 어쩔 수 없다는 듯이 웃는 와중에 봉황이 좌탁에서 날아올랐다. 봉황은 신력을 이용해서 날기 때문에 날갯짓은 느렸다.

파닥파닥 미끄러지듯이 날아간 다음, 석등에 앉아서 돌아보았다. 이쪽을 보고는 '삑!'이라며 날카로운 목소리로 울었다.

들새들이 일제히 그쪽으로 향했다.

노천탕 주위를 물로 적시며 타박타박, 발자국을 잔뜩 냈다. 봉황은 그들이 마루 쪽으로 모이지 않게끔 석등 쪽으로 유도해 주었을 것이다.

"새 씨가 배려해준 건가? 그건 그렇고, 저번에도 생각한 건데……, 통솔력이 정말 대단하네."

"으음. 교육이 잘 되어 있구나."

"새 씨가 교육을 한 건 아닐 것 같은데."

그렇게 말하면서 온천을 보자 탕이 탁해졌고, 깃털이 잔뜩 떠 있었다.

"온천만 먼저 청소해야겠네. 그런데 깃털은 건져내더라도 탁해진 건 어떻게 해볼 수가 없겠어……."

"음, 나에게 맡겨 두거라."

산신이 가장자리에 있던 바위 중 하나에 앞다리를 투욱, 얹었다.

단숨에 탁해진 부분과 깃털이 사라져 버렸다. 평소처럼 온천 부유물이 떠다니는 탕으로 돌아와 버렸다. 따끈따끈하게 김도 피어오르기 시작했다.

미나토가 산신을 향해 합장했다.

"산신 님, 감사드립니다."

"뭐, 이 정도야. 식은 죽 먹기다."

으스대며 가슴을 펴고는 꼬리를 마구 흔들었다.

"그럼, 마루로 돌아갈까."

미나토가 그렇게 말하고는 등을 돌렸다.

그 대각선 뒤쪽, 산신이 논밭 쪽 하늘로 코를 돌렸다. 어두운 구름이 떠다니는 푸른 하늘이 펼쳐있기만 할 뿐, 이제 부정함은 어디에도 없다.

하지만, 두 눈을 가늘게 뜨고 코를 살짝 울려 소리를 냈다. 콧등에 주름을 살짝 드러내고는 불쾌하다는 듯이 고개를 돌렸다.

제 13 장 해산물, 잘 먹겠습니다

산에서 나는 것도 좋지만, 바다에서 나는 것 또한 좋다.

마루 앞에 설치한 풍로 위에 소라를 늘어놓던 미나토는 그렇게 생각했다.

뾰족뾰족한 소라는 근해에서 산지 직송――――, 풍신과 뇌신이 가져다 준 선물이다. 소라는 전부 커서 먹는 보람이 있을 것 같았다.

빨갛고 힘차게 달아오른 숯 위에서 소라의 입에서 수분이 끓었다. 거기에 간장, 술, 미림을 섞어 만든 조미료를 잔뜩 부었다. 부글부글, 갈색 거품이 나올 때쯤에는 주위에 고소한 향기가 풍겼다.

풍신, 뇌신, 산신은 마루에서 술을 마시고 있다가 지금은 풍로에 시선이 고정되어 있다.

특히 간장을 좋아하는 뇌신의 반응이 눈에 띄었고, 계속 기분 좋다는 듯이 웃고 있다.

"향기만으로도 술을 마실 수 있겠어."

"그렇게 말하면서도 손이 멈췄지만 말이지."

옆자리, 붉은 손에 들린 술잔을 힐끔 본 풍신이 그렇게 말했다.

소라 위로 피어오르는 증기 너머에 있던 미나토가 웃었다.

"뇌신님은 단맛을 좋아하시길래 미림도 넣었어요."

"고마워~!"

하트 마크가 마구 날아올 것 같은 윙크가 곧바로 돌아왔다.

오늘 점심 식사는 미나토와 세 신만 함께 했다.

봉황은 매번 그랬듯이 자고 있다. 영귀, 응룡, 기린은 외출했다. 권속들은 오지 않았다.

항상 음식을 옮겨주던 권속들이 없기에 요리사가 직접 가져다 주었다. 풍신과 뇌신에게는 소라를 그대로, 산신 몫은 젓가락으로 찔러서 껍질을 돌린 다음, 돌돌 말린 살을 꺼낸 상태로.

소라 항아리구이는 이번이 처음이다. 미나토의 손놀림을 보고 있던 인간형 두 신은 흉내를 내며 소라의 살을 끄집어냈다. 곧바로 해내는 걸 보니 손재주가 좋은 것 같다.

소라를 보고 즐기는 방식을 떠올린 미나토가 제안했다.

"다 드시면 껍질에 전통주를 따라 드셔보시겠어요?"

아앙, 입을 크게 벌리고 소라를 입에 넣으려 하던 뇌신이 딱 멈췄다.

"———상상도 못 해봤어. 인간들은 그렇게 마셔?"

"저희 아버지가 그렇게 마시더라고요. 남은 육수하고 합쳐져서 맛있다던데요."

술을 거의 마시지 못하는 미나토는 이해할 수가 없었지만.

뇌신은 들고 있던 소라 껍질을 빤히 바라보고 있었다.

그리고 미나토는 산신의 접시에 다시 발라낸 소라를 내려놓았다. 까만 코가 돌돌 말린 부분으로 다가갔고, 향기를 깊게 들이마시고 있었다.

"이 향기가, 좋구나……."

황홀하게 중얼거리고 있는 산신 옆에 큰 접시에 담긴 것이 또 있었다.

약간만 그을린 가다랑어다. 소라를 굽기 전에 껍질이 바삭바삭해지게끔 잠깐만 그을려 두었다. 썰어둔 양파 위에 두꺼운 가다랑어회가 늘어서 있다. 그 빨간 살 위에는 녹색 채소들이 잔뜩 담겨 있다.

그리고 거기에 듬뿍 부은 것은 마늘, 생강을 섞은 폰즈 간장. 산신이 좋아하는 조미료다.

산신은 시간을 듬뿍 들여 가다랑어를 즐기고 있었지만, 매콤달콤한 간장이 끓면서 끌어당기는 힘에는 거역하지 못한 모양이었다. 소라에 정신없이 빠져 있다.

소리를 내고 먹으며 김을 내뿜고 있던 산신의 눈은 황홀한 듯한 느낌이었다.

"———참으로, 참으로 죄가 무겁구나. 이 씁쓸한 맛이 꽤나 좋군."

"……그러게, 맛있네."

미나토는 선 채로 몇 초 만에 다 먹고 곧바로 풍로 쪽으로 돌아갔다.

산신이 그 뒷모습을 바라보며 고개를 천천히 저었다.

"그렇게 빨리 먹지 말라고 아무리 말해도 듣질 않는구나."

"그러게. 그래도 뭐, 말을 안 듣는 건 마찬가지 아닌가?"
뇌신이 슬쩍 태클을 걸었는데도 산신은 아랑곳하지 않았다. 와구와구, 소라를 입에 넣었다.
"일단 씹긴 하는 것 같으니까, 문제는 없겠지."
미나토는 풍신의 목소리를 어깨너머로 들으며 놋쇠 솥——, 더치 오븐에 올리브 오일을 둘러서 넣었다. 재빨리 잘게 썬 마늘을 넣고 살짝 볶으면서 양파도 썰었다.

젓가락으로 가다랑어를 집은 뇌신이 코를 울리며 소리를 냈다.
"마늘 향기는 왜 이렇게 매혹적인 걸까."
"완전히 마음에 든 모양이구나."
"그래, 정말이야. 여기에 와서 처음 먹었을 때는 충격적이었다니까."
신들의 대화에 귀를 기울이면서도 미나토의 손은 끊임없이 움직이고 있었다.
양파가 투명해질 때까지 볶은 다음에는 쌀을 넣었다. 까맣게 반들거리는 솥 옆에 있는 작은 받침대 위에는 미리 손질해둔 어패류가 준비되어 있다. 껍질을 벗기지 않았고 커다란 새우, 오징어, 바지락.
물론, 뇌신과 풍신이 가져다 준 것들이다.

미나토가 열심히 만들고 있던 것은 빠에야다.
산신 일가는 쌀을 전혀 먹지 않는다. 거의 술만 마시는 사령은 굳이 말할 것도 없다.

풍신과 뇌신은 즐겨 먹는다. 그렇기에 그들이 놀러 왔을 때는 항상 밥을 했다.

항상 해산물을 가져다 주기에 그걸 써서 요리를 하곤 하는데, 오늘은 서양풍으로 해보았다. 어패류의 맛이 한데 뭉친 쌀은 풍신과 뇌신도 분명히 마음에 들어할 것이다.

부용 수프와 어패류를 넣은 솥이 부글부글 끓기 시작하자 미나토가 뚜껑을 덮었다.

빠에야는 스페인의 가정 요리이고, 수고를 많이 들이지 않아도 맛있게 만들 수 있다. 예전부터 자주 만들어서 익숙하기도 했다.

미나토의 친가는 온천 여관을 경영하고 있고, 부모님은 매우 바쁘다.

게다가 할아버지가 '남자든 여자든 상관없다. 자기 일은 자기가 하는 게 당연한 거다'라는 신조를 지니고 있었다.

그렇기에 미나토와 여섯 살 연상인 형도 어렸을 때부터 집안일을 전부 배웠다.

미나토는 친가를 떠난 뒤 쿠스노키 가문의 교육 방침에 대해 매우 고마워하고 있다. 살아가는 데 있어서 문제될 것이 없기 때문이다.

특히 요리. 누구나 친가의 맛——, 어렸을 때부터 익숙해진 맛은 특별할 것이다. 생각이 났을 때 곧바로 먹을 수 없는 상황에 처하면 더더욱 그 맛이 그리워질 때도 있다.

하지만 미나토는 그런 상황이 되더라도 아무런 문제도 없다. 쉽사리 전부 재현할 수 있다.

"말은 그렇게 해도 어머니의 맛에는 미치지 못하지만."

감정을 담아 그렇게 중얼거리고는 솥뚜껑을 열고 파프리카를 늘어놓은 다음, 뚜껑을 다시 닫았다.

식재료, 조미료, 순서. 전부 똑같이 하더라도 맛이 미묘하게 다른 것처럼 느껴지는 게 신기했다. '당연히 가족에 대한 애정을 듬뿍 담았기 때문이지'라고 딱 잘라 말하는 사람이 쿠스노키의 어머니다.

잠시 후, 빠에야가 완성되었다.

풍신과 뇌신에게 가져다 준 미나토는 그제야 마루에 앉았다.

빠에야가 듬뿍 담긴 접시에 뇌신이 코를 가져다 대고는 향기를 즐겼다. 풍신도 기쁜 듯이 젓가락으로 새우를 집었다.

그런 한편, 미나토는 벌써 절반 가까이 먹어치운 상황이었다.

결코 와구와구 입에 쓸어 담는 식으로 먹지는 않는다. 동작이 매우 깔끔하긴 하지만, 시원스러운 표정을 지으며 제대로 씹기는 한 건지 의심스러운 속도로 소화시켜 나간다.

그런 미나토를 본 뇌신이 무심코 물어보았다.

"맛은 어때?"

"물론, 맛있죠."

미나토는 곧바로 음식을 삼키고는 대답했다.

"맞다, 깜빡 잊고 있었네. 좋은 술이 있는데. 금방 가지고 올게요."

"아, 응. 기쁘긴 한데, 다 먹은 다음에 가져와도 돼."

접시를 옆에 내려놓고 일어서려 한 미나토를 풍신이 말렸다. 아직 온천 여관의 종업원 체질이 몸에 배어 있던 미나토는 식사 중에도 바쁘게 움직이곤 한다.

"느긋하게 먹거라. 나까지 정신이 사납구나."

"———알겠어."

기어코 산신에게까지 그런 말을 들어버렸다.

잠시 후, 빈 접시가 늘어난 무렵, 아껴두었던 준마이 다이긴죠를 풍신과 뇌신에게 대접했다.

그것은 신기하게도 미나토가 일부러 산 물건이었다. 단골 가게인 탄바 술집에서 가장 추천하는 다이긴죠였다.

평소에도 신세를 지고 있는 바람의 힘을 빌려준 풍신에 대해 보답하는 마음이 담겨 있다.

좀처럼 손에 넣기 힘든 물건을 쉽사리 손에 넣은 것을 보니 술꾼 사령의 가호가 대단하긴 한 것 같았다.

풍신이 바닥에 뱀눈 모양이 그려진 잔에 코를 가져다 댔다. 진한 향기를 확인하고는 미소를 지었다.

"과일 향기가 나네. 이거, 차갑게 식혀 먹는 게 향이 더 살아날 것 같아."

풍신과 뇌신은 기본적으로 상온인 술을 선호하지만, 가끔 차갑게 식힌 술이나 데운 술을 원할 때가 있다. 그렇다고 해도 미나토가 할 일이 늘어나는 것은 아니다.

알아서 온도를 마음대로 바꿀 수가 있으니까.

풍신이 손 근처를 내려다보았다.

곧바로 얼음 결정을 동반한 바람이 잔 주위에 휘몰아쳤다. 반짝반짝 빛을 반사하는 얼음가루———, 다이아몬드 더스트가 발생했다.

미나토는 매번 풍신의 능력에 푹 빠지곤 했다.

오늘도 옆에서 빤히 바라보고 있자니 냉기가 감돌기 시작했다. 팔에 소름이 돋았지만, 순간적인 것이라 금방 사그라들었다.

겨우 몇 초 만에 상온이었던 술이 차가워져 버렸다. 표면이 하얗게 흐려진 잔을 풍신이 기울이자, 바닥에 그려진 뱀눈과 산신의 눈이 마주쳤다.

풍신은 항상 단숨에, 목에 흘려 넣듯이 마신다. 차분히 맛을 보는 느낌은 아니지만, 술을 즐기는 방식은 각자 다른 법이다. 만족해 준다면 불만은 없다.

"응, 차갑게 식힌 게 목 넘김도 좋네."

"그래? 나는 데워서 마셔야지~."

뇌신이 두 손으로 잔을 감싸듯이 들었다.

주위에 열기가 희미하게 감돌았다. 급속도로 온도가 올라간 술에서 술기운이 강하게 뿜어져 나왔고, 김도 피어올랐다. 아무렇지도 않게 행사하는 그 힘을 보고 미나토는 그저 감탄하고만 있었다.

번개를 발생시키는 것이 아니라 술의 온도만 높인 그 상황이 어떤 원리인지 전혀 이해가 되지 않았다.

하지만, 시선이 그쪽으로 고정되어버렸다. 그리고———.

"항상 생각하는 건데요, 정말 편리하네요."

뇌신이 활짝 웃고는 몸을 앞으로 내밀었다.

"그렇지? 그렇지? 맞아~, 정말 편리하다니까. 내 힘도 가지고 싶어졌어? 빌려줄까?"

"아, 안주가 부족한 것 같네요. 가지고 올게요."

미나토는 틈만 나면 힘을 주려고 하는 뇌신을 보고도 슬쩍 흘려 넘길 수 있게 되었다.

"가다랑어는 아직 충분히 남아있다만."

하지만, 여전히 가다랑어를 먹고 있던 산신이 말렸다.

그 앞에 있던 접시는 아직 절반 정도가 채워져 있었다. 차분히 맛을 보시는 분이라 먹는 속도도 매우 느리다.

풍신과 뇌신이 먹을 음식도 아직 잔뜩 있다. 도망치려던 미나토가 주전자를 들고는 자신의 찻잔에 차를 따랐다.

"그런데, 바람의 목소리가 들리기 시작했지?"

풍신이 아무런 맥락도 없이 그렇게 물었다.

그렇게 물어보며 똑바로 바라보았고, 말투도 단정 짓는 듯한 느낌이었기에 미나토는 당황할 수밖에 없었다.

"바람의……, 목소리……?"

투욱. 주전자를 좌탁 위에 내려놓았다. 찻잔을 든 채로 생각에 잠겼다. 그동안 세 신은 마음대로 먹고 마시고 있었다.

잠시 후, 미나토는 떠올렸다.

신의 본체인 산에서 덩굴 다리를 본 다음, 부정함을 탄 들새 무리를 정화한 다음, 갑자기 사람의 목소리처럼 억양이 있는 소리를 들은 적이 있다는 것을.

"그게 바람의 목소리였나요? 아니, 바람에 목소리가 있어요?"

"나 자신이 그걸 구현화한 존재인데."

"목소리뿐만이 아니라 형태까지 있네요……."

이제 와서 무슨 소리를 하는 거냐는 듯이 어이없게 바라보는 세 쌍의 시선을 보니 껄끄러워졌다.

"그 목소리는 바람의 아이――, 바람의 정이라고도 불리는데, 어디선가, 누군가가 이야기한 목소리 같은 걸 너에게 전해준 거야. 그러니까 귀를 잘 기울여 줬으면 해."

"그냥 듣기만 하면 되는 건가요……?"

"그래, 그들에게 의식을 기울이고 들으려 하는 자세가 중요하거든."

산신이 하늘을 돌아보았다. 지붕 약간 위쪽에서 신위가 크게 열렸다.

차례차례 자연의 바람――, 바람의 정이 들어왔다. 풍신을 좀 더 어리게, 작게 줄인 것 같은 그 이등신 정도의 새끼 악귀 같은 모습.

그 바람의 정들이 미나토 주위로 우르르 몰려들어서는 시끌시끌 제멋대로 떠들어댔다.

하지만 미나토는 바람의 흐름만 느낄 뿐, 모습도 보지 못했고, 목소리도 듣지 못했다.

약간 눈살을 찌푸리며 귀에 의식을 집중시켰다.

하지만, 역시 들리지 않았다.

잠시 그렇게 있자니 귀 위에 닿은 바람에 섞여서 사그라들 듯이 희미한 소리가 들리기 시작했다.

높지도, 낮지도 않은 그 목소리는 사람의 목소리가 아닌 것 같다는 정도만 알아들을 수 있었다.

그것도 신경 쓰이긴 했지만, 산신의 입에 늘어진 채소가 시야 가장자리에서 계속 어른거려서 견딜 수가 없었다.

"두 눈을 감거라."

산신이 그렇게 조언을 해주었지만, 입가에 삐죽 튀어나온 채소 줄기가 신경이 쓰여서.

뇌신이 가다랑어회를 양념에 듬뿍 찍었다.

"인간은 시각을 중시하니까."

"그런 모양이야. 눈을 뜨고 있으면 더 많은 정보가 들어오는 그쪽에 정신이 팔려서 다른 쪽이 소홀해지지."

"그러게. 우리는 이해할 수가 없단 말이지."

뇌신이 한 손을 흔들며 산신을 바라보고 있던 미나토에게 재촉했다.

"자, 어서 눈을 감으라고. 어차피 네 눈은 잘 보이지도 않으니까 뜨고 있어봤자 소용이 없잖아."

맞는 말이긴 하지만, 말이 너무 심한 것 같다. 뇌신은 정말 직설적으로 말하곤 한다.

미나토는 복잡한 표정을 짓고 있다가 순순히 눈을 감았다. 마음속으로 바람의 목소리를 들어보고 싶다, 듣고 싶다고 생각하면서.

"뭐, 내 아이들은 꽤 변덕스러워서 매번 유익한 정보를 가져다주는 게 아니지만 말이지."

"척 보기에도 네 아이들이니까."

풍신은 뇌신이 중얼거린 말에는 전혀 반응을 보이지 않고 직접 자기 술을 따랐다.

다시 미나토의 한쪽 머리카락이 흔들렸다.

바람의 정은 한쪽 귀에만 말을 거는 모양이었다. 그래서 그쪽 귀에만 의식을 집중했다.

잠시 노력해 보았지만, 확실한 소리는 알아들을 수가 없었다. 잡음이 좀 들린 것 같기도 했지만, 그건 자기 안에 흐르는 피 소리인지도 모르겠다.

정좌한 다리 위에 주먹을 쥐어서 올려놓고, 최대한 귀를 기울이고 있던 미나토 옆에서 풍신의 잔이 얼음 가루에 감싸였다. 그러자 바람이 옆으로 불었고, 정원을 향해 수많은 얼음 결정이 가늘게 나부꼈다.

"이놈, 그러면 안 되지. 장난치지 말라고."

재빠르게 도망친 바람의 정을 풍신이 나무라고 있자니 미나토의 귓가에서 깔깔대며 즐거운 듯이 웃는 목소리가 들렸다.

"아, 웃고 있나?"

"응. 정말 즐거운 듯이."

미나토가 눈을 뜨자 풍신이 다 마신 잔을 옆에 내려놓았다.

"네가 내 아이들의 목소리에 귀를 기울이는 자세를 유지한다면 지금보다 더 목소리나 다른 소리를 가져다주게 될 거야."

"풍신님이 저번에 제 주위에서 일어난 일에 대해 알고 있었던 것처럼 말인가요?"

풍신이 고개를 갸웃거리고는 입가를 살짝 치켜올렸다.

"맞아, 직접 촌스럽게 훔쳐 듣지 않더라도 그들에게 물어보면 그때 났던 소리를 한마디도 빼놓지 않고 재현해 주거든."

"재현?"

"응. 솔직히 바람의 아이들은 지능이 그리 높지 않아. 인간이 하는 말이 어떤 의미인지도 잘 모르지. 그래서 그때 난 소리만 그냥 흉내 내는 것에 불과해."

"그렇군요."

따스한 바람이 미나토의 한쪽 팔을 휘감았다. 그쪽을 향해 물어보았다.

"어제 여기서 들은 소리를 가르쳐줄래?"

주의 깊게 귀를 기울였지만, 딱히 아무런 대답도 돌아오지 않았다.

"나는 의사소통을 자세하게 할 수 있지만, 인간인 너는 아마 힘들 거야."

풍신이 가다랑어회에 잘게 썬 양파를 듬뿍 얹으며 미나토를 보았다.

"뭐, 과거에 일어났던 일에 대해 알고 싶은 것 정도는 조만간 가르쳐주게 되겠지만."

부드러운 바람이 미나토의 윗몸을 빙글빙글 휘감았다. 풍신이 웃었다.

"그리고 좀 더 마음에 들면 언젠가 멀리 있는 누군가의 목소리를 가져다주거나, 네 목소리를 멀리 있는 자에게 닿게 만들어줄 수도 있어."

바람의 정들이 장난을 치자 미나토의 머리카락이 흐트러졌고, 겉옷 소매가 펄럭였다.

미나토가 손바닥을 위로 돌리고 팔을 앞으로 뻗었다.

따스한 바람 덩어리가 팔을 빙글빙글 돌며 타고 가서 손바닥 위에서 뱅글뱅글 회전한 다음, 곧바로 하늘 위로 도망쳤다.

정말 변덕스러운 모양이다. 길들이려면 고생 좀 할 것 같다.

"나를 마음에 들어 할 날이 언제쯤 올까……."

미나토가 쓴웃음을 짓고 있던 와중에 산신이 턱을 들어올렸다.

곧바로 하늘 위에서 바람이 쏟아져 내렸다. 바람 덩어리가 큰 늑대를 둘러싸고는 긴 털을 하늘하늘 나부끼게 만들다가 다시 하늘 위로 돌아갔다.

아무리 봐도 바람의 정은 산신에게 대답하는 것 같았다.

"……산신 씨, 바람의 아이들하고 친구야?"

거만하게 몸을 뒤로 젖히고 있는 산신의 입에는 이제 채소가 보이지 않았다. 위엄을 지키고 있다.

"으음. 오랫동안 함께 지냈으니."

"그야 오랫~동안 함께 지내기도 하겠지. 우리는 이 별이 생긴 뒤 얼마 지나지 않아서 개념 자체는 있었으니까."

뇌신이 아무렇지도 않게 말하자 미나토의 표정이 진지하게 바뀌었다. 터무니-없이 긴 세월이기에 정신이 아득해질 것 같다.

뇌신은 깔깔 웃었다.

"이런, 나이를 들켜버렸네."

"이제 와서 무슨. 뭐, 예전 기억은 애매하지만 말이야. 정신을 차리고 보니 대륙의 위치가 바뀌어 있었던 적도 자주 있었고."

먼 곳을 바라보던 풍신도 맞장구를 쳤다.

"그러게~."

"틈만 나면 움직여 대곤 했으니, 예전에는 정말 정신이 없었다."

질색하는 분위기를 드러낸 산신 옆에서 미나토는 말없이 차를 마셨다.

이야기를 따라잡을 수가 없다. 신들과 인간 사이를 가로막는 시간의 개념 차이는 어쩔 수가 없다.

"뇌신이 자주 번개를 떨어뜨린 탓에 산이고 지면이고, 전부 깊게 헤집어졌지."

"즐거웠거든. 젊은 혈기로 벌인 실수잖아, 귀여운 거라고."

"작은 섬을 하나 없앤 건 너무 심한 것 같긴 하지만."

산신과 풍신이 잔소리를 하는데도 '그래애?'라며 아랑곳하지 않던 뇌신이 잔에 술을 채웠다.

"그건 딱 한 번뿐이었잖아. 그리고 내가 구멍을 뚫은 지면은 지금 거의 다 호수가 되었으니 괜찮지 않아? 철새들이 쉬어가는 곳으로 도움이 되고 있잖아. 오늘도 이곳에서 제일 가까운 마을 남쪽에 있는 호수에 새들이 잔뜩 왔고."

"그건 결과론에 불과해."

"거기, 예전보다 훨씬 활기차더라. 인기가 많은 명소가 되었으니 괜찮은 거 아니야? 안 그래?"

갑자기 화제가 넘어오자 미나토는 헛웃음을 지을 수밖에 없었다.

제 14 장 바람의 소식은 좋은 소식?

햇님이 기울기 시작한 지 오래된 시간대. 잠깐 물건을 사러 나와서 쇼핑을 마친 미나토가 상점가를 걸어가고 있었다.

버스 정류장을 향해 걸어갈수록 사람들이나 건물들이 줄어들었다. 느긋하게 걸어가는 미나토 주위에는 신기하게도 동물들이 없었다.

지금은 진짜로 혼자다.

어깨나 보디백 안에도 봉황은 없었고, 마치 스토커처럼 미행하곤 하는 기린도 없었다.

약간 땀이 나는 더위 속에서 모퉁이로 돌아서려던 순간, 갑자기 돌풍이 등을 떠밀었다. 몸이 약간 기울 정도로 강한 기세였다.

어떤 신역의 초대일지도 모른다, 그렇게 생각하며 긴장했다.

양쪽 다리에 힘을 주고 제자리에 버티려 하고 있자니 한쪽 귀 위의 머리카락이 흔들렸다.

작은 웃음소리가 들렸다. 쿡쿡, 소리가 울리는 느낌이 들었다.

미나토는 곧바로 고개를 돌렸다.

오른쪽에는 낡은 건물, 그 맞은편에는 일반적인 민가. 앞쪽 길 너머에는 사람들이 희미하게 보이긴 하지만, 거리가 너무 멀다. 왼쪽은 빈 가게. 뒤쪽에는 방금 걸어온 포장된 도로뿐.

목소리가 들릴 만한 범위 안에는 아무도 없다. 한산한 주택가에는 목소리를 낼 만한 사람이 없었다.

미나토가 귓불을 잡았다. 인간이 아닌 존재———, 바람의 정의 소행일 것이다. 아직 곧바로 확신할 수는 없지만, 아마 그럴 거라는 짐작을 하고 있었다.

하지만, 자기도 모르게 제일 먼저 시각에 의존해 버렸다. 내 눈으로는 볼 수도 없는데.

"아……."

무심코 성장하지 않은 자신 때문에 낙담하는 목소리를 내버렸다. 그러자 따스한 바람 덩어리가 어깨를 스쳤다.

신경 쓰지 마, 그렇게 위로해주는 것 같기도 했다.

곧바로 휘익, 소리를 울린 바람이 한쪽 팔을 스쳐갔다.

"차가워……."

냉기를 느낀 팔이 이번에는 미지근한 바람에 감싸였다. 그리고 머리카락에, 어깨에, 등에, 다리에. 축구공 같은 공기 덩어리가 툭툭 닿고 있다.

각각 미묘하게 온도가 달랐고, 마치 각자 자신의 존재를 주장하는 것 같았다.

전혀 아프지 않았다. 악의도 느껴지지 않았다. 그냥 장난을 치는 모양이었다.

덩어리의 숫자로 보아 꽤 많은 바람의 정이 둘러싸고 있다는 건 틀림없다.

장난치고 있는 거겠지, 미나토는 머리 위에서 분 따스한 바람을 맞으며 그렇게 생각했다.

다른 사람들이 안 보고 있어서 다행이라고 해야 할까. 아니, 바람은 다른 사람들이 없어질 때까지 기다리고 있었던 것 같다.

하지만, 언제 누가 볼지 모른다. 멈춰 서 있는데도 몸 여기저기가 움직이는 모습은 부자연스럽게 보이기만 할 것이다.

그렇게 생각한 미나토가 걸어가기 시작하자 귓가에서 까앙, 까앙, 까앙, 큰 소리가 울렸다. 오랫동안 못 들었지만, 예전에 자주 들어서 익숙한 소리였다.

"이 소리, 건널목 소리인가?"

정답~, 그렇게 말하는 듯이 등에 따스한 바람이 닿았다.

이번에는 반대쪽 귀에 뻐꾸기 소리가 울렸다.

"횡단보도 신호등 소리지?"

그 뒤를 이어 삐약삐약, 울리는 소리.

"이것도 횡단보도."

한쪽 팔에 미지근한 바람이 달라붙었다. 불만스러운 것 같은데, 착각인가?

"———아마, 뻐꾸기는 큰길 횡단보도 신호등이었고, 삐약삐약은 좁은 길 횡단보도 신호등 소리였던 것……, 같은데."

화악, 위에서 분 그 따스한 바람은 기분이 좋은 것 같았다.

머리카락이 헝클어져서 앞머리가 눈에 닿았다.

"슬슬 머리도 잘라야 할 것 같은데……."

머리카락을 다듬고 있자니 쏴아, 바로 옆에 있던 산울타리 표면이 바람에 쓸려갔다. 튀어나와 있던 나뭇가지와 나뭇잎이 멋지게 다듬어졌다. 미나토의 키보다 더 큰 산울타리가 전기톱으로는 도저히 불가능한 속도와 범위로 단숨에 깎여나가 버렸다.

마음만 먹으면 미나토도 할 수 있긴 하지만, 전조도 없이 그런 일이 벌어지니 심장에 부담이 컸다.

아마 바람의 정은 '머리를 깎아줄까?'라고 말했을 것이다.

"———고마워. 그래도 사양할게."

전부 밀어버리면 큰일이니까.

바람의 정은 그 이후로 반응을 보이지 않았다. 역시 의사소통은 어렵다.

미나토가 발치를 보았다. 도로에 나뭇잎과 나뭇가지가 꽤 많이 떨어져서 미안하다는 느낌이 들었다. 곧바로 거센 바람이 불어서 하늘로 떠올리고는 어디론가 멀리 보내버렸다.

미나토를 중심으로 따스한 느낌과 싸늘한 느낌이 드는 새끼 악귀 무리가 빙글빙글 돌면서 꺄악꺄악 웃음소리를 내고 있다. 그렇게 떠들썩한 목소리가 들리긴 했지만, 얼마나 많이 있는지는 짐작도 되지 않았다.

만약에 바람의 정을 볼 수 있는 사람이 있다면 지금 내 주위가 어떤 식으로 보일까. 물어보고 싶기도 하고, 아닌 것 같기도 하고. 미나토는 약간 겁이 났다.

바람의 정들에게 이런저런 소리를 들으며 무슨 소리인지 맞추거나 틀리던 도중에 버스 정류장이 보이기 시작했다.

몇 사람이 한 줄로 서서 버스를 기다리고 있었다.

다른 사람이 있을 때는 바람의 정들도 얌전히 있다.

여기서 헤어지나 싶었는데, 귓가에 여러 종류의 소리가 울렸다.

용피리 소리, 북소리, 방울소리.

아악이다.

축제처럼 떠들썩한 느낌이 아니라 엄숙한 의식을 연상케 하는 음색이었다.

"신사에서 들어본 적이 있는 것 같아."

작은 목소리로 말한 순간, 몸 한쪽에 따스한 바람이 불어서 옆으로 쓰러질 뻔했다.

"으앗, 어, 잠깐만."

그리고 한쪽 다리가 떠오르더니, 등에도 바람이 불어서 억지로 방향을 바꾸게 되었다.

그 한쪽 다리가 내디딘 곳은 횡단보도 앞. 그 횡단보도 건너편에 마을 사이로 놓인 샛길이 이어져 있었다.

미나토는 산책을 거의 하지 않기에 자주 다니는 길만 다닌다. 그렇기 때문에 그 샛길이 어디로 이어져 있는지 알 수가 없었다.

신호등이 푸른색으로 바뀌자 등 전체에 따스한 바람이 닿았다.

횡단보도를 건너라며 재촉하고 있는 것 같았다. 어디론가 가자고 초대하는 모양이었다.

"――알았어."

오늘은 집에 갈 예정이었지만, 저녁이 되려면 아직 시간이 남았다. 이대로 변덕스러운 바람의 정들과 함께 하는 것도 괜찮을 것 같다.

즐거워 보이는 바람에게 등을 떠밀리며 빠르게 걸어간 미나토는 버스 정류장에서 멀어져 갔다.

온도가 다른 바람이 끊임없이 뒤쪽, 옆쪽으로 불어오는 와중에 미나토는 계속 걸어갔다. 주택가를 넘고, 논두렁길을 넘고, 다시 주택가를 넘어가자 갑자기 시야가 탁 트였다.

길 너머에 작달막한 산이 있었다.

미나토는 굳은 표정을 지었다. 꽤 걸어왔는데, 이제 산을 넘어야 하나, 그렇게 각오를 다졌을 때, 주위 경치를 본 적이 있다는 사실을 깨달았다.

깔끔하게 삼각형 모양인 그 산꼭대기에 붉은색으로 눈에 띄는 신사가 보였다.

그 천호와 권속인 츠무기가 사는 여우 신사다.

그 뒤에는 산신의 본체인 산이 솟아 있다.

"의외로 상점가에서 가깝구나. 여기에서는 집도 그리 멀지 않겠어."

괜찮은 지름길을 배웠다.

그렇게 중얼거린 미나토 앞을 여러 사람들이 지나쳤다.

그들이 향한 곳, 여우 신사로 이어지는 가파른 계단 입구에 사람들이 모여 있었다. 토리이 쪽으로 사람들이 우르르 몰려들고 있었다.

척 보기에 신사와 토리이는 저번에 보았을 때와 달라진 게 없는 것 같았다. 하지만 토리이에서 나오는 사람들 중에 뭔가 꾸러미를 들고 있는 사람들이 있었다.

다시 미나토의 한쪽 귀에 많은 사람들이 웅성대는 소리와 아악 소리가 울렸다. 그 소리는 좀 전에 들었던 소리였다. 바람의 정들은 여우 신사에서 진행되는 행사 소리를 들려준 모양이었다.

"신사에서 뭔가 하고 있는 모양이네."

근처이긴 하지만, 전혀 알지 못했다. 미나토는 산신만큼 지역 정보를 열심히 확인하지 않는다.

산신은 작년에 명절 행사나 여름 불꽃놀이, 겨울 축제에 대해 가르쳐주곤 했지만, 근처인 여우 신사의 행사에 대해서는 전혀 가르쳐주지 않았다.

산신에게 완전히 무시당하고 있는 신사이긴 하지만, 평일 저녁인데도 불구하고 많은 사람들이 모여들었다.

이 여우 신사는 큰 신사라고 할 수 없는 규모였고, 계단도 가파른데다 좁다. 그런 곳인데도 사람들이 끊임없이 모여들었고, 이 지역에 주민들이 이렇게 많았나 하는 생각에 놀랐다.

"인기가 많네……."

눈길을 끄는 그 붉은색 토리이가 있는 여우 신사는 일본 곳곳에 있다. 신사의 규모와는 상관없이 보통은 자주 다니는 사람이 있는 법이다. 미나토의 친가 근처에 있는 여우 신사도 그랬다.

이렇게 많은 사람들이 오는 곳의 신인 천호가 강하다는 것도 어떤 의미로는 납득이 되었다.

하지만 그 인파 속에 끼어들 생각은 들지 않았다.

미나토가 집으로 가기 위해 발을 내디디려 하자, 다시 귓가에 소리가 들렸다.

날카로운 새의 울음소리.

듣는 사람을 불안하게 만드는 소리, 비명과도 같은 소리와 날갯짓 소리였다.

그 소리는 얼마 전, 쿠스노키 저택에 부정함을 탄 새들이 날아들었을 때와 비슷한 것처럼 느껴졌다.

열기를 띤 바람이 등을 떠밀었다. 다음에는 옆에서. 바람의 정이 가라고 재촉한 곳은 또다시 알지 못하는 방향이었다.

아마 그들이 이끌어주려 하는 곳은 들새들이 부정함을 탄 곳, 다시 말해 악령들이 자리 잡은 곳일 것이다.

미나토가 보디백을 열었다.

꺼낸 메모장의 절반을 채우고 있던 글자들은 확고한 먹색을 주장하고 있었다. 안주머니에는 쿠스노키 잎이 몇 개 있다. 그리고 신수로 간 먹물이 담긴 붓펜도 있다.

외출할 때는 항상 가지고 다니는 물건들이다. 빈틈은 없다.

하지만, 마음에 걸리는 건 시간뿐이다. 하늘의 푸른색이 희미해지고 있다.

"———여기서 얼마나 멀리 떨어진 곳에 가는 거야?"

작은 목소리로 물어보았지만, 서두르라는 듯이 등을 떠밀 뿐, 대답해 주지 않았다. 역시 의사소통을 자세하게 하는 건 힘든 모양이다.

걸어가기 시작한 미나토가 횡단보도를 건너 샛길 쪽으로 향했다.

해가 지기 전에 목적지에 도착하기를 기원할 뿐이다.

순풍을 받으며 잠시 후 도착한 곳은 마을 남쪽에 있는 호수였다.

우거진 숲 너머로 보이는 호수 앞에서 미나토는 계속 움직이던 발을 그제야 멈췄다.

꽤 거리가 멀었는데도 불구하고 믿기지 않을 정도로 금방 도착해 버렸다. 물론, 바람의 정들 덕분이다. 훌륭하다.

하지만, 몇 번이나 몸이 떠올랐고, 하늘을 날 뻔한 데다, 몇 번이나 숨이 멈출 듯한 상황을 겪었다.

숨을 헐떡이던 미나토가 무릎에 손을 대고 거칠어진 숨을 골랐다.

"시, 심장에 부담이……."

울리는 숨소리에 약간 불만스러운 느낌이 섞였다.

하지만, 바람의 정은 봐주지 않았다. 등을 투닥투닥 두드리며 재촉했다. 그 온도가 차가워서 체온이 한껏 올라간 미나토는 기분이 좋았다.

숨을 한 번 크게 내쉬고는 걸어가기 시작했다. 맥박이 차분해지지는 않았지만, 느긋하게 있을 수는 없다.

앞쪽에서 끊임없이 새의 울음소리가 들렸다.

울창하게 우거진 나무들 사이를 빠져나가자 넓은 호수로 나왔다.

이곳은 예전에 뇌신이 젊은 혈기를 이기지 못해 번개를 떨어뜨린 탓에 구멍이 크게 뚫려 호수가 되었던 곳, '들새들에게 인기가 좋은 명소'라고 뇌신이 말했던 곳이기도 하다.

미나토도 한 번 와본 적이 있었고, 거대한 생물이 여러 마리 살더라도 쾌적하게 지낼 수 있을 것 같다며 생각했던 것을 다시 떠올렸다.

해는 이미 저물어가고 있다. 하늘은 매서운 느낌인 붉은색으로 물들었고, 파도치는 호수의 수면도 까만 색이었다. 그 호수의 수면이 석양을 반사하는 모습이 분위기에 어울리지 않게 예뻤다.

그 호수 바깥쪽에서 몸집이 커다란 들새 몇 마리가 날뛰고 있었다. 때때로 물거품이 높게 치솟았다.

그것이 미나토의 시야에 들어온 경치였다.

실제로는 호수 일대를 뒤덮은 독기 때문에 마치 밤인 것처럼 어둠에 감싸여 있었다.

미나토가 들새 무리 쪽으로 다가갔다. 비취색 덩어리가 까만 어둠을 정화하며 없애나갔다.

그 뒤에서만 바람의 정들이 날아다녔다.

들새가 가장 많은 곳으로 미나토가 다가가기도 전에 독기는 이미 정화되었다.

들새들은 얌전해졌지만, 그밖에도 아직 많았다.

도저히 호수를 한 바퀴 돌 만한 여유는 없었다. 해가 완전히 져버리면 새들의 정확한 위치를 파악할 수가 없다.

메모장을 넘기자 미리 적어두었던 글자가 사라져가고 있었다.

힘을 한 번 담은 종이는 다시 쓸 수가 없다.

나머지 종이에 정화의 글자를 적어나갔다. 손가가 이미 어두워져서 제대로 된 글자는 쓸 수가 없었다. 하지만, 정화하는 힘은 문제없이 담겼다.

적은 종이를 뜯어 바람에 실었다.

보이는 범위 안을 한 바퀴 돌게 했지만, 정화가 된 건지 아닌지. 곳곳에서 들새들이 울음소리를 내고 있어서 판단할 수가 없었다.

초조해해 봤자 소용이 없다.

종이를 다시 손 근처로 되돌려서 글자가 지워진 것을 확인했다. 다시 적은 종이를 바람과 함께 한 바퀴 돌게 했다. 그렇게 몇 번 반복하자 종이가 얼마 남지 않았다.

들새 몇 마리가 날아갔고, 비명 같은 소리도 점점 사그라들었다.

밤의 장막이 깔렸다.

드문드문 켜진 가로등만으로는 호수 전체를 비추는 건 불가능하다. 약간 남아있던 들새가 낸 것 같은 물을 튀기는 소리만 들렸다.

이제 미나토의 시야에는 들새의 모습이 보이지 않았고, 악령 또한 당연히 보이지 않았다.

"악령이 아직 남아 있어?"

바람의 정이 대답해 주기를 기대했지만, 아무것도 느껴지지 않았다. 몸에 닿는 것도 없었고, 좀 전까지 등에 느껴지던 따스함도 사라졌다.

바람의 정들이 일제히 사라져 버렸다.

의아해하던 미나토가 돌아보았다. 그곳에는 그저 어둠뿐이었다.

"이제 얼마 남지 않았다."

그런데 갑자기 목소리가 내려왔다.

미나토가 돌아선 다음, 눈을 크게 떴다.

호수 상공에 까만 여우가 앉은 자세로 떠 있었다. 그 몸을 희미한 금빛 입자가 두르고 있는 여우, 츠무기였다.

하지만, 이마의 문양은 흰색이 아니라 붉은색이었다.

츠무기 안에 천호가 들어갔다는 증거일 것이다. 목소리도 그 예상을 뒷받침해주었다. 한 번 들으면 잊을 수가 없는 목소리, 촉촉할 정도로 매혹적인 천호의 목소리였다.

미나토는 상대방이 천호라는 사실을 알고 있다.

하지만 산신이 그렇게 가르쳐주었을 뿐, 직접 들은 것은 아니다. 무난한 호칭으로 불렀다.

"———츠무기가 아니라 여우님이시죠?"

천호가 들어있던 츠무기의 몸이 추욱, 기울었다.

"———뭐, 틀린 말은 아니다. ……그렇게 여겨지고 있으니. 허나, 그 호칭에는 순순히 대답하고 싶지 않구나."

투덜투덜 불만이라는 듯이 중얼거리고 있다. 자세를 가다듬고는 턱을 슬쩍 들었다.

"뭐, 됐다. 그대, 조금만 더 하거라."

"악령은 얼마나 남아 있을까요?"

"호수 절반과 가장자리……, 저 쪽이다."

꼬리 하나가 호수 건너편을 가리켰다.

츠무기와 천호를 만난 것은 얼마 전에 산신과 한 판 붙은 이후로 처음이지만, 딱히 별 생각은 없다. 산신도 천호를 혐오하지 않는 것 같았다.

두 신의 관계가 잘 이해되지 않았지만, 천호도 미나토를 평범하게 대하고 있다.

신은 변덕스럽고, 개인을 거의 인식하지 않는 법이다.

그렇다면 나를 하나의 개인으로 인식하고 말을 건 것은 파격적인 대우일지도 모른다.

미나토는 머리 한구석으로 그렇게 생각하며 스마트폰을 꺼냈다.

그것으로 손 근처를 비출 생각이었기 때문이다. 하지만, 화면이 켜지지 않았다.

"배터리가 다 되었나……."

잠깐 외출할 예정이었기에 애초에 충전을 해두지 않았다.

자신의 경솔함에 살짝 한숨을 쉬고 근처에 있던 가로등 쪽으로 가려 하자 천호가 둥실둥실 내려왔다. 그 몸에서 뿜어져 나오는 빛은 글씨를 쓰기에 충분한 밝기였다.

"감사합니다."

후후, 천호가 그렇게 의미심장한 미소를 지었다.

"나에게 유부초밥을 헌상하도록 하거라."

"내일이라도 괜찮을까요?"

천호가 째진 눈을 뜨며 입가를 치켜올렸다. 매우 심술궂은 표정을 지었다.

"그대, 말했겠다. 나와 약속을 하면 어떠한 이유가 있든 결코 어겨선 아니 된다는 사실을 모르는 겐가?"

"어기진 않을 거예요."

예전에 쿠스노키 저택에 왔을 때, 결국 먹지 못하기도 했다. 천호도 산신과 마찬가지로 권속이 마음에 든 것이 신경 쓰일 것이다.

그리고 유부초밥 정도라면 수고가 그리 많이 들지도 않는다.

그렇게 생각하며, 한 글자, 한 글자, 정성껏 써나갔다.

그 글자에서 뿜어져 나오는 비취색 빛을 본 천호가 눈을 가늘게 떴다.

"이제 종이가 얼마 남지 않은 모양이로구나. 그 한 장에 힘을 전부 담거라."

"네."

글자로 빽빽하게 메워진 종이를 찢은 다음, 호수 쪽을 돌아보았다. 군데군데 켜진 가로등에 의존해서 한 바퀴 돌게 하면 될 것이다.

바람을 날리려 했지만, 천호가 움직이지 않았다. 바로 옆에서 미나토의 눈을 들여다보고 있었다.

"———저기, 조금 떨어져 주시면 좋겠는데요."

"그대, 그 눈은 불편할 터인데."

전혀 움직이려 하지 않던 천호가 가벼운 말투로 그렇게 말했다.

미나토의 눈에는 악령, 신들처럼 특수한 존재가 거의 보이지 않는다.

강한 존재라면 간신히 보이는 정도에 불과하다. 신들 같은 경우에는 상대방이 모습을 보여주지 않는 한, 볼 수도 없다.

신은 그 사실도 한눈에 간파해 버린다.

풍신과 뇌신도 말한 적이 없는데 잘 알고 있는 모양이었다.

아마 천호도 마찬가지일 것이다.

"불편하긴 하죠. 보이면 능력을 키우는 데 도움이 될 것 같기도 해요. 하지만, 보이지 않는 게 더 행복할지도 모르겠다는 생각도 드네요."

미나토는 쓴웃음을 지으면서 솔직하게 말했다.

산신이 말하기를, 죽은 혼이 이 세상에 대한 미련을 끊지 못하고 타락해서 악령이 된다고 한다.

그렇다면 그 악령을 보면 무시할 수 없을 가능성이 크다. 보이는데도 못 본 척할 수는 없고, 원래는 짊어지지 않아도 되는 괴로움을 떠안게 될지도 모른다.

아니, 십중팔구 떠안을 것이다. 떠안을 게 분명하다.

내 성격은 내가 가장 잘 안다. 쉽게 상상할 수 있었다.

"나는 솔직한 자를 좋아한다."

으음, 으음, 천호가 그렇게 고개를 끄덕였다.

"허나 지금 나의 힘을 써서 이곳 일대를 비추기도 뭐하니 말이다. 그대의 눈을 건드리는 것이 빠르겠구나."

천호 뒤에서 흔들리고 있던 꼬리 하나가 화악, 늘어났다. 꼬리 아홉 개를 부채처럼 펼치자, 빛이 한데 모여 작은 구슬이 되었다.

유리구슬 정도 크기였지만, 바라볼 수 없을 정도로 눈이 부셨다.

저게 대체 뭐지? 눈을 건드린다는 게 무슨 뜻이지? 지금도 바라볼 수 없을 정도로 눈이 부신데.

의문만 든 미나토는 당황하기만 했다.

그리고 꼬리가 살짝 흔들리자, 그것이 날아들었다.

미나토의 얼굴 앞으로 다가오자 터졌다. 눈을 태우는 듯한 섬광으로 인해 한쪽 팔로 눈가를 가렸다.

"흐음, 너무 밝았나?"

미안해하지도 않는 듯한 목소리였다.

"———너무하네."

신은 방약무인하고 제멋대로 구는 법이다.

물론, 잘 알고 있다. 익숙해지기도 했다. 근처에 있는 신들, 주로 산신 덕분에.

답답해서 한숨을 쉰 미나토가 팔을 내리고는 눈을 깜빡였다.

왠지 모르겠지만, 시야가 트였다.

주위는 낮과 다를 게 없었다. 여기에 온 직후보다 주변이 또렷하게 보였다.

"어째서……?"

멍해진 건 그뿐만이 아니었기 때문이다.

까만 안개가 호수 절반을 뒤덮었고, 그 가운데가 새까맣게 물들어 있는데다, 거기에서 뿜어져 나오고 있다는 걸 알 수 있었다.

그리고 천호의 몸 너머로 구름 같은 까만 안개 모양이 보였다. 그것들을 보기만 해도 본능적인 혐오감이 치솟았다.

항상 희미하게 보이던 것과는 전혀 다르게 명확히 존재를 주장하는 자들.

그것들이 악령이구나, 그렇게 제대로 느낄 수 있었다.

미나토가 꼬리를 흔들고 있던 천호를 보았다.

"잠깐만 볼 수 있게 해준 게다. 내성이 없는 그대는 너무 잘 보일지도 모르겠다만, 안 보이는 것보다는 나을 터."

"감사합니다."

"됐다, 됐다. 나에게 소바 유부도 헌상하도록 하거라."

"내일, 가지고 갈게요. ……그러고 보니까 지금 행사 중인가요?"

"───몰랐나? 앞으로 이틀은 더 이어질 게다. 내가 그대에게 찾아갈 터이니 대접하거라."

"알겠습니다."

기분 좋은 듯이 공중제비를 돈 천호가 미나토 뒤로 돌아왔다.

이제 시야는 트였다. 악령과 독기가 보이니 식은 죽 먹기다.

그리고 덤이라는 듯이 호부의 빛까지 보였다.

그 사실을 그제야 눈치챈 미나토는 자기도 모르게 메모지를 빤히 보았다. 산신이 말한 대로 먹으로 쓴 글자가 비취색으로 보였다.

하지만, 매우 희미한 빛이다.

"이게 왜 폭력적인 빛이라는 거지……."

"그쪽은 잘 보이지 않게끔 하였기 때문이다."

"그런가요?"

"인간의 눈에는 너무 눈부시니 말이다."

"그, 그 정도인가요……"

"그건 됐고, 어서 정화하거라. 공기가 안 좋은 데다 시끄럽기 짝이 없구나."

"시끄럽다고요? 조용한데요."

주위를 슬쩍 둘러보고 있자니 천호가 뒤에서 짜증 난다는 듯이 꼬리를 흔들었다.

"그대에게는 들리지 않는 사악한 존재의 목소리이니라. 자, 호수에 있는 녀석을 먼저 처치하거라."

"네."

아마 귀는 일부러 그대로 두고 들리지 않게끔 해주었을 것이다.

호수 오른쪽, 그 가운데———, 독기가 까맣게 원형으로 뭉친 부분을 보니 수면에서 얇은 다리가 나오고 있었다.

여러 개가 보이는 그 다리는 소금쟁이, 아니면 거미에 가까울 것이다. 그 다리 하나만으로 미나토와 거의 비슷한 크기였다.

그것들이 기어 나오는 모습을 보고 소름이 돋는 와중에 호부를 바람에 흘렸다. 일직선으로 날아간 비취색 덩어리가 독기를 찢어발기며 원흉에게 도달했다. 그리고 다리가 전부 팽창하며 폭발했다.

그렇게만 보인 미나토가 눈과 입을 살짝 벌렸다.

쉽사리 흩어져서 사라져 버렸다. 그 뒤로 바람이 불었다. 금빛을 두른 신위가 파도 모양으로 퍼져나가며 정화해 나갔다.

순식간에 끔찍한 벌레 같은 존재는 처음부터 존재하지 않았다는 듯이 잔잔한 호수만 남아 있을 뿐이었다.

"———이런 식으로 되는구나."

충격적이었다.

자기가 한 행동이지만, 그저 놀랍기만 했다.

"자, 다음은 건너편을 정화하거라."

천호가 턱으로 내린 지시에 따라 바람을 조종해서 호부를 보냈다. 바람이 불 때마다 부채꼴로 파문이 퍼져나갔고, 독기가 사라지며 깨끗해졌다.

"비취색 뒤에 금빛이 따라가는 것처럼 보이는데요, 저게 뭐죠?"

"그대 근처에 짜증 날 정도로 그 빛을 뿜어내는 녀석이 있을 터인데."

"저거, 산신 씨의 힘이군요……. 아, 신수에 산신 씨의 신력이 들어있는 덕분인가?"

"그러하다. 그대의 힘은 정화만 할 뿐, 그곳을 깨끗게 해주는 힘이 없으니 말이다. 그 녀석의 신력으로 깨끗하게 만드는 게다. 그 녀석도 참 용케도 그런 짓을."

마지막으로 작게 말한 목소리에 담긴 어이없는 듯한 느낌은 미나토도 알아듣지 못했다.

바람은 순식간에 건너편에 도달했다.

그곳에는 오두막이 있었다.

척 보기에 그 오두막은 까만 재질로 이루어져 있는 것 같았다. 하지만 잘 살펴보니 그게 아니라는 걸 깨달았다.

오두막 전체에 지렁이처럼 생긴 까만 것들이 수없이 달라붙어서 기어다니고 있었다.

우글우글, 오두막 표면이 꿈틀대고 있다.

몸을 떤 미나토가 자기도 모르게 두 눈을 감고는 두 팔을 문질렸다. 생리적 혐오감이 엄청났다. 소름도 가시지 않았다.

천호가 약간 동정하는 듯한 분위기를 풍겼다.

"처음 본 게 저 녀석들이라니, 그래도 운이 없구나. 아니, 나 때문이다만……, 흐려진 눈을 너무 맑게 해준 겐가?"

"———아뇨, 이렇게 어두운 상황에서는 안 보이면 꽤 불편하니까……."

돌려서 말한 게 조금 신경 쓰이긴 했지만, 지금은 보이는 게 더 좋다는 건 분명하다. 고마워할지언정, 불평할 이유는 없다.

눈을 살짝 뜬 미나토가 오두막을 보았다.

이제 호부는 없다. 조준이 빗나가면 안 된다.

바람의 속도를 높였다. 빙글, 회전한 호부가 오두막에 부딪혔다. 마치 해충을 찍어 누르는 듯한 그 기세는 미나토의 본심을 잘 나타내주고 있었다.

꿈틀대고 있던 것들이 터져 나간 것과 쿠웅, 뱃속까지 울리는 소리가 거의 동시에 일어났다. 우선 충격파가 미나토와 천호가 있는 곳에 닿았다. 뒤늦게 호수의 수면이 크게 파도쳤다.

발치로 찰랑찰랑 파도가 밀려왔을 무렵, 재빨리 얼굴을 가리고 있던 미나토는 두 팔을 내렸다. 그 뒤쪽 공중에서 천호가 만족스러운 듯이 미소를 짓고 있었다.

○

밤이 되었다. 완만한 시골길 가장자리를 걸어가던 미나토를 가끔 지나가는 차의 헤드라이트가 비추었다.

그 옆에서 까만 여우가 걸어갔다.

아무것도 없는 공중이지만, 땅바닥 위를 걸어가는 것과 거의 다를 게 없는 동작을 보이고 있었다.

그 모습을 빤히 바라보고 있는 미나토의 시야는 원래대로 돌아왔다. 까만 여우의 이마 문양도 하얀색이었고, 꼬리도 하나뿐이다.

여우도 츠무기로 돌아와 있었다.

하는 김에 호수 주변의 부정함도 정화한 미나토와 츠무기는 집으로 돌아가고 있었다.

가던 도중에 츠무기가 호수에 악령이 자리 잡은 이유에 대해 말해주었다.

“그 호수에는 철새들이 엄청나게 많이 와 있었어요. 그중에는 부정함을 탄 새들도 많았겠죠. 그들이 모여들자 사악한 존재들이 서로 잡아먹고 원령이 되어 호수와 오두막을 거점으로 삼고 번성하고 있던 거예요.”

“그랬구나. 우선 호수 근처에서 보이는 것들은 전부 정화했는데, 다시 철새가 모여들면 똑같은 일이 반복되겠네.”

미나토가 우려하던 것은 바로 그것이었다.

거의 확실하다. 철새들의 숫자가 늘어난 원인은 분명히 봉황일 것이다.

자신들의 우두머리를 만나기 위해 각지에서 철새들이 모여든 탓이라는 건 의심할 여지가 없다. 그렇게 기특한 그들을 막을 방

법이 없기에 다시 악령들이 자리를 잡을 것이다.

츠무기가 미나토를 힐끔 보았다.
"맞아요. 하지만 그 호수는 한동안———, 아마도 몇 년 정도는 청정함을 유지할 수 있을 거예요."
일단은 안심이다.
하지만 그건 자신의 힘 덕분이 아니라는 건 잘 알고 있다. 미나토의 능력은 제령———, 악령과 부정함을 정화하는 것뿐, 그곳을 청정하게 유지하는 힘은 없다.
"산신 씨의 힘 덕분이네."
츠무기가 꼬리를 슬쩍 흔들었다.
"네, 정말 자비로운 분이세요. 저희 신이었다면 그런 행동을 하는 건 있을 수 없는 일이니까요."
"그렇구나."
"네, 아무런 이익도 안 되거든요."
올려다보고 있던 츠무기의 눈에는 한 점의 얼룩도 없었다.

그러던 와중에 일정한 간격으로 가로등이 켜져 있는 길 너머로 작달막한 산이 보였다. 조명에 비춰진 토리이의 모습이 드러나 있었다.
몇 시간 전까지 사람들의 벽으로 인해 막혀 있던 그곳은 지금 무언가가 입을 떡 벌리고 있는 것 같아서 약간 불길했다. 자연의 빛에서 인공적인 조명으로 바뀌었을 뿐이다.
겨우 그것뿐인데 어째서 이렇게 불길하게 보이는 걸까. 미나토는 신기하다고 생각했다.

원래, 토리이는 경계다. 이곳부터는 신의 영역이라고 알리기 위한 물건이다.

그 신의 영역에서 사람이 나왔다.

젊은 남자인 것 같았는데, 가파른 계단을 내려온 탓인지 마지막 토리이를 지나다가 비틀거렸다.

다가오는 미나토를 힐끔 보고는 반대쪽 길로 고개를 숙인 채 걸어갔다. 앞이 잘 보이지 않아서 표정을 알아볼 수는 없었지만, 몸을 움츠린 채 침울해하는 것 같았다.

미나토가 산꼭대기를 올려다보았다. 아래쪽에 있는 조명으로 인해 모습이 드러나 있는 그 붉은색 기반의 신사. 그곳에서는 사람의 목소리가 들리지 않았고, 행사가 이미 끝난 것 같았다.

"이런 시간에도 참배를 하러 오는 사람이 있구나."

"가끔 있어요. 방금 지나간 젊은 사람은 백번 참배 중이죠."

"……그렇구나."

"오늘로 99번째. 내일이면 딱 100번째가 되겠네요."

길 너머로 멀어져가는 그 사람의 속도는 매우 느렸다. 걷는 것만으로도 벅찬 것 같았다.

"아까 그 남자, 몸이 안 좋은 것 같은 느낌인데……."

"그런 것 같네요. 그렇다고 해서 참배를 중간에 멈추면 지금까지 한 수고가 전부 허사가 되니까요. 몸이 안 좋든, 날씨가 안 좋든, 끝까지 할 수밖에 없어요."

츠무기의 목소리는 변함이 없었다. 마치 당연하다는 듯한 말투였다.

멈춰선 미나토가 뭔가 말하려다가 말았다. 몸 전체를 움직여 돌아선 츠무기가 미나토 정면에 섰다.

"너무하다고 하시려는 건가요? 이건 인간이 멋대로 시작한 일이에요. 백 일 동안 날마다 빠짐없이, 또는 백번 연속으로 참배하면 신이 소원을 들어준다면서 멋대로 정한 거라고요. 저희는 그런 약정을 맺은 기억이 없는데도요."

"———그렇구나."

달리 할 말이 없었다.

인간이 멋대로 정한 행동에 신이 하나하나 맞춰줄 이유는 없긴 할 것이다.

"뭐, 변덕으로 소원을 이루어주면 사례를 잔뜩 가져오는 기특한 사람도 있으니, 거기에 맛을 들인 신도 있지만요."

"사람도 사람이고, 신도 신이네."

츠무기가 우습다는 듯이 소리를 내며 웃었다. 그 뒤쪽에는 안 좋은 몸으로 참배를 하러 온 청년의 모습이 이미 보이지 않았다.

그가 얼마나 간절한 소원을 가지고 있는지는 알 수가 없지만, 그럴 만한 이유가 있을 거라는 예상을 금방 할 수 있었다.

과학이 발달한 요즘 세상에도 아직 신의 존재를 믿는 사람들은 많다.

그렇지 않다면 좀 전에 청년도 그렇고, 낮에 많이 온 참배객들도 그렇고, 일부러 신사에 올 리가 없다.

그 청년은 츠무기를 눈치채지도 못했다.

신을 보지도, 느끼지도 못한다.

그럼에도 불구하고 진심으로 인지를 뛰어넘은 존재, 초상적인 존재를 믿고 있다.

개인이지만 여우신을 맹신하는 굳건한 마음, 또는 많은 신자들의 신앙심.

그 덕분에 천호는 강할 것이다.

사람이 거의 오지 않는 산의 산신을 훨씬 뛰어넘는 신력을 지닌 것도 당연하다. 일시적이나마 미나토의 눈조차 보이게 해주었으니까.

생각에 잠겨 있던 미나토 옆에서 츠무기가 투명한 계단을 올라가듯이 여우 신사로 향했다. 그 등에는 부풀어 오른 보자기 꾸러미가 있었다.

“오늘도 심부름 중이었어?”

“네, 우연히 호수를 지나치던 것뿐이었어요. 저희 신이 제 몸으로 들어온 건 변덕이고요.”

“그렇구나, 그래도 덕분에 살았어. 고마워.”

츠무기가 돌아보고는 웃었다.

“내일, 낮에 찾아갈게요.”

“유부초밥하고 소바 유부를 만들어두고 기다릴게.”

“기대되네요. 그럼, 평안하시길.”

들뜬 발걸음으로 신사를 향해 돌아갔다.

신의 사자를 배웅한 미나토는 좁은 길을 통해 신의 본체인 산을 따라 집으로 돌아가기 시작했다.

큰 나무로 뒤덮인 신의 본체인 산은 조용했고, 나무들 사이 안쪽은 어둠에 가라앉아 있었다.

반달빛에 의존해서 다져지기만 한 길을 나아갔다.

가던 도중에 사람의 목소리가 들렸다.

실외등이 켜진 민가 앞에 서 있던 차에 큰 짐을 싣고 있던 세 사람이 보였다.

"가져갈 물건은 이 텐트가 마지막이지?"

"그래, 이제 끝이야. ……아, 이런, 술을 깜빡했네."

"이봐, 이봐, 제일 중요한 걸 잊으면 어떡해?"

껄껄, 크게 웃은 남자가 등을 슬쩍 찌르자, 청년이 집안으로 돌아갔다.

그들은 움직이기 편한 차림새였다. 마치 지금부터 산에 갈 것 같은 복장이었고, 차 트렁크에는 캠핑 용품이 실려 있었다.

그 사람들을 힐끔 보던 미나토가 지나쳤다.

이런 시간에 멀리 떨어진 산에 갈 생각인 걸까.

바로 근처에 멋진 산이 있는데도 불구하고.

아니, 낚싯대도 실어둔 게 보였고, 바다 낚시용이었으니 행선지가 바다일지도 모르겠다.

그렇게 의문을 품고 있자니 자동차 문을 닫은 남자들이 말해주었다.

"산 근처에 살면서 일부러 다른 현 산까지 가다니, 우리도 참 별

나단 말이지.”

“뭐, 가다가 중간에 바다 낚시를 하는 게 주 목적이니까. 어차피 이 산은 올라갈 수도 없고.”

담배 연기를 뿜어내며 중얼거린 남자의 목소리가 미나토의 귀에 꽤 또렷하게 들렸다.

미나토는 한 달에 몇 번은 신의 본체인 산에 올라간다. 사당을 청소하고 산에서 나는 것들을 받아가기 위해서.

그럴 때, 사람과 마주친 적은 없다.

아마 올라가고 싶어도 올라가지 못하는 사람들이 많지 않을까, 그런 생각이 들었다.

산신도 예전에는 사람들이 많이 왔었다고 말한 적이 있다.

어두운 길을 가다가 멈춰선 미나토는 돌아보았다.

남자들이 탄 자동차의 빨간 후미등이 멀어져갔다. 그 대각선 위쪽에는 조명을 받고 있는 여우 신사도 보였다. 묘하게 밝았고, 어두운 바다를 비추는 등대처럼 듬직한 느낌도 들었다.

그에 비해 바로 옆에 솟아 있는 신의 본체인 산은 매우 어두웠다. 아무래도 적막한 인상을 떨쳐낼 수가 없었다.

하지만, 산신의 청정하고 엄숙한 기운으로 가득 찬 산이다.

딱히 감각이 뛰어나지 않은 미나토조차 그걸 느낄 수 있다. 신의 존재를 감지할 수 있는 사람이라면 더더욱 그 기척을 잘 느낄 것이다.

현대인들은 그 예민한 감각을 잃어가고 있지만, 지니고 있는 사람이 있긴 하다.

실제로 이 마을에서 산신의 존재를 인식할 수 있는 사람들을 만났다.

만약에 그런 사람들이 신의 본체인 산에 오게 되면, 산이 떠들썩해지면, 산신의 신력이 강해지지 않을까?

어두운 산속을 빤히 바라보면서, 미나토는 그렇게 생각했다.

제 15 장 이웃 관계는 까다롭다

쿠스노키 저택은 언제나 청결함, 청정함을 유지하고 있다.

실내 어디에도 먼지, 티끌 하나 없고, 창문에도 지문이 묻어 있지 않다. 당연히 정원에도 쓰레기 같은 것이 떨어져 있을 리가 없다. 낙엽이 조금 흩어져 있는 건 어쩔 수 없을 것이다.

물론, 관리인인 미나토가 날마다 청소를 하는 덕분이다.

마치 사람———, 자신의 흔적을 없애려는 듯이 이른 아침부터 실내, 실외를 갈고 닦은 미나토는 지금, 정원에 있다.

햇빛을 듬뿍 받고 있는 낙엽수들에게 물을 뿌려주고 있다.

용소에서 고개를 내민 응룡이 미나토를 향해 물을 날렸다. 포물선을 그리며 늘어진 그 물을 바람으로 휘감아 올려서 안개 모양으로 만든 다음, 낙엽수를 한 그루씩 감싸나갔다. 낙엽수가 더욱 싱싱해졌고, 그 주위에 자그마한 무지개가 걸렸다.

미나토 특유의 물뿌리기를 마칠 무렵에는 슬슬 점심 시간이 되어가고 있었다.

그렇다, 어제 신세를 졌던 천호의 방문 시간이 다가오고 있다.

요청을 받은 유부초밥과 소바 유부는 청소하기 전에 준비해 두었다. 어젯밤에 귀가한 뒤에 챙겨두었던 유부는 맛이 잘 배었기에 천호와 츠무기도 마음에 들어 할 것이다.

혹시 같이 오려나?

미나토는 그렇게 생각하며 바람을 멈췄다. 해야 할 일을 전부 마쳤으니 이제 손님만 기다리면 된다.

"———손을 씻어둘까."

개울로 향했다. 이제 개울에서 손을 씻는 것도 저항감이 없었다.

개울가에서 무릎을 굽히고 손을 씻고 있자니 시야 가장자리에 금색 빛이 스쳤다. 그쪽으로 고개를 돌리자 산 쪽 담장———, 개울 초입 근처에서 잉어 몇 마리가 몸을 흔들고 있었다.

저번에도 길을 잃고 헤매다 들어왔던 이웃 마을에 사는 신의 권속인 잉어들이다. 그 이후로 몇 번 찾아와서 지금은 낯이 익었다.

"들어오세요~."

그렇게 말하자마자 기다렸다는 듯이 우르르 헤엄쳐 왔다.

미나토의 손 근처에서 금빛 잉어가 일단 멈추고는 '안녕하세요, 실례합니다'라는 듯이 바라보았다.

그리고 폭포를 향해 헤엄쳐 갔다.

금빛 잉어 뒤를 따라간 물고기들은 전부 새끼들이었다. 열심히 지느러미를 움직이며 흐름을 거슬러 갔다.

그들은 길을 헤매다 들어온 것이 아니라 폭포를 제패하기 위해 온다. 이곳 폭포를 수행장으로 삼은 것이다. 딱히 폐가 되진 않기에 매번 흔쾌히 들여보내주고 있다.

제일 먼저 금빛 잉어가 폭포에 올랐다. 그런 다음에는 물줄기에 계속 튕겨져 나가는 새끼 물고기들만 남았다.

미나토가 멀리서 걱정스러워하며 바라보고 있자니 아래쪽에서 소리도 없이 은빛 잉어가 스윽~, 헤엄쳐 갔다. 금방 잉어보다 약간 몸집이 작은 그 은빛 잉어가 다리를 지났을 때, 미나토는 그 존재를 눈치챘다.

"다른 쪽 보호자도 있으니 걱정할 필요는 없겠네."

은빛 잉어는 어느새 참가하게 되었다. 마지막 새끼 물고기가 폭포를 끝까지 올라갈 때까지 잠자코 지켜보기만 할 뿐, 응룡이 도와주는 것도 마다할 정도로 엄한 분이시다.

오늘도 오랜 시간에 걸쳐 새끼 물고기들이 수행을 할 것이다. 다른 집 교육 방침에 참견할 생각은 없기에 내버려 두었다.

미나토가 목에 걸고 있던 수건으로 손을 닦고 있자니 상류에서 영귀가 흐르는 물을 따라 헤엄쳐 왔다. 그 뒤에는 응룡도 있었다. 영귀가 목을 길게 뻗어서 용궁문을 가리켰다.

잠깐 나갔다 오마, 그런 신호다.

배웅하기 위해 말을 걸려던 순간, 강렬한 시선이 등뒤에 꽂혔다.

웬 놈이냐? 그렇게 마치 사무라이처럼 돌아보며 확인할 필요도 없다. 어차피 기린일 것이다.

돌아보니 역시 기린이었다.

하지만, 그뿐만이 아니었다.

기린의 뿔 사이에 봉황이 올라타고 있었다. 두 성수도 개울 안에 있던 용궁문 쪽을 돌아보았다.

"설마, 다 같이 가는 거야……? 새 씨도?"

기린이 위쪽을 보며 말했다.

『가끔은 저와 봉황님도 함께 갈까 하는 이야기가 나와서요.』

『뭐, 잠깐 기분 전환을 하러 가는 거다.』

미나토는 그렇게 말하는 듯한 느낌이 들었다.

"잠깐만 기다려."

마루 쪽으로 빠른 걸음으로 다가갔다. 돌아오자 손에 나뭇조각 네 개를 들고 있었다.

물론, 미나토가 새긴 문양이 들어 있었고, 위쪽에 뚫은 구멍에 얇은 노끈이 달려 있었다.

그것 하나만으로도 악령 열 마리 정도는 순식간에 말살할 수 있는 물건이다.

절대적인 위력을 자랑하는 부적이다. 그것만 달고 외출해준다면 미나토의 마음도 편할 것이다.

"건너편이 어떤 곳인지는 모르겠지만, 이걸 달고 가."

기린의 목에는 예전에 준 목패가 그대로 걸려 있긴 했지만, 정화 효과가 얼마나 남아있는지, 미나토는 알 수가 없었다.

위쪽을 향하고 있던 손바닥에서 나뭇조각 네 개가 공중으로 떠올랐다.

각각 사령의 곁으로 날아가서 걸렸다. 영귀는 등껍질에. 응룡은 목에. 기린의 목에도 두 번째 목패가 걸렸고, 가장 작은 부적은 봉황의 목에 걸렸다.

사령이 동시에 미나토를 돌아본 다음, 움직이기 시작했다. 선두에는 영귀, 그다음은 응룡, 그리고 봉황을 머리에 태운 기린. 첨벙, 첨벙, 개울에 뛰어들었다.

제일 뒤에 있던 기린이 물속을 헤엄치는 게 아니라 땅을 걸어가는 모습으로 용궁문을 지났다. 그런 그들의 빛이 문 건너편으로 사라지자 파도치던 개울의 수면도 조용해졌다.

그 모습을 바라보던 미나토는 쿠스노키 쪽으로 돌아섰다.

정원 가운데가 시야에 들어온 직후, 그 얼굴이 경악에 물들었다.

"쿠스노키가, 시, 시들었어……!"

비장한 목소리가 정원에 울려 퍼졌다.

폭포 꼭대기까지 얼마 남지 않았다……! 그런 위치까지 올라갔던 새끼 물고기가 첨벙, 용소로 떨어졌다. 허무하게 실패, 다시 처음부터.

'인간이 목소리를 조금 크게 냈다고 집중이 끊기다니, 한심하군……', 은빛 잉어가 그렇게 어이없어하고 있었다.

미나토는 그런 사실도 모르고 곧바로 물뿌리개를 가지러 뛰어갔다.

시들었다는 건 조금 호들갑스러운 말이었지만, 쿠스노키의 세 개밖에 없는 떡잎이 흐느적거리며 마른 상태였다. 게다가 힘없이 축 처져서 잎 끄트머리가 땅바닥에 닿을 것 같았다.

아침 일찍 물을 듬뿍 줬을 때는 힘차게 진한 녹색 잎을 흔들어대고 있었는데. 지금은 잎뿐만이 아니라 주위의 흙도 가뭄을 연상케 할 정도로 갈라져 있다.

쿠스노키가 늘어진 잎을 슬쩍슬쩍 흔들었다.

'죄송합니다. 번거롭게 해드려서……', 그렇게 기특한 말을 하고 있었다.

미나토는 물뿌리개에 넘칠 정도로 신수를 가득 담고는 쏴아~, 흙에 직접 부었다.

세 번째로 신수를 부어주자 마루에서 몸을 웅크린 채 자고 있던 산신이 눈을 떴다.

산신은 며칠 만에 기상했다. 꿈쩍도 하지 않고 사치스러운 장식물이 되어 있었던 것이다.

느릿느릿 마루에서 내려온 큰 늑대가 열심히 신수 샤워를 해주고 있던 미나토 곁으로 다가왔다.

그 금빛 눈이 쿠스노키 쪽을 보고는 가늘어졌다.

"이미 충분하다."

"으엇."

갑자기 바로 옆에서 목소리가 들리자 미나토가 어깨를 들썩였다.

"좋은 아침이야, 산신 씨."

"으음, 잘 잤다."

쿠스노키가 부르르, 크게 떨렸다. 산신이 머리로 아래쪽을 가리키며 미나토에게 말했다.

“괄목하거라.”

“응? 또?”

아래쪽을 보자 떡잎 세 개가 솟구치며 흔들거리고 있었다.

그리고, 줄기가 쭈욱, 뻗었다. 점점 길어지던 동안, 줄기 중간에 잎도 생겼다. 쿠스노키가 천천히 커지기 시작했다.

하나, 또 하나, 그렇게 조금씩 잎이 피어나는 모습은 미나토가 잘 볼 수 있게끔 느리게 진행되었다.

잠시 후, 미나토의 무릎을 넘어선 뒤에 멈췄다.

“으음, 이번에는 여기까지다.”

“처음 심었을 때는 이 크기를 못 봐서 기쁘네. 이제 나무라고 할 정도는 되겠어.”

쿠스노키가 세 개에서 열 개로 늘어난 잎을 부르르 울리며 소리를 냈다.

“묘하게 물을 자주 먹고 싶어하던데, 성장하기 전이라 그랬나?”

“그러하다. 이제 한동안은 하루에 한 번만 주어도 좋다.”

“그렇구나.”

사락사락 힘차게 움직이는 쿠스노키를 따스한 눈빛으로 지켜보는 미나토 옆에서 산신이 돌아서서 폭포를 보았다.

“슬슬 원래 연못 형태로 되돌리도록 할까.”

“아니, 이대로도 괜찮아. 내가, 이 경치를, 마음에 들어하니까.”

일부러 딱딱 끊어서, 힘차게 말했다.

그 표정도 진지하게 변했다.

결코 신력을 쓸데없이 쓰게 하지 않는다. 그 소리 없는 박력으로 인해 산신이 눈을 동그랗게 떴다.

"그렇다면, 한동안은 폭포 그대로도 좋겠군."

"부디 부탁드립니다."

약간 팽팽한 분위기가 감돌던 정원에 덜컹, 덜컹, 뒷문 명패가 울렸다.

"누구지? 세리인가?"

명패로 방문을 알리는 건 권속들 정도밖에 없다.

미나토가 뒷문을 돌아보자 창살문 너머로 하얀 권속인 담비 세 마리와 까만 여우 한 마리가 한 줄로 나란히 서 있는 모습이 보였다.

츠무기와 함께 온 모양이다. 천호의 모습은 보이지 않았다.

"들어와도 돼."

제일 먼저 우츠기가 뛰어들었고, 그 뒤에 까만색, 흰색, 흰색 순으로 줄줄이 들어왔다. 발걸음까지 맞춰서 오고 있다.

츠무기——, 여우가 아무런 위화감도 없이 담비 사이에 섞여 있다.

"사이가 좋은가?"

"나름대로. 가끔 정보 교환이니 이웃 관계니 하면서 함께 지내더구나."

"그랬구나. 나는 몰랐네."

자유로운 우츠기가 우선 마루로 갔고, 세리와 토리카는 '마루에 있을게요'라며 미나토에게 말을 걸고 갔다.

까만 여우만 줄에서 벗어나 이쪽으로 왔다. 잘 살펴보니 까만 여우는 땅을 걷고 있지 않았다. 지면에서 몇 센티미터 정도 떠 있다.

미나토 곁에서 멈춘 다음, 제대로 앉아서 온천을 한 번 힐끔 보는 건 거의 약속된 행동이나 마찬가지였다.

일부러 그러는 듯이 헛기침을 하고는 고개를 살짝 숙였다.

"오늘은 초대해 주셔서 정말 감사합니다."

"뭐라고?"

고개를 갸웃거리고 있던 산신에게 미나토가 말했다.

"내가 불렀거든."

"―――그런 말은 못 들었다만."

"누군가가 계속 쉬고 계시길래."

끄응, 산신이 그렇게 말하며 두 눈을 가늘게 뜨고는 불쾌하다는 듯이 꼬리를 늘어뜨렸다.

츠무기는 오늘도 짊어지고 있던 보자기를 내려놓고는 안을 뒤지고 있었다.

스르륵 꺼낸 것은 자그마한 화분이었다. 화려한 보라색 꽃이 자잘하게 모여 있었고 줄기가 늘어진―――, 등나무였다.

"이건 오늘 심부름을 하다가 손에 넣은 건데요, 당신에게도 나눠드릴게요. 자, 받으셔요."

공중에 띄워서 받기 편한 위치로 내밀었다. 길게 늘어진 줄기가 흔들렸다.

화악, 시원스러운 향기가 퍼져나갔다.

―――부스럭.

정원 한구석―――, 불주머니가 닫혀 있던 석등에서 소리가 들렸다.

하지만 매우 희미한 소리였다.

눈치챈 것은 산신뿐.

힐끔 보고는 아무 일도 없었다는 듯이 다시 미나토가 들고 있던 등나무를 바라보았다.

"고마워, 예쁘네."

"그렇지요? 꽃은 곁에 두기만 해도 마음을 풍요롭게 해준답니다. 꽃이 흐드러지게 피어난 저희 집과는 달리 이쪽 집에는 꽃이 전혀 없으니 이 꽃을 두도록 하세요. 그리 오래 가진 못하겠지만, 그래도 한동안은 꽃의 은혜를 받을 수 있을 테니까요."

츠무기는 목소리를 들어보니 여자 같았고, 천호도 여신일 것이다. 그밖에도 권속이 또 있는지 물어보지는 않았지만, 가장이 여자인 곳은 역시 다르구나, 미나토는 그렇게 느꼈다.

그리고, 쿠스노키 저택은 남자판이다.

미나토는 굳이 말할 필요도 없이 남자고, 산신도 남신, 사령의 성별은 모르겠지만, 아마 영귀, 응룡, 봉황도 수컷일 것이다. 기린은 조금 고민이 된다.

"꽃의 사랑은 무상의 사랑. 무엇 하나 대가를 요구하지도 않고, 생기를 잃은 자에게 자신을 내놓지. 참으로 기특한 존재로다."

갑자기 츠무기의 입에서 천호의 목소리가 나왔다.

달콤한 독을 품고 있는 듯한 그 목소리는 정원에도 잘 울려 퍼졌다. 츠무기의 이마———, 연꽃 문양이 흰색에서 붉은색으로, 하나였던 꼬리가 아홉 개로. 순식간에 변화했다.

콧등에 주름을 잔뜩 드러낸 산신은 목 안쪽으로 으르렁거리는 소리를 뿜어냈다.

"이놈, 또다시 멋대로 들어오다니."

"좀 전에 오늘 초대받았다고 하였을 터인데. 기어코 귀까지 먹은 겐가? 안쓰럽도다."

"헛소리. 그건 권속뿐일 텐데."

"아니, 여우님도 초대했어. 그렇다기 보다는, 여우님을 초대한 거지."

"뭐, 뭐라고……."

미나토가 한 말이 청천벽력이었는지, 산신이 경악한 모습을 드러냈다.

"정보 약자 같으니. 자기만 하니 그렇게 되는 게다."

산신은 분한 듯이 으르렁대고 있다가 온몸으로 빛을 한 번 뿜어낸 다음, 곧바로 마음을 가라앉혔다.

그리고 새침한 표정으로 미나토를 올려다보았다.

"오늘은 나도 유부초밥을 원한다."

"오, 웬일이야?"

산신은 평소에 밥을 잘 안 먹는데.

고개를 홱 돌린 산신이 마루로 다가갔다. 그 발걸음은 왠지 빨라 보였다.

재빨리 멀어져가는 하얀 뒷모습을 보던 천호가 인상을 찌푸렸다.

"저 녀석, 보아하니 내 몫까지 먹을 셈인가?"

거기 늑대, 게 섯거라! 그렇게 소리친 까만 여우가 후다닥, 자기보다 몇 배는 더 큰 늑대를 쫓아갔다. 흰색과 검은색, 그 두 마리가 마루 앞에서 몸싸움을 벌이고 있다.

예의바르게 늘어선 권속들이 그 모습을 광채가 사라진 눈으로 바라보았고, 미나토도 멀리서 어이없어하며 바라보았다.

"———사이가 좋은 건지, 안 좋은 건지."

이해가 잘 안 되는 이웃 관계다.

부스럭. 발치에 있던 쿠스노키가 의미심장한 미소를 짓는 듯이 흔들렸다.

물거품을 튀기며 흘러내리는 폭포를 마지막 새끼 물고기와 은빛 잉어가 함께 올라갔다.

계속 용소로 떨어지던 소리와 교대하듯이, 이번에는 산신과 천호의 떠들썩한 목소리가 오갔다.

그런 신의 정원 가운데에서 미나토가 하늘을 올려다보고는 대낮의 햇빛으로 인해 두 눈을 가늘게 떴다.

날마다 기운이 세지는 햇님도 두꺼운 구름에 뒤덮여 가고 있다. 바깥 세상은 이제 곧 장마를 맞이하려 하고 있다.

3권을 읽어주셔서 진심으로 감사드립니다!
후기라는 이름의 소설을 보시죠.

본편 이후의 식사 모임

우물우물, 와삭와삭. 마루에서 거리를 두고 나란히 앉은 신들과 권속들의 턱이 끊임없이 움직이고 있다.

산신, 세리, 토리카, 우츠기, 츠무기――, 천호 순서다.

산신과 천호 앞의 접시에는 유부초밥과 소바 유부가 놓여 있다.

쌀과 면을 먹지 않는 권속들은 버터 쿠키를 먹었다.

그들은 영양가에 대해 전혀 고려하지 않아도 되기에 점심 식사지만 좋아하는 음식을 주었다.

다 가져다 준 미나토도 모두의 뒤에서 좌탁 앞에 앉아 유부초밥을 입에 넣고 있었다.

그곳에는 씹는 소리만 울렸다.

좀 전까지 다투던 산신과 천호도 식사가 시작된 순간, 얌전해졌다.

정말 평화롭고 온화한 시간이 흘러갔다.

식사는 그게 제일이다. 살벌한 식사 모임은 사양한다. 미나토는 그렇게 생각하며 음료를 마셨다.

그런 와중에 평소에는 입안 가득 쿠키를 넣고 차분히 맛보던 우츠기가 쿠키를 든 채 옆에 있던 꼬리 아홉 개를 바라보고 있었다.

천호가 씹는 것에 맞춰서 가끔 두꺼워지곤 하는 그 꼬리들이 신경 쓰여서 견딜 수 없는 모양이었다.

다음 소바 유부로 손을 뻗으려 하던 천호가 그 모습을 눈치챘다.

"왜 그러는고? 꼬마야. 손이 멈췄다만."

산신을 대하는 태도와는 달리 그 목소리는 부드러웠다.

산신도 츠무기에게는 잘 대해준다. 신은 다른 신의 권속에게 자상한 걸까? 미나토는 그렇게 생각하며 소바 유부를 먹었다.

우츠기는 흔들흔들 움직이는 꼬리에서 눈을 뗄 수가 없는 모양이었다.

"———꼬리가, 늘어났어."

"흐음. 츠무기는 평소에 하나만 보여주니 말이다. 낯선 겐가?"

"원래는 더 많다는 뜻이야?"

"그러하다. 다음에 보여달라고 하거라."

꼬리의 숫자는 신력에 비례한다. 다름 아닌 츠무기가 한 말이다.

그렇다면 꼬리가 하나 이상인 츠무기도 강할 것이다. 미나토는 머리 한구석으로 그렇게 생각했다.

천호는 씨익, 츠무기가 결코 보여주지 않을 미소를 지었다. 그 모습을 본 우츠기가 약간 굳은 표정을 지었다.

토리카가 '왜 그러냐'고 묻자———.

"———나도 산신이 몸을 가로챘을 때 평소에 하지 않았을 행동을 했을 거라는 생각이 들어서."

"그렇긴 하지."

그런 모습을 잔뜩 보았던 미나토와 세리의 목소리가 겹쳤다.

'우츠기, 몸을 가로챘다고 하면 안 돼요'라고 세리가 일단 주의를 주었다.

그 말을 듣고도 아랑곳하지 않던 우츠기가 산신을 빤히 보았지만, 그쪽도 마찬가지로 아무런 효과가 없었다.

"으음. 가끔은 쌀도 좋군. 위턱에 달라붙는 것이 신경 쓰여서 견딜 수가 없긴 하다만."

"산신 씨, 차 줄까?"

의젓하게 내민 산신의 찻잔에 미나토가 차를 따르며 천호에게도 물었다. 우물우물 유부초밥을 먹고 있던 천호 앞에서 빈 찻잔이 스윽, 공중에 떠서 미나토에게 다가갔다.

약간 놀라면서도 받아들었다.

천호는 차를 우아하게 마셨다.

"으음, 꽤나 맛이 좋더구나. 나는 매우 만족스럽다."

"감사합니다."

미나토가 말하자마자 까만 여우의 외모가 변화했다. 이마에 새겨진 문양의 색이 바뀌었고, 꼬리도 하나로 줄어들었다.

천호는 곧바로 돌아간 모양이었다.

츠무기가 조심조심 빈 접시를 두 손으로 받쳐들고는 미나토를 올려다보았다.

"저도 유부초밥하고 소바 유부를 먹어도 될까요?"

모두 합쳐서 열 개나 먹어치운 그 몸 자체는 똑같지만, 더 먹고 싶은 모양이었다.

"네, 여기요."

새 접시에 담은 음식을 건넸다. 많이 준비해두길 잘했다.

'남으면 싸갈래?'라고 묻자, 몸을 앞으로 내밀며 '그럴게요'라고 다급하게 말했다.

각자 좋아하는 음식을 먹으며 잡담을 나누었다.

차가운 소바 유부를 먹은 미나토는 역시 따뜻한 음식이 먹고 싶다는 생각을 했다.

"다음에는 다같이 바비큐라도 할까?"

"바비, 큐……?"

고개를 갸웃거리던 츠무기에게 우츠기가 가르쳐 주었다.

"짐승의 고기나 채소를 숯불로 구워먹는 거야."

"그렇군요. 알겠습니다. 그럼 제가 식후에 드실 과일을 가지고 올까요?"

미나토의 안색이 순식간에 안 좋아졌다.

"아니, 저기, 과, 과일은 됐어……."

예전에 받았던 그 황금빛 복숭아───, 불로불사의 효과가 있다는 과일이라면 심장에 부담이 되니까.

'그렇다면───', 그렇게 말한 츠무기가 한쪽 앞발을 들었다.

그 예리한 발톱과 치켜올라간 눈이 번쩍, 빛났다. 등 뒤에 투기의 불꽃도 깃들었다.

그리고 부르르 떨린 꼬리가 단숨에———, 일곱 개로 늘어났다.

"짐승 고기는 저에게 맡겨만 주세요!"

나이가 천 살을 훌쩍 넘겼고, 심부름은 그냥 취미에 불과한 츠무기가 한 말은 설득력이 매우 강했다.

3권을 간행하는데 있어서 힘써주신 여러분, 진심으로 감사의 말씀 드립니다.

신의 정원이 딸린 쿠스노키 저택 3

초판 1쇄 인쇄 2025년 11월 10일
초판 1쇄 발행 2025년 11월 15일

저자 : 엔쥬
번역 : 천선필

펴낸이 : 이동섭
편집 : 이민규
디자인 : 조세연
영업 · 마케팅 : 조정훈, 김려홍, 곽혜연
기획편집 : 송정환, 박소진
e-BOOK : 홍인표, 최정수, 김은혜, 정희철, 김유빈
라이츠 : 서찬웅, 서유림
관리 : 이윤미

㈜에이케이커뮤니케이션즈
등록 1996년 7월 9일(제302-1996-00026호)
주소 : 08513 서울특별시 금천구 디지털로 178, B동 1805호
TEL : 02-702-7963~5 FAX : 0303-3440-2024
http://www.amusementkorea.co.kr

ISBN 979-11-274-9114-7 04830
ISBN 979-11-274-8726-3 04830 (세트)

KAMI NO NIWATSUKI KUSUNOKITEI
Vol.3